위대한 개츠비

부클래식
014

위대한 개츠비

F. 스콧 피츠제럴드

유정화 옮김

부북스

차례

그러면 황금빛 모자를 쓰세요
그렇게 해서 그녀의 마음을 움직일 수 있다면,
높이 뛰어 오를 수 있다면
그것도 그녀를 위해 뛰어 오르세요.
그녀가 소리 높여 말할 때까지
'사랑하는 이여, 황금빛 모자를 쓰고
높이 뛰어 오르는 사랑하는 이여,
내 그대의 사랑을 얻으리!'

토마스 파커 딘빌리어스

일러두기

-이 책의 원본은 F. Scott Fitzgerald, *The Great Gatsby,* Scribner, 2004입니다.
-본문에 있는 주는 전부 옮긴이의 주입니다.

제 1 장

내가 어리고 쉽게 상처받던 시절에 아버지께서 조언을 해 주셨는데 그 뒤로 난 그 말씀을 거듭 새겨왔다.

"남을 비난하고 싶은 마음이 들 때마다 세상 사람들이 모두 너처럼 혜택을 누리며 산 것은 아니라는 사실을 명심하거라."

아버지께서 더는 말씀하지 않으셨지만, 우리 부자(父子)는 말을 하지 않아도 늘 마음이 잘 통했기 때문에 아버지의 말씀이 그보다 훨씬 더 많은 의미를 담고 있다는 것을 나는 알았다. 그 말씀으로 인해 판단을 유보하는 습관을 갖게 되었고, 이상한 사람들이 꽤 많이 내게 속내를 털어 놓게 되었다. 물론 엄청나게 지루한 이야기를 끝까지 들어야하는 경우도 적지 않았다. 정상이 아닌 사람은 정상인 사람이 판단을 유보하는 습관을 갖고 있으면 재빠르게 알아보고 거기에 들러붙는다. 그런 이유로 대학 다닐 때는 정치적이라는 부당한 비난을 받았는데, 거칠며 속내를 드러내지 않는 사람들의 은밀한 슬픔을 내가 캐고 다니기 때문이란다. 그 비밀들이라는 게 대부분 내가 캐낸 것이 아니라 자기들이 털어 놓은 것이었다. 그래서 누군가가 속내를 털어 놓으려는 기색이 분명해 보일 때면 난 종종 잠든 척하거나, 다른 일로 바쁜 척하기도 하고, 또 적대적으로 경망스럽게 굴기도 했다. 나이 어린 사람들이 털어 놓는 은밀한 고백이나 적어도 그들이 쓰는 표현들은 대개가 표절이며, 분명히 은폐한 흔적이 있어 말이 엉망이 되는 경우가 흔하기 때문이다. 판단을 유보한다는 것은 끝없이 희망을 품는다는 것이다. 아버지께서 점잖게 말씀하셔서 그 말을 잊는다면 무언가 놓치는 것이 있지 않을까 여전히 겁을 먹으며, 나도 점잖은 척 따라하는 말이 있는데, 그것은 기본적인 예의범절을 지킬 줄 아는 능력이 태어날 때부터 이미 공평하게 분배되지 않았다는 말이다.

이렇게 나의 너그러움을 자랑하고 나니 그 너그러움에 한계가 있다는 것을 자백하게 된다. 행위란 견고한 반석이나 축축한 습지에 근거를 두고 이루어질 수 있지만, 어느 지점을 벗어나면 그 행위가 어디에 근거를 두고 있는지 나는 신경 쓰지 않는다. 지난 가을 동부에서 돌아 왔을 때 나는 이 세상이 제복을 입고 일종의 도덕적 차려 자세로 영원히 서 있었으면 좋겠다는 생각을 했다. 이젠 특권을 가지고 사람들의 마음을 들여다보는 분방하고 소란스런 여행을 더 이상 하고 싶지가 않았기 때문이다. 나의 이런 반응에서 제외된 유일한 사람은 바로 이 책의 제목이 된 개츠비였는데 아이러니하게도 그는 내가 진심으로 경멸하는 모든 것을 대표하는 사람이었다. 만일 인격이라는 게 끊없이 계속되는 성공적인 몸짓이라면 개츠비에겐 뭔가 멋진 것, 즉 인생이 주는 약속을 감지하는 고도의 감수성 같은 것이 있었다. 마치 일만 마일 밖에서 일어나는 지진을 감지하는 정교한 기계에 그가 연결되어 있는 것 같았다. 이런 민감성은 '창의적 성정性情'이라는 이름으로 그럴듯하게 포장되는 무력한 예민함과는 아무런 관계가 없다. 그것은 다른 사람들에게선 보지 못했던 그리고 앞으로도 볼 수 없을 것 같은, 희망을 품을 수 있는 비상한 능력이요 낭만을 추구하는 흔쾌함이었다. 그래, 결국 개츠비가 옳았다. 끝까지 슬퍼하지도 못하고 숨 가쁘게 의기양양해 하는 인간들의 모습에서 내가 잠시 동안이나마 관심을 끊게 된 것은 개츠비를 희생시킨 그의 꿈의 흔적을 따라 떠다니던 그 더러운 먼지 때문이었다.

*

우리 집은 이곳 중서부 도시에서 삼대째 이름이 나 있는 부유한 가문이다. 캐러웨이 가문은 꽤 괜찮은 집안으로 버클루 공작의 후손이라는 말이 있다. 그러나 우리 가문을 실제로 일으키신 분은 큰할아버지이신데, 51년에 이곳에 오셔서 남북전쟁에는 다른 사람을 대신 내보내시고 철물 도매업을 시작하셨다. 지금은 아버지께서 그 사업을 물려받으셨다.

큰할아버지를 뵌 적은 없지만 내가 그분을 닮았다고들 한다. 아버지 사무실에 걸려 있는 무뚝뚝한 표정의 초상화를 보면 특히 그렇단다. 나는 1915년 뉴헤이븐*을 졸업했는데 아버지가 졸업하신지 꼭 25년 만이었다. 나는 졸업하고 얼마 안 있다가 제1차 세계 대전으로 알려진 때늦은 게르만 민족 대이동에 참여했다. 우방의 반격을 너무 즐겼기 때문에 제대하면서는 마음을 둘 곳이 없었다. 이제 중서부는 세상의 따뜻한 중심이 아니라 우주의 너덜너덜해진 가장자리 같아 보

---

* 예일대

였다. 그래서 동부로 가서 채권업을 배워 보기로 결심했다. 내가 아는 사람들은 모두 채권업을 하고 있었기 때문에 독신 한 사람 정도 더 뛰어 들어도 먹고 살 수는 있을 거라 생각했다. 고모, 삼촌들은 내 예비학교를 고르는 것처럼 서로 논의를 하더니 마지못해 무거운 표정으로 "글쎄—그러려무나—"라고 하셨다. 아버지께서 일 년간 재정적으로 도와주시기로 했고, 이런 저런 일로 늦어지긴 했지만 1922년 봄에 동부로 오면서 난 그곳에서 영원히 정착할 줄 알았다.

그 도시에서 살 방을 찾는 것이 실제적인 문제였다. 따뜻한 절기였고 너른 풀밭과 정든 나무들이 즐비한 시골을 막 떠나 온 터라 같은 사무실의 한 젊은 남자가 통근할 수 있는 거리에 있는 마을에 집을 한 채 얻어 같이 쓰는 게 어떠냐고 제안했을 때 꽤 좋은 생각처럼 들렸다. 비바람에 낡아 빠진, 집 같지도 않은 단층집을 그 사람이 월세 80불에 얻었는데 이사 가기 바로 직전에 워싱턴으로 발령이 나서 결국은 나 혼자 그 시골로 들어갔다. 도망가기 전까지 며칠 데리고 있던 개가 한 마리 있었고 낡은 다지Dodge 한 대가 있었다. 그리고 집안일을 해 주는 핀란드 출신 아주머니가 있었는데 음식을 만들면서도 핀란드 속담을 혼자 중얼 거렸다.

하루 정도는 외로웠던 것 같다. 그런데 어느 날 아침 나보다 나중에 그곳으로 이주해 온 어느 남자가 길에서 나를 불러 세웠다.

"웨스트에그로 가려면 어떻게 갑니까?" 그는 전혀 모르겠다는 듯이 물어왔다.

가는 길을 일러 주고 나서 걸어오는데 더 이상 외롭지가 않았다.

나는 안내인이요 개척자인 초기 정착민이 되어 있었다. 우연찮게 그 사람이 내게 동네 주민이 된 자유를 알게 해 준 것이다.

마치 고속으로 상영되는 영화에서 스크린 속 사물들이 빨리 자라듯, 그렇게 나무에서 뿜어져 나오는 무성한 나뭇잎 그리고 햇빛과 더불어 삶이 여름과 함께 다시 시작될 것이라는 그런 친밀한 확신을 하게 되었다.

우선 읽을 것이 너무 많았고, 신선한 활력이 넘치는 공기를 마시며 건강도 꽤 챙겨야 했다. 나는 은행 업무와 신용 대출, 그리고 투자 유가증권에 관한 책을 열권 넘게 샀다. 이 책들은 조폐창에서 갓 찍어낸 새 돈처럼 빨간색과 황금색을 띤 채 내 책장에 꽂혀서 미다스와 모건과 마이케나스*만이 아는 번쩍거리는 비밀을 알려주겠다는 약속을 하는 듯했다. 이 책들 말고 다른 책들도 많이 읽어야겠다는 굳은 결심도 했다. 대학 다닐 때는 문학성이 꽤 있는 편이어서, 일 년간《예일대 학보》에다 매우 진중하고 논조가 분명한 사설을 쓴 적도 있었다. 그래서 그때 난 이 모든 재능을 다시 한 번 살려서 전문가들 중에서도 매우 드문 '균형 잡힌 완벽한 사람'이 될 생각이었다. 결국, '하나의 창을 통해 바라볼 때 인생이 훨씬 더 성공적으로 보인다.'는 말은 그저 하나의 경구에 그치지 않는다.

북미지역에서 가장 이상한 지역 중 한 곳에 집을 얻게 된 것은 우연이었다. 그 집은 뉴욕에서 정동향으로 뻗어있는 가느다랗고 떠들썩한 섬에 있었는데 그곳이 지닌 여러 자연적 기이함 중에서도 특히 두

---

* 로마의 문학, 예술의 보호자

땅의 지형이 유별나다. 뉴욕에서 20마일 떨어진 곳에 있는 한 쌍의 거대한 알 모양의 땅으로 지형이 똑 같다. 이름만 만灣이라고 할 수 있는 변변치 못한 만을 사이에 두고, 사람들에게 가장 많이 길들여진 서반구 바다 쪽으로 삐죽이 나와 있다. 그곳은 롱 아일랜드 해협의 앞마당 격이었다. 그 땅은 완전한 타원형은 아니고, 콜럼버스의 이야기에 나오는 계란처럼 끝이 조금 짓눌려 서로 맞닿아 있는 곳이 평평하다. 하늘을 나는 바다 갈매기들은 이 땅의 닮은 모습에 끊없이 놀랄 것이다. 날개가 없는 족속들에게 더 흥미로운 현상은 형태와 크기만 빼면 두 땅이 모든 면에서 철저히 다르다는 점이다.

난 웨스트에그에서 살았다. 두 땅 사이의 기괴하고 적지 않은 불길한 대조를 표현하기엔 매우 피상적인 꼬리표이긴 하지만, 그래도 웨스트에그가 둘 중 덜 세련된 곳이었다. 우리 집은 해협으로부터 50야드 떨어진 곳인 알의 맨 끝 부분에 있었는데 한 철에 12,000에서 15,000 달러에 임대되는 거대한 두 저택 사이에 끼여 눌려 있었다. 오른쪽 집은 누가 뭐래도 대단한 물건이었다. 노르망디 시청을 그대로 따라 지은 집으로 한쪽엔 탑이 있었는데 성긴 수염처럼 둘러있는 야생 담쟁이 넝쿨로 보아 새로 지은 티가 뚜렷했다. 대리석 풀장과 40에이커가 넘는 잔디밭과 정원도 있었다. 그 집이 개츠비의 저택이었다. 내가 개츠비 씨를 몰랐으니 그 집에 개츠비라는 신사가 살고 있었다는 정도로 해두자. 우리 집은 눈에 가시 같은 존재였지만 별 볼일 없는 가시여서 무시됐다. 그래서 난 바다가 보이고 내 이웃집 정원도 좀 내다 보면서 백만장자가 바로 옆에 산다는 위안까지 누릴 수 있는 집에서 한 달에 고작 80불만 내고 살고 있었다.

변변치 못한 만 건너편에 이스트에그의 세련된 흰 궁전 같은 저택들이 바다를 따라 줄지어 반짝였다. 그리고 그해 여름의 역사는 내가 탐 뷰캐넌 부부와 저녁을 함께 하려고 그곳으로 차를 몰고 간 그날 저녁에 본격적으로 시작된다. 데이지는 나에겐 육촌이었고 탐하고는 대학 때부터 알고 지냈다. 전쟁이 끝난 후 시카고에서 그들과 함께 이틀을 보낸 적이 있었다.

데이지의 남편은 다양한 신체적 기량이 있었지만 무엇보다도 뉴헤이븐 미식축구 역사상 가장 힘이 좋은 엔드* 중 한 명이었다. 어떤 면에서는 전국적인 인물이었고, 스물한 살의 나이에 매우 드물게 탁월한 자리까지 오르자 그 이후엔 모든 것들이 내리막 길 같은 기미가 느껴지는 그런 사람이었다. 그의 집안은 엄청난 부호였고 대학시절 그의 돈 씀씀이는 비난의 대상이었다. 시카고를 떠나서 동부로 온 지금도 그 부의 규모가 숨이 턱 막힐 정도였다. 예를 들자면 레이크포리스트**에서 폴로 경기용 조랑말을 떼로 끌고 왔다. 내 나이대의 사람이 그 정도로 부자라는 사실은 인정하기 힘든 일이었다.

그들이 동부로 온 이유를 모르겠다. 별 이유 없이 프랑스에서 일년을 보내고 난 뒤 그들은 폴로 경기가 있고 부자들이 함께하는 곳이라면 어디든 떠돌아다녔다. 이번엔 영원히 정착할거라고 데이지가 전화로 말했지만 난 믿지 않았다. 데이지의 마음을 들여다보지는 못했

---

* 미식축구에서 양끝의 선수
** 시카고의 상류지역

지만, 다시는 맛볼 수 없는 미식축구 게임의 그 극적인 격정을 탐이 아쉬운 듯 찾아다닐 거라는 생각이 들었다.

그래서 따뜻한 바람이 부는 어느 저녁에 나는 거의 아는 게 없는 오랜 친구 둘을 만나러 이스트에그로 차를 몰고 갔다. 그들이 사는 집은 내가 기대했던 것보다 훨씬 잘 꾸며져 있었고, 빨간색과 흰색이 기분 좋게 섞여있는 조지 왕조의 식민지 시대풍 저택으로, 만을 굽어보고 있었다. 잔디가 해변에서 시작해서, 해시계와 벽돌을 깐 산책로와 햇볕에 타는 듯한 정원을 건너뛰어서 앞 현관까지 사분의 일 마일가량 뻗어있었다. 마침내 집에까지 닿았을 땐 달려오던 힘으로 밝은 색 덩굴이 되어 건물 옆 벽을 타고 올라갔다. 건물의 전면은 죽 늘어선 프랑스식 창문으로 나뉘어져 있었고, 창문들이 지금은 햇빛을 받아 황금빛으로 반짝이면서 오후의 더운 바람을 향해 활짝 열려 있었다. 탐 뷰캐넌은 승마복 차림으로 양다리를 벌린 채 앞 현관에 서 있었다.

그는 뉴헤이븐 시절 이후로 변해 있었다. 이제 몸이 건장하고 머리카락이 담황색인 30대 남자였다. 다소 단단한 입 매무새에 태도가 오만했다. 반짝거리는 거만한 눈은 그의 얼굴 전체를 압도하여 언제나 몸이 앞으로 공격적으로 기울어져 있다는 인상을 주었다. 승마복의 여성스러운 화사함으로도 그 몸의 엄청난 힘을 채 가릴 수 없었다. 번쩍거리는 장화는 맨 위 끈이 조여지는 데까지 팽팽하고, 얇은 겉옷 밑에선 그의 어깨가 움직일 때마다 엄청난 근육 덩어리들이 꿈틀거리는 게 보였다. 엄청난 힘을 발휘할 수 있는 몸이었고, 한마디로 잔인한 몸이었다.

걸걸하고 허스키한 높은 톤의 목소리로 인해 그에게서 풍겨 나오는 까다로운 인상이 더 강하게 느껴졌다. 그의 목소리엔 가부장적인 경멸이 스며있어서, 자기가 좋아하는 사람들에게조차도 그런 느낌을 주었다. 그래서 뉴헤이븐에선 그의 뻔뻔함을 몹시 싫어하는 학생들이 있었다.

"단지 내가 너희들보다 힘이 더 세고 더 사내답다고 해서 내 생각이 최종적이라고는 생각지 마."라고 말하는 것 같았다. 우린 같은 졸업반 모임 소속이었다. 친한 적은 한 번도 없었지만, 그가 나를 인정했고, 그리고 자기처럼 거칠고 도전적인 기대감을 가지고 내가 자기를 좋아해 주길 원한다는 인상을 받았었다.

햇빛이 내려쬐는 현관에 서서 우린 잠시 이야기를 나눴다.

"여긴 아주 멋진 곳이네." 쉬지 않고 눈을 번득이면서 그가 말했다.

탐은 한 팔로는 나를 돌려 세우더니, 넓적하고 편편한 손을 움직여 집 정면에서 바라보이는 전망을 보여줬다. 움푹 들어간 이태리식 정원, 깊고 강한 향기가 나는 반 에이커 넓이의 장미 밭, 바닷가의 조류에 부딪치는 앞모습이 들창코 모양을 한 모터보트를 가리켰다.

"이 집은 석유사업을 하는 드메인이라는 사람의 소유였다네," 그는 정중하긴 하지만 갑작스럽게 나를 다시 돌려 세웠다. "안으로 들어가세."

천정이 높은 복도를 지나 밝은 장밋빛 공간으로 걸어들어 갔는데,

그 공간은 양 옆으로 프랑스식 창문이 있어서 건물에 위태롭게 붙어 있는 듯한 인상을 주었다. 창들은 살짝 열려 있었고, 집 안으로 좀 자라 들어온 것 같은 바깥의 파릇파릇한 잔디를 배경으로 흰색으로 빛나고 있었다. 잔잔한 바람이 방으로 불어 들어와서 커튼의 한쪽은 안으로 날리고 다른 쪽은 흰 깃발을 날리듯이 바깥쪽으로 날리다 설탕을 입힌 결혼 케이크 같은 천장 쪽으로 뒤틀어 올라갔다. 그러고 나서 포도주색 양탄자 위로 물결 모양을 만들어, 바람이 바다 위에 그림자를 드리우듯 그렇게 양탄자 위에 그림자를 만들었다.

그 방에서 유일하게 움직임이 없는 물건은 엄청나게 큰 소파였는데 그 위에 두 젊은 여인이 마치 붙잡아 매단 풍선 위에 올라탄듯이 떠 있었다. 둘 다 흰 옷을 입고 있었고 여인들의 드레스는 집을 한 바퀴 빠르게 돈 후에 바람에 날려 막 되돌아 온 것처럼 잔물결 모양을 일으키며 펄럭이고 있었다. 나는 찰싹거리며 탁탁거리는 커튼 소리와 벽에 걸린 그림들의 신음소리를 들으며 잠시 동안 서 있었다. 탐 뷰캐넌이 쾅하고 뒤창을 닫자 방 안에 갇힌 바람이 스러져갔고, 커튼과 양탄자와 젊은 두 여인은 풍선을 타고 내리듯이 천천히 바닥으로 내려왔다.

더 젊은 여자 쪽은 초면이었다. 그녀는 긴 소파 한쪽에 길게 누워 꼼짝 않았고 턱은 살짝 들어 올리고 있어, 마치 떨어지기 쉬운 물건을 턱 위에 올려놓고 균형을 잡고 있는 듯했다. 곁눈으로 나를 보았을지는 모르지만 그런 내색을 보이지는 않았다. 게다가 나는 놀란 나머지, 방으로 들어와 그녀를 방해해서 미안하다는 말을 할 뻔했다.

또 다른 여인인 데이지는 세심한 표정을 지으며 몸을 약간 앞쪽으로 기울이며 일어나려고 했다. 그러더니 좀 어이없는 매력적인 웃음을 살짝 지었다. 나도 따라 웃으면서 방 안으로 들어갔다.

"너무 행복해서 감각이 없을 지경이야."

자신이 재치 있는 말을 한 것 마냥 그녀는 또 웃었다. 내 얼굴을 올려보면서 이 세상에서 나만큼 보고 싶은 사람이 없었노라고 다짐이라도 하는 듯이 내 손을 잠시 잡고 있었다. 이것이 그녀의 방식이다. 데이지는 균형을 잡고 있는 여인의 성이 베이커라고 작은 소리로 속삭이면서 넌지시 알려줬다. (데이지가 속삭이는 의도는 사람들이 자기 쪽으로 몸을 기울이게 하려는 것이라는 소리를 들은 적이 있다. 그런 부적절한 비난도 그녀의 속삭임이 주는 매력을 줄어들게 하지는 못했다.)

어쨌든, 베이커 양의 입술이 달싹거렸고 나를 향해 거의 알아차리지 못할 정도로 고개를 까딱하더니 다시 재빨리 고개를 뒤로 젖혔다. 균형을 잡고 있던 물건이 살짝 뒤뚱거려서 깜짝 놀란 모양이다. 또 사과의 말이 내 입 밖으로 나올 뻔했다. 완벽한 자족감을 보여주는 것들을 보면 거의 매번 내 입에서 깜짝 놀란 찬사가 터져 나왔다.

나는 사촌을 돌아 봤고 그녀는 낮고 떨리는 목소리로 질문을 하기 시작했다. 마치 모든 말이 다시는 연주되지 않을 음표의 배열과도 같아서 목소리를 따라 귀가 오르내리도록 만드는 그런 목소리였다. 밝은 눈과 밝고 열정적인 입 등 밝은 기운이 얼굴에 어려 있어 그녀의 얼굴은 슬픈 듯 사랑스러웠다. 그러나 목소리엔 그녀에게 관심이 있는 남자라면 결코 잊을 수 없는 흥분감이 담겨 있었다. 노래를 해야할 것 같은 충동성, "들어봐요"라는 속삭임, 방금 전에 신나고 즐거운 일을 했고 곧 즐겁고 신나는 일을 할 것이라는 약속.

나는 동부로 오는 길에 시카고에 하루 정도 들렸다는 말과 그곳 사람들이 데이지에게 안부를 전했다는 이야기를 했다.

"날 보고 싶어 하나요?" 데이지가 들떠서 물었다.

"마을 전체가 침울해. 차 왼쪽 뒷바퀴는 모두 애도의 화환처럼 검은 색으로 칠했고, 밤새 북부해안을 따라 애곡이 끊이질 않으니까."

"너무 멋져! 우리 돌아가요, 탐. 내일요!" 그러더니 뜬금없이 "우리 아기를 봐야죠."라고 덧붙였다.

"보고 싶은데."

"지금 자고 있어요. 이제 세 살이에요. 우리 아기 본 적 없으시던가요?"

"응, 못 봤지."

"그럼, 꼭 봐야 해요. 그 아이는—"

쉬지 않고 방안을 돌아다니던 탐 뷰캐넌이 걸음을 멈추고 내 어깨에 손을 얹었다.

"닉, 자넨 무슨 일을 하나?"

"채권을 다루네."

"누구랑 하지?"

나는 대답을 했다.

"들어본 적 없는 이름들이구만." 그는 단호하게 말했다.

난 좀 언짢았다.

"앞으론 들어보게 되겠지." 짧게 대답했다. "자네가 동부에 계속 있는 다면 듣게 될 걸세."

"아, 난 동부에 있을 걸세, 걱정 말게나." 탐은 뭔가 경계할 것이 더 있는 듯 데이지를 힐끗 보고나서 나도 힐끗 보면서 말했다. "다른 곳에 가서 산다면 그야말로 멍청한 짓이지."

이 순간 베이커 양이 "물론이죠"라고 말했는데 너무 갑작스런 말이라서 나는 깜짝 놀랐다. 내가 이 방으로 들어온 후 그녀가 처음으로 한 말이었다. 하품을 하다가 재빠르고 능숙하게 움직여 방 가운데에 서 있는 것으로 보아 분명 그녀 자신도 나만큼이나 놀란 것이 틀림없었다.

"몸이 뻣뻣해. 너무 오랫동안 소파에 누워있었어." 그녀가 투덜거렸다.

"왜 날 보니? 오후 내내 뉴욕에 가자고 했어, 난." 데이지가 받아쳤다.

"난 됐어요," 방금 저장실에서 꺼내서 들어온 칵테일 네 잔을 보며 베이커 양이 말했다. "훈련 중이거든요."

탐은 믿기지 않는다는 듯이 그녀를 바라봤다.

"그래요!" 탐은 마치 술잔 바닥에 한 방울 있는 것을 들이키듯이 자기 술잔을 후딱 비웠다. "당신이 어떻게 그런 일들을 해내는지 이해가 안 돼."

난 그녀가 '해내는 것'이 무엇인지 궁금해서 베이커 양을 쳐다보왔다. 그녀를 보는 것이 즐거웠다. 마르고 가슴이 작은 여자인데 몸이 반듯했다. 젊은 사관생도처럼 어깨를 뒤로 젖혀서 반듯한 몸이 더 두드러졌다. 그녀의 얼굴은 마르고 매력적이면서도 불만이 있는 듯했다. 예의바르고 공손한 호기심이 가득한 채 햇빛에 긴장된 회색빛 눈으로 나를 돌아봤다. 전에 어디선가 그녀를 봤다는, 아니면 사진이라도 봤었다는 생각이 무심코 들었다.

"웨스트에그에 사신다고요." 거만하게 그녀가 말했다. "그곳에 사는 사람을 아는데."

"난 한 사람도 모르─."

"개츠비는 알걸."

"개츠비? 어떤 개츠비?" 데이지가 물었다.

그가 내 옆집에 산다고 말하기도 전에 저녁이 준비되었다는 말이 전해졌다. 탄탄한 팔로 내 팔을 강압적으로 끼면서 탐 뷰캐넌은 체스판의 말을 옮기듯이 나를 방에서 밀어냈다.

날씬하고 나른한 젊은 두 여인이 손을 엉덩이 위에 가벼이 얹은 채로 일몰을 향해 열려 있는 장밋빛 현관으로 앞서 갔다. 그곳엔 이제 바람이 좀 잦아든 식탁 위에서 촛불 네 개가 어른거리고 있었다.

"웬 초야?" 인상을 쓰며 데이지가 반감을 표했다. 손가락으로 초를 비벼 껐다.

"보름만 지나면 하지가 될 걸." 그녀는 우리 모두를 환하게 바라봤다. "당신들도 늘 하지를 기다리다가 지나가면 그리워하고 그러나요? 난 항상 그래요."

"뭔가 계획을 세워야하지 않을까?" 마치 침대 속으로 들어가듯 식탁에 앉으면서 베이커 양이 하품을 했다.

"좋지. 뭘 할까?" 뭘 해야 좋을지 몰라 하면서 데이지는 나를 봤다. "사람들은 어떤 계획들을 세우지?"

내가 대답을 하기 전에, 놀란 표정으로 그녀는 새끼손가락을 뚫어져라 쳐다봤다.

"어머! 다쳤잖아." 그녀가 투덜댔다.

모두가 쳐다봤다. 손가락 마디에 멍이 들어 있었다.

"당신이 그랬어요, 탐." 그녀는 비난조로 말했다. "그러려고 그런 게 아니라는 건 알아요, 그래도 당신 짓이에요. 이게 내가 거친 남자랑 결혼해서 얻은 대가랍니다. 거대하고 둔하고 몸집만 큰 종족—"

"둔하고 몸집만 크다는 말 싫다고, 농담일지라도." 탐이 속이 뒤틀려서 반감을 나타냈다.

"둔하고 몸집만 크다네." 데이지가 계속했다.

어떤 때는 불쾌하지 않고 아무 의미도 없는 농담조의 말을 데이지와 베이커 양이 동시에 하는 경우도 있었다. 그것은 잡담이라고 할 수도 없는 것이, 그들이 입고 있는 흰 드레스와 욕망이라곤 전혀 없는 무정한 그들의 눈처럼 차가왔다. 그들은 그저 환대해 주고 환대 받기 위해 의례적으로 상냥하게 굴면서 탐과 나를 맞이했다. 이제 곧 저녁 식사가 끝나고 조금 후면 저녁시간도 그저 지나가 버린다는 것을 그녀들은 알았다. 서부와는 확연히 달랐다. 서부의 저녁시간은 끊임없이 꺾이는 기대 속에서, 아니면 그 순간 자체의 긴장된 두려움 속에서 그 끝을 향해 매 순간 급히 움직인다.

"당신은 내가 미개한 것 같은 느낌이 들게 만드는데, 데이지." 코르크 냄새가 나지만 다소 강한 풍미를 내는 붉은 포도주를 두 잔째 비우면서 내가 털어놓았다. "농작물이나 뭐 그런 얘기를 할 수는 없을까?"

난 별 의미 없이 한 말이었는데 그것이 의외의 방향으로 받아들여졌다.

"문명이 산산조각 날거야." 탐이 거칠게 말을 쏟아 냈다. "난 끔찍한 비관주의자가 됐다네. 고다드라는 자가 쓴 《유색인 제국의 발흥》이라는 책 읽어 봤나?"

"글쎄, 안 읽어 봤어." 난 그의 말투에 다소 놀라서 대답했다.

"음, 좋은 책이야, 사람들이 다 읽어야 할 텐데 말이야. 요는 우리가 정신 차리지 않으면 백인종이 완전히 사라지고 만다는 얘기지. 모두 과학적인 말이야, 이미 증명이 되고 있어."

"요즘 탐이 점점 난해한 말들을 해요." 데이지가 생각 없이 슬픈 표정으로 말했다. "말이 어려운 심오한 책들을 읽어요. 그게 무슨 단어 였더라—"

"음, 이런 책들은 다 과학적이라고." 성마르게 데이지를 힐끗 보면서 탐이 강조했다. "그 친구가 모든 것을 다 얘기 해 놨어. 이제 조심하는 건 지배 인종인 우리 몫이야. 안 그러면 다른 인종들이 지배하게 될 거야."

"그 사람들을 때려 눕혀야 되겠네." 뜨거운 태양을 향해 사납게 눈을 깜박거리면서 데이지가 낮게 말했다.

"캘리포니아에서 살아야 한다니까—" 베이커 양이 말을 꺼냈지만 탐이 의자에서 몸을 무겁게 움직이면서 말을 끊고 들어왔다.

"우리가 북유럽 게르만 민족이라는 거야. 나도, 당신도, 당신도 또—" 아주 잠깐 망설이더니 고개를 살짝 까닥하면서 데이지도 포함시켰다. 데이지는 나를 향해 다시 눈을 찡긋했다. "—우리들이 문명을 이루는 모든 것들을 만들어 냈어—아, 과학과 예술, 그리고 그 모든 것들을. 알겠나?"

그렇게 열변을 토하는 모습엔 왠지 애처로움이 배어 있었다. 그의 자족감이 과거보다 더 날카로웠지만 그래도 충분하지는 않은 것 같았다. 거의 동시에 전화가 안에서 울리고 집사가 현관을 떠났을 때, 데이지는 대화가 중단된 그 잠깐을 틈 타 내 쪽으로 몸을 기울였다.

"우리 집안의 비밀을 얘기해 줄게요." 신나게 속삭였다. "집사 코 얘긴데, 듣고 싶어요?"

"그 얘길 들으려고 오늘 밤 내가 온 거잖아."

"음, 저 사람이 원래 집사는 아니었대요. 뉴욕에 사는 어떤 사람 집에서 이백 명분이나 되는 은 식기를 닦았었대. 아침부터 밤까지 닦아야 했는데 결국 코에 문제가 생긴 거야—"

"상황이 더 안 좋아 졌겠네." 베이커 양이 넌지시 말했다.

"맞았어. 상황이 더 나빠져서 그 일을 그만 두어야 했대."

그녀의 빛나는 얼굴에 마지막 햇살이 비쳐 잠시 낭만적으로 보였다. 이야기를 듣는 동안 그녀의 목소리는 나를 숨차게 앞으로 끌

고 갔다. 그리곤 땅거미가 지면 아이들이 즐겁게 놀던 거리를 마지못
해 아쉽게 떠나가듯이 불빛이 하나하나 그녀를 아쉽게 떠나면서 빛
이 사라졌다.

집사가 다시 와서 탐의 귀에 대고 무슨 말을 중얼 거리자 탐은
인상을 쓰고 의자를 뒤로 밀더니 한마디 말도 없이 안으로 들어갔
다. 탐이 자리를 뜬 것이 그녀 안에 있는 무언가를 자극한 듯이, 데
이지는 몸을 다시 앞으로 기울였고 목소리도 생생해져서 노래를 부
르는 것 같았다.

"우리 집 식탁에서 당신을 보니까 정말 좋아요, 닉. 당신을 보면—
장미가 생각나, 순수한 장미. 안 그러니?" 베이커 양을 보면서 맞장구
를 얻어내려고 했다. "순수한 장미라고?"

그건 맞지 않는 얘기다. 난 장미 같은 면이 전혀 없다. 그저 즉흥
적으로 만들어 낸 말이었지만 그래도 감동을 주는 따뜻함이 그녀에
게서 흘러 나왔다. 마치 숨 가쁘게 전율하는 단어들로 감싸여서 그
녀의 마음이 당신에게 다가가려는 것 같았다. 그러더니 갑작스레 냅
킨을 식탁 위에 던지고서 양해를 구하고 집 안으로 들어가 버렸다.

베이커 양과 나는 의식적으로 아무런 의미도 담지 않은 짧은 시
선을 주고받았다. 내가 막 말을 하려고 하는데 베이커 양은 조심스럽
게 자리에서 일어서며 경고조로 "쉬!"라고 했다. 흥분된 목소리가 소
리를 죽인 채 건너 편 방에서 들려 왔고 베이커 양은 부끄러운 줄도
모르고 그 소리를 엿들으려 몸을 앞으로 기울였다. 중얼거리던 소리
가 떨리며 응집되려는 순간에 가라앉고, 다시 흥분해서 올라가더니

이내 뚝 끊겨버렸다.

"당신이 말하던 그 개츠비 씨가 제 옆집에―"라고 말을 시작했다.

"말하지 말아요. 무슨 일이 벌어지는지 듣고 싶으니까."

"무슨 일이 일어나고 있는 건가요?" 난 순진하게 물었다.

"모르신다는 말씀이에요? 난 다들 알고 있는 줄 알았는데." 베이커 양이 정말로 놀라서 말했다.

"모르는데요."

"그게―탐이 뉴욕에 여자가 있어요." 그녀가 머뭇거리며 말했다.

"여자가 있다고요?" 난 멍청하게 따라했다.

베이커 양이 고개를 끄덕였다.

"저녁 식사 시간은 피해서 전화하는 정도의 교양은 갖춰야 하는 거 아닌가요. 안 그래요?"

그녀가 한 말의 뜻을 파악하기도 전에 옷이 펄럭이는 소리와 철 컥거리는 가죽 장화 딛는 소리가 나더니 탐과 데이지가 식탁으로 돌아 왔다.

"어쩔 수가 없었어!" 데이지는 쾌활하게 말했으나 왠지 긴장감이 배어 있었다.

데이지는 자리에 앉아 베이커 양과 나를 차례로 살피듯이 바라보더니 계속해서 말했다. "밖을 잠시 내다 봤는데 아주 낭만적이야. 새가 한 마리 잔디 위에 내려와 앉았는데, 커나드나 화이트스타 해운사 선박을 타고 날아 온 나이팅게일일거야. 울면서 날아가네―" 그녀의 목소리도 노래를 했다. "낭만적이야, 안 그래요, 탐?"

"아주 낭만적이군."이라고 말하고서 탐은 나를 향해 뚱하게 말했다. "저녁식사 후에 여전히 날이 밝으면 마구간에 데려가고 싶은데."

갑작스럽게 전화벨이 안에서 울렸다. 데이지가 탐을 향해 단호히 머리를 흔드는 바람에 마구간 얘기가, 사실 모든 얘기가 사라졌다. 식탁에서 보낸 마지막 5분 동안의 뚝뚝 끊긴 장면들 중에 기억나는 것이라곤 촛불이 이유 없이 다시 켜졌다는 사실과 사람들을 다 똑바로 쳐다보고 싶어 하면서도 그들의 눈길을 피했다는 사실이다. 나로서는 데이지와 탐이 무슨 생각을 하고 있는지 알 길이 없었지만, 견고한 회의주의가 몸에 밴 것처럼 보이는 베이커 양조차도 쇠 된 금속성 소리로 울려대는 다섯 번째 손님의 긴급함을 마음에서 지워낼 수 있었을까 의심스러웠다. 어떤 기질의 사람들에겐 이 상황이 흥미로워 보였을지도 모른다. 그러나 이럴 때 나의 본능적 반응은 당장 경찰에 전화를 거는 것이다.

물론 말馬 이야기는 다시 꺼내지 않았다. 시신 바로 곁에서 밤샘을 하러 가는 것처럼 축 쳐져 탐과 베이커 양은 서재로 걸어갔는데 몇 걸음 떨어져 걷는 그들 사이에 석양이 비쳤다. 반면 나는 아주 흥미롭게 관심이 있으면서도 귀가 조금 먹은 척 애쓰면서 서로 연결되어 있는 베란다를 돌아서 앞쪽 현관까지 데이지를 따라갔다.

데이지는 얼굴의 아름다운 선을 직접 느껴보려는 듯이 손으로 얼굴을 감쌌다. 그녀는 벨벳처럼 부드러운 석양을 바라보려 눈을 서서히 움직였다. 그녀가 격동하는 감정에 사로잡히는 모습이 보였다. 그래서 내 딴에는 마음을 진정시켜 주려고 그녀의 어린 딸에 대한 몇 가지 질문을 했다.

"우린 서로 잘 모르죠, 닉. 사촌이래도요. 내 결혼식에도 안 왔잖아요." 갑작스레 그녀가 말했다.

"내가 전쟁에서 돌아오기 전이었지."

"맞아요." 그녀는 좀 주저했다. "음, 매우 힘겨운 시간을 보냈어요, 닉. 그래서 난 모든 일에 꽤 냉소적이에요."

그럴만한 이유가 분명히 있는 것 같았다. 나는 기다리고 있었으나 그녀는 더 이상 아무 말도 하지 않았다. 잠시 후에 난 다소 힘없이 그녀의 딸에 대한 이야기를 다시 꺼냈다.

"이제 말을 하겠네. 음식도 먹고—별거 다 하겠네."

"아, 그래요." 멍하니 나를 봤다. "있잖아요, 닉, 우리 애가 태어났을 때 내가 뭐라고 했는지 말해줄까? 듣고 싶어요?"

"좋지."

"그 이야기를 들으면 내가 세상에 대해 어떤 생각을 갖게 됐는지 알 수 있을 거야. 음, 아이가 태어난 지 한 시간밖에 되지 않았는데 탐이 어디 있는지 알 수가 없었어요. 마취에서 깨어났을 땐 완전히 버림 받은 느낌이었지요. 깨자마자 간호사에게 아이가 딸인지 아들인지를 물었는데 딸이라고 하더라고. 난 고개를 돌리고 울었어요. 그리고 말했어요. '괜찮아, 딸이라서 좋으네. 멍청했으면 좋겠어. 그게 여자로서는 제일이거든. 아름답고 귀여운 멍청이.'

"알겠죠, 난 모든 게 끔찍하다고 생각해요," 확신에 차서 계속 말을 이었다. "모든 사람들이 그렇게 생각하죠—가장 앞선 사람들도. 난 알아요. 난 여기저기 다니면서 다 보고, 다 해봤거든." 그녀의 눈이 마치 탐의 눈처럼 반항적으로 반짝였다. 소름끼치는 냉소를 머금고 웃었다. "닳고 닳았거든—세상에, 난 닳고 닳았다고!"

그녀의 목소리가 나의 관심과 신뢰를 강요하기를 그치며 뚝 끊기는 순간, 난 그녀가 한 말에서 본질적인 거짓을 감지했다. 저녁 내내 그녀가 했던 모든 것이 나에게서 감정 분담을 끌어내려는 일종의 속임수였던 것 같아 난 불편해졌다. 난 기다렸고, 아니나 다를까 잠시 후에 그 아름다운 얼굴에 분명한 선웃음을 지으며 그녀가 나를 봤다. 마치 자기와 탐이 꽤 특별한 비밀 단체의 회원임을 단언하는 것 마냥.

*

안쪽은, 주홍빛 방이 빛으로 환하게 빛났다. 탐과 베이커 양은 긴 소파 양 끝에 앉아 있었고, 베이커 양은《새터데이 이브닝 포스트》지를 소리 내어 읽어주고 있었다. 단어들이 속삭이듯 억양 없이, 마음을 진정시켜주는 어조로 계속 이어졌다. 탐의 부츠를 환하게 비추고 베이커 양의 가을 나뭇잎 같은 노란 머리를 흐릿하게 비추는 램프 불빛이, 그녀 팔의 늘씬한 근육이 사뿐히 책을 한 쪽씩 넘길 때마다 책장을 따라 반짝였다.

우리가 안으로 들어섰을 때, 그녀는 손을 들어 잠시 우리를 조용히 붙잡아 놓았다.

잡지를 탁자 위로 던지면서 "다음 호에 계속"이라고 말했다.

무릎을 불안하게 움직이면서 몸을 펴더니 자리에서 일어났다.

"10시네." 언뜻 보기에 천장에서 시간을 안 것처럼 말했다. "이 착한 아가씨는 잠자러 갈 시간이야."

"조던은 내일 웨스트체스터에서 토너먼트 시합이 있어요." 데이지가 설명해줬다.

"아— 당신이 조던 베이커 양이군요."

이제야 왜 그녀의 얼굴이 익숙하게 느껴졌는지를 알았다. 애슈빌과 핫스프링스, 팜비치에서 경기가 있을 때 스포츠 잡지에 실린 수많은 사진 속에서 그녀는 유쾌하고도 무시하는 듯한 표정으로 나를 바라보곤 했었다. 그녀에 관한 이야기도 좀 들었는데 오래 전 일이라 무슨 일이었는지 기억은 나지 않지만 비판적이고 유쾌하지 못한 이야기였다.

"잘 자요." 그녀는 부드럽게 말했다. "8시에 깨워줘요."

"일어난다면."

"일어날 거야. 안녕히 가세요, 캐러웨이 씨. 또 봐요."

"당연히 또 보게 될 걸." 데이지가 재차 말했다. "실은 중매를 설까 하는데. 우리 집에 자주 놀러 와요, 닉. 두 사람을 한번 엮어 주려고. 오빠도 알지—옷장 속에 두 사람을 가둬서 보트에 태워 바다로 내보내는 뭐 그런 것들을 하려는 거야—."

"잘 자." 계단에서 베이커 양이 큰 소리로 말했다. "난 들은 바 없음."

"좋은 여자야." 잠시 후 탐이 말했다. "이렇게 여기저기 돌아다니도록 내버려 둬서는 안 되지."

"누가 그러면 안 된다고요?" 데이지가 차갑게 물었다.

"가족 말이야."

"가족이라 봐야 나이 많으신 이모밖에 없는데, 뭐. 게다가 닉이 잘 보살펴 줄 텐데요, 안 그래요 닉? 조던이 이번 여름엔 주말을 대부분 여기서 보낼 거예요. 가족적인 분위기가 쟤한테 좋은 영향을 줄 거라고 생각해."

데이지와 탐은 아무 말 없이 잠시 서로를 바라봤다.

"뉴욕 태생인가?" 나는 재빨리 물었다.

"루이빌 태생이에요. 우리는 순수하고 깨끗한 소녀시절을 그곳에서 함께 보냈죠. 아름답고 순수한—"

"베란다에서 허심탄회한 대화를 닉과 좀 나눴나?" 탐이 갑자기 물었다.

"그랬나요?" 데이지가 나를 쳐다봤다. "기억이 안 나는데. 하지만 북유럽 게르만 민족에 대해선 이야기를 한 것 같아요. 맞아, 그랬어요. 그게 스멀스멀 생각이 나서. 우선 알아야 할 것은—"

"데이지가 하는 말 다 믿지는 마, 닉." 탐이 내게 충고했다.

아무것도 들은 바가 없다고 가볍게 답하고 나서 잠시 후 집으로 돌아가려고 자리에서 일어났다. 그들은 나와 함께 문으로 나와서 밖으로 비추는 밝은 빛 안에 나란히 서 있었다. 내가 차에 시동을 거는데 데이지가 단호하게 "잠깐!" 하고 크게 소리쳤다.

"중요한 사실을 하나 묻는다는 게 까먹었어요. 서부에서 약혼했다고 들었는데."

"맞아, 약혼했다는 소식 들었지." 탐도 친절히 거들었다.

"중상모략이야. 결혼하기엔 난 너무 가난해."

"근데, 그런 소문이 있던데. 데이지가 계속 우겼다. 또 다시 꽃이 피는 것처럼 말을 시작해서 나를 놀라게 했다. "세 사람한테 들었으니 사실일 텐데."

물론 무슨 말을 하는 건지 알고 있었다. 그러나 난 약혼 같은 것은 절대 하지 않았다. 내가 동부로 오게 된 이유 중 하나가 가십란에 결혼예고가 실렸던 것이었다. 소문이 무서워서 오랜 친구와 사이를 끊을 수도 없고, 소문이 무서워 결혼을 할 수도 없는 노릇이었다.

두 사람의 관심이 조금은 감동적이었다. 그래서 그들이 나와 아주 동떨어지게 부유한 사람이라고는 생각되지 않았다. 그래도 운전을 하면서 돌아오는데 혼란스럽기도 하고 조금은 역겹기도 했다. 내 생각에 데이지가 해야 할 일은 아이를 안고 당장 그 집에서 뛰쳐나오는 것 같은데도 데이지에겐 그럴 의도가 전혀 없어 보였다. 탐으로 말하자면 "뉴욕에 여자가 있다"는 사실이 책 한 권 때문에 그가 우울해 졌다는 것보다 더 놀랄만한 일은 아니었다. 마치 그의 탄탄한 육체에 대한 자만도 이제는 독단적인 마음을 더 이상 키워줄 수 없는 것처럼, 그 무언가가 탐에게 이미 한물간 이념을 갉아먹도록 만들었다.

여관 지붕과 길 가의 차 정비소 앞에는 벌써 여름이 깊어 갔고, 정비소 앞에 새로 설치된 빨간색 석유 펌프는 쏟아지는 빛을 받으며 서 있었다. 웨스트에그에 있는 집에 도착해서 차를 차고에 넣고 마당에 버려진 잔디 깎는 로울러 위에 잠시 앉아 있었다. 가득 찬 대지의 풀무가 개구리들에게 생명력을 가득 불어 넣는 내내, 불어오던 바람은 나무들 속에서 날개를 퍼덕이며 끊이지 않는 오르간 소리를 내면서 밤을 시끄럽고 환하게 만들었다. 고양이 그림자가 달빛을 가로지르며 흔들려서 그 모습을 보려고 고개를 돌렸을 때 그곳에 나 혼자만 있는 것이 아니라는 사실을 알게 되었다. 50피트쯤 떨어진 곳에서 한 사람이 내 이웃집의 그림자 속에서 모습을 드러내며, 두 손을 호주머니에 찌른 채 은빛 보석을 뿌려놓은 듯한 밤하늘의 별을 바라보며 서 있었다. 서두르지 않는 그의 움직임과 잔디밭을 굳게 디딘 두 다리의 안정된 자세로 보아 그 사람이 개츠비 씨라는 것을 알았다. 얼마만큼의 하늘이 자기 소유인지를 확인하려고 직접 나왔을 것이다.

나는 그를 부르려고 했다. 저녁을 먹으면서 베이커 양이 그의 이름을 언급했으니 그 정도면 말을 걸 충분한 명분이 된다고 생각했기 때문이다. 그런데 갑자기 그가 혼자 있기를 원한다는 느낌이 들어서 난 그의 이름을 부르지 않았다. 그는 검은 바다를 향해 좀 이상한 모습으로 팔을 뻗어 전율하고 있었다. 거리가 멀리 떨어져 있긴 했지만 그 모습은 분명히 보였다. 나도 무심코 바다 쪽을 바라보았는데 멀리서 아주 작은 녹색 불빛 하나가 반짝이는 것 말고는 아무것도 보이지 않았다. 그 빛은 부두 끝에서 반짝이는 것 같았다. 다시 개츠비 씨를 보려고 했을 때 그의 모습은 이미 보이지 않았고, 난 불안한 어둠 속에서 다시 혼자가 되었다.

제 2 장

웨스트에그와 뉴욕 시 중간쯤에서 찻길과 철로가 갑자기 만나, 황량한 지역인 그곳에서 몸을 움츠려 피하려는 듯이 사분의 일 마일쯤을 나란히 달려간다. 이곳이 재의 계곡이다. 재가 밀이 자라듯 산마루와 산등성이, 괴이한 정원에서 자라나는 환상적인 농장이다. 그곳에서는 재가 집 모양, 굴뚝 모양, 연기가 피어오르는 모양이 된다. 그리고 마침내는 초월적인 노력을 기울여 회색의 잿빛 사람들의 모습이 된다. 그 잿빛 사람들은 가루가 날리는 공기 속에서 흐릿하게 움직이다 이내 바스러져 내린다. 때론 회색 차들이 눈에 보이지 않는 차도를 따라 줄지어 기어가고, 무서운 소리를 내고 멈춰 선다. 그러면 그 즉시 잿빛 사람들은 납으로 된 삽을 가지고 무리지어 몰려 나와서 앞을 내다볼 수 없을 정도로 짙은 구름을 일으키고, 그 구름은 그들의 이해할 수 없는 행동을 눈에 띠지 않도록 가려준다.

　그러나 회색 땅과 그 땅 위로 쉼 없이 떠다니는 황폐한 먼지들이 발작적으로 일어나는 곳을 조금만 지나가면 당신이 보게 되는 것이 있는데 그것은 티 제이 에클버그 박사의 눈이다. 그 눈은 푸르고 거대하다. 눈의 망막의 높이는 1야드나 된다. 얼굴은 없고, 대신 있지도 않은 코 위에 걸쳐진 거대한 노란색 안경 속에서 눈이 바라본다. 어

떤 못 말리는 안경 상인이 퀸즈에서 사업을 불릴 생각으로 그 눈을
그곳에 걸어 놓은 게 분명하다. 그러고 나서 자기가 영영 눈이 멀어
버렸거나 그 눈이 그곳에 걸려 있다는 것도 잊은 채 이사를 가 버렸
을 거다. 비와 햇빛에 시달리며, 오랜 세월 덧칠을 해 주지 않아서 조
금씩 흐려진 그 눈들은 거대한 쓰레기장을 내려다보며 곰곰이 생각
에 잠겨 있다.

　재의 계곡의 한쪽은 작고 더러운 강과 면해 있다. 그리고 바지선
들을 통과시키기 위해 도개교가 들어 올려지면 기다리고 서 있는 기
차 안 승객들은 30분 동안 그 음울한 장면을 바라볼 수 있다. 그곳
에선 기차가 적어도 1분 정도는 멈추는데, 그 때문에 난 처음으로 탐
의 정부를 만났다.

　탐을 아는 사람들은 어디서나 그에게 정부가 있다는 사실을 말
하곤 했다. 그들은, 사람들이 많은 카페에 탐이 자기 정부를 데리고
와서 그 여자를 자리에 앉혀 놓고는 자기는 아는 사람마다 찾아가서
잡담을 나눴다는 사실에 대해 분개했다. 난 그 여자가 어떤 여잔지 보
고 싶은 호기심은 있었지만, 딱히 만나고 싶지는 않았다. 그런데 결국
만나게 되었다. 어느 날 오후 기차를 타고 탐과 함께 뉴욕으로 올라가
던 참이었다. 잿더미 옆에 기차가 멈췄을 때 탐은 벌떡 일어나더니 내
팔꿈치를 잡고 그야말로 강제로 기차에서 내리게 했다.

　"내리자고. 내 여자를 만나보지." 그가 우겼다.

　그가 점심에 너무 많이 마신 탓이라고 생각했다. 나와 동행하려
는 그의 결심은 거의 폭력적 수준이었다. 그는 일요일 오후에 내가

이보다 딱히 더 나은 할 일이 달리 없을 거라는 오만한 억측을 하고 있었다.

나는 그를 따라 하얗게 색이 바래고 나지막한 철로 울타리를 넘어갔다. 에클버그 박사의 끈질긴 응시를 받으면서 길을 따라 백 야드쯤 되돌아 걸어 내려왔다. 눈에 띄는 건물이라고는 황무지 모서리 끝에 자리 잡은 노란 벽돌로 지은 작은 건물이 하나 있었는데, 소위 중심가라고 하는 조촐한 거리에는 그 건물만 있고 주변에는 아무것도 없었다. 그 건물에는 3개의 상점이 있었는데 그중 하나는 세를 놓고 있었고, 다른 하나는 밤새 문을 여는 식당으로 재의 도로에 인접해 있었다. 세 번째 상점은 차 정비소였다. 수리. 조지 B. 윌슨. 차 매매. 나는 탐을 따라 안으로 들어갔다.

내부는 보잘 것 없었고 퀭했다. 차라고는 먼지를 뽀얗게 뒤집어쓴 채 어두운 구석에 처박혀 있는 망가진 포드 자동차가 유일하게 눈에 들어왔다. 이 그림자 같은 수리점은 위장이고 고급스럽고 낭만적인 방들이 위쪽에 숨겨져 있을 거란 생각이 들었다. 그때 주인이 걸레 조각에 손을 닦으면서 사무실 문에 모습을 드러냈다. 맥아리가 없고 빈혈을 앓고 있는 듯한, 금발에 조금은 잘생긴 사람이었다. 우리를 보자 그의 옅은 푸른 눈에 촉촉한 희망의 불꽃이 솟아올랐다.

"잘 있었나, 여보게 윌슨." 탐이 유쾌하게 그의 어깨를 치면서 말했다. "사업은 잘되고?"

"그저 그렇죠, 뭐." 자신 없이 윌슨이 대답했다. "그 차는 언제 저한테 넘기실 건가요?"

"다음 주에. 사람을 시켜 손을 좀 보는 중이야."

"일을 꽤 더디게 하는 사람인가 보네요."

"아니," 탐은 차갑게 말했다. "자네가 그렇게 생각한다면 다른 데 다 파는 게 낫겠네."

"그런 말이 아니라," 윌슨이 재빨리 변명을 했다. "저는 그저─"

그의 목소리가 기어들어갔고, 탐은 정비소를 성급하게 둘러봤다. 그때 계단을 내려오는 발소리가 들렸고, 곧 살집이 두툼한 한 여인의 형체가 사무실 문에서 나오는 불빛을 가로막고 있었다. 그녀는 30대 중반이었고 몸은 살이 좀 찐 편이었지만 육감적으로 움직일 줄 아는 여자들처럼 그렇게 몸을 움직였다. 물방울무늬가 있는 엷은 군청색 비단 크레이프천 옷을 받쳐 입은 그녀의 얼굴은 아름다운 면이나 아름다운 빛이 조금도 없었다. 그러나 온몸의 신경이 끊없이 발산하는 생명력이 즉각적으로 느껴졌다. 그녀는 천천히 미소를 지으며 마치 자기 남편이 허깨비라도 되는 듯 그를 지나쳐 똑바로 탐을 바라보면서 그와 악수를 했다. 입술을 적시더니 얼굴을 돌리지도 않은 채 부드러우면서도 음탕한 목소리로 자기 남편에게 말했다.

"의자 좀 내와요. 앉으시게들."

"아, 그렇지." 윌슨은 그 말에 따라 허겁지겁 작은 사무실 쪽으로 갔는데, 벽의 시멘트 색깔과 금방 섞였다. 흰 잿빛 먼지가 주변의 모든 것들을 가려 버리듯이 그의 검은 양복과 창백한 머리카락도 가려 버렸다. 그러나 탐에게 가까이 다가가는 그의 아내만큼은 예외였다.

"보고 싶었어. 다음 기차 타." 탐은 열망하며 말했다.

"알았어요."

"지하 신문 판매대에서 만나."

그녀는 고개를 끄덕이더니 조지 윌슨이 의자 두 개를 들고 사무실 문에서 모습을 나타내자 탐의 곁에서 물러났다.

우린 길 아래로 가서 눈에 띠지 않게 그녀를 기다렸다. 독립기념일이 며칠 안 남았을 때여서, 뼈만 앙상한 회색빛 이탈리아계 꼬마가 철로를 따라 폭죽을 한 줄로 심고 있었다.

"끔찍한 곳이야, 안 그래?" 에클버그 박사와 얼굴을 서로 찡그리면서 탐이 말했다.

"끔찍하군."

"이곳을 벗어나는 게 그 여자한텐 좋아."

"남편이 반대하진 않나요?"

"윌슨 말인가? 뉴욕에 있는 처제를 만나러 가는 줄 알걸. 너무 멍청한 위인이라 자기가 살아있는지도 모를 거야."

그렇게 해서 탐과 그의 정부, 그리고 내가 함께 뉴욕으로 갔다. 딱히 '함께' 갔다고 말할 수는 없는 게 윌슨 부인이 분별력 있게 다른 칸에 탔기 때문이다. 탐은 기차에 타고 있을 수도 있는 이스트에그 주민들의 감수성을 그 정도는 존중해 줬다.

그녀는 갈색 무늬가 있는 모슬린으로 갈아입었는데 그 옷은 뉴욕 플랫폼에서 그녀가 내리는 것을 탐이 도와줄 때 넓다 싶은 엉덩이에 꽉 달라붙어 있었다. 그녀는 신문 가판대에서 《타운 태틀》과 영화 잡지 한 권을 샀고 기차역 약국에서는 콜드크림과 작은 병의 향수를 샀다. 소리가 웅장하게 울려대는 위층 차도에서 네 대의 택시를 그냥 지나가게 하더니 그녀는 회색 시트가 있는 라벤더색 택시를 골라 탔다. 그 택시를 타고 우리는 역에 있는 군중들로부터 빠져나와 이글거리는 햇빛 속으로 미끄러져 들어갔다. 그녀는 창에서 고개를 갑자기 돌리더니 몸을 앞으로 숙이면서 앞 유리를 톡톡 두드렸다.

"저기 있는 개 한 마리 사고 싶어요." 그녀는 진지하게 말했다. "한 마리가 아파트에 필요해. 개가 있으면 근—사하던데."

록펠러를 우스꽝스럽게 닮은 머리가 백발인 노인 쪽으로 차를 후진해 갔다. 그의 목에 걸린 바구니 안에는 어떤 종인지 정확히 알 수 없으나 강아지가 열 마리 정도 웅크리고 있었다.

"무슨 종이에요?" 그 노인이 택시 창 가까이로 오자 윌슨 부인이 진지하게 물었다.

"뭐든 다 있어요. 부인, 어떤 종류를 원하시나요?"

"경찰견이 좋던데. 경찰견은 없죠?"

그 남자는 글쎄 있을까 싶은 표정으로 바구니 안을 눈으로 살피더니 손을 넣어 꿈틀거리는 강아지 한 마리를 목덜미를 잡아 꺼냈다.

"그건 경찰견이 아니잖아." 탐이 말했다.

"네, 경찰견이라고는 할 수 없지요." 남자는 실망하는 목소리로 말했다. "이 놈은 에어데일에 더 가깝죠." 그는 갈색 수건 같은 강아지의 등을 손으로 쓰다듬었다. "이 털 좀 보십시오. 근사하지요. 감기 같은 거 걸려서 속 썩일 놈은 아니랍니다."

"귀여워요." 윌슨 부인이 진정으로 말했다. "얼마예요?"

“저 개요?” 그는 개를 감탄하며 바라봤다. “10달러 주세요.”

에어데일 같은 구석이 좀 있긴 했지만 발이 놀랄 만큼 희었다. 강아지는 주인이 바뀌자 윌슨 부인 무릎에 앉았다. 그녀는 기뻐 어쩔 줄 몰라 하면서 추위에 아랑곳 하지 않을 털을 부비며 귀여워했다.

“수컷이에요, 암컷이에요?” 그녀가 자상하게 물었다.

“그 녀석이요? 수컷입니다.”

“그거 암컷이야.” 탐이 단호하게 말했다. “여기 돈 있소이다. 이 돈으로 가서 10마리 더 사시구려.”

우리는 5번가로 달렸다. 여름의 일요일 오후는, 따뜻하고 부드럽고 거의 전원적이기까지 하여, 어느 길모퉁이에서 흰 양들이 엄청나게 떼를 지어 지나가는 것을 보았더라도 놀라지 않았을 거다.

“잠깐,” 내가 말했다. “여기서 난 가봐야겠네.”

“안 돼, 가지 말게.” 탐이 재빨리 끼어들었다. “자네가 아파트에 같이 가지 않으면 머틀이 섭섭해 할 거야, 그렇지 머틀?”

“같이 가요. 내 동생 캐서린도 전화로 부를 거예요. 사람들이 모두들 예쁘다고 하는 애예요.”

“글쎄, 그러고는 싶지만, 그래도—”

우린 다시 센트럴파크 위를 가로질러 웨스트 100번대 거리 쪽으로 계속 갔다. 158번가에서 길고 흰 케이크 같은 아파트들 중 한 동 앞에서 택시가 섰다. 왕이 귀가라도 한듯 당당한 눈길로 주변을 한 번 둘러본 후에 윌슨 부인은 강아지와 다른 물건들을 챙겨서 도도히 안으로 들어갔다.

"맥키 씨 부부도 올라오라고 할게요." 승강기를 타고 올라가면서 그녀가 큰소리로 말했다. "그리고, 당연히 내 여동생도 불러야하고."

그들의 아파트는 꼭대기 층이었다. 작은 거실, 작은 식당, 작은 침실과 욕실이 있었다. 거실은 그 규모에 비해 지나치게 큰 태피스트리로 장식한 가구 한 벌이 문간에까지 차 있어서 비좁았다. 그곳에서 움직이려면 베르사유 궁전 뜰에서 그네를 즐기는 귀부인들한테 끝없이 걸려 넘어져야 했다. 그림이라고는 지나치게 확대한 사진이 유일했다. 겉보기엔 얼룩진 바위 위에 앉은 암탉 사진 같았다. 그런데 거리를 좀 두고 보면 그 암탉의 모습이 보닛 모양으로, 뚱뚱한 늙은 부인이 방을 환하게 내려다보는 모양으로 변했다. 브로드웨이에서 일어나는 추문을 다루는 작은 잡지들과 함께《베드로라 불리는 시몬》한 권과《타운 태틀》여러 권이 탁자 위에 올려져 있었다. 윌슨 부인은 처음엔 강아지에게 관심을 보였다. 승강기 사환이 마지못해 짚이 가득 담긴 상자와 우유를 사러 갔고, 그것들뿐 아니라 단단한 강아지용 과자가 든 큰 통까지 알아서 챙겨왔다. 비스킷 하나가 오후 내내 우유가 담긴 접시 안에서 무심하게 풀어졌다. 그러는 사이 탐은 뚜껑이 닫혀있는 책상에서 위스키 한 병을 꺼내왔다.

나는 지금까지 두 번 취한 적이 있는데, 그날 오후가 두 번째 취한 날이었다. 그래서 저녁 8시가 넘어서까지 기분 좋은 햇살이 아파트에 그득했음에도 불구하고 그날 일어난 모든 일들에 대한 기억은 희미하고 뿌옇기만 하다. 윌슨 부인은 탐의 무릎에 앉아서 전화로 여러 사람들을 불러 들였다. 담배가 없어서 길모퉁이에 있는 약국으로 담배를 사러 나갔다. 와 보니 두 사람의 모습이 보이질 않았다. 그래서 거실에 조용히 앉아《베드로라 불리는 시몬》을 읽었다. 무슨 소린지 영 알 수 없는 것이 그 책이 읽을 만한 것이 못 되던가 아니면 내가 마신 위스키 탓에 모든 것이 몽롱해 보였던 것이리라.

탐과 머틀(위스키를 한 잔 마시고 난 뒤부터 윌슨 부인과 나는 서로 말을 텄다)이 다시 모습을 드러냈을 때 다른 사람들도 아파트 문에 당도하기 시작했다.

동생이라는 캐서린은 마르고 세속적인 30대 여자였고, 붉은색 단발머리는 숱이 많아 성긴 구석 없이 끈끈해 보였고 얼굴은 분칠을 해서 우윳빛이었다. 눈썹은 모두 밀어내고 난 뒤 더 과감한 각도로 다시 그렸는데 원래 났던 자리에 다시 눈썹이 나는 자연의 원리 때문에 얼굴이 좀 지저분해 보였다. 그녀가 움직일 때마다 팔에 감긴 셀 수 없이 많은 치렁치렁한 도기 팔찌들이 위아래로 서로 부딪히며 짤그랑거렸다. 주인처럼 급하게 들어와서 자신의 물건인 것처럼 가구들을 둘러봐서 난 그녀가 여기 살고 있는 사람이 아닌가 하는 생각이 들었다. 내가 물어보자 그녀는 크게 웃으며 내가 한 질문을 큰 소리로 따라하고 나서, 여자 친구와 함께 호텔에서 살고 있다고 말했다.

맥키 씨는 아래층에 사는, 창백하고 여성스러운 남자였다. 방금 이발을 한 것이, 광대뼈에 흰 비누거품 자국이 있었다. 그는 방에 있는 모든 사람에게 매우 공손히 인사를 했다. 자기는 '예술적 분야'에 몸담고 있다고 알려줬는데, 나는 나중에야 그가 사진사이고, 벽에 영기靈氣처럼 걸려서 떠도는 윌슨 부인의 어머니 사진을 흐릿하게 확대해 준 사람인 것을 끼어 맞출 수 있었다. 맥키 부인은 목소리가 날카로우나 께느른하고, 당당하게 잘생긴 편이나 끔찍한 사람이었다. 그녀는 결혼하고 나서 자기 남편이 127번이나 자기 사진을 찍어 줬다고 자랑스럽게 말했다.

좀 전에 윌슨 부인은 옷을 갈아입었다. 크림색 쉬폰으로 공들여 만든 오후용 드레스를 입고 있었는데 그녀가 방 안을 쓸고 다닐 때마다 사각거리는 소리가 끊이지 않았다. 옷이 바뀌니까 그녀도 좀 달라 보였다. 차 정비소에서 그렇게 뚜렷해 보이던 강한 생명력이 지금은 당당한 거만으로 바뀌었다. 그녀의 웃음과 몸짓과 주장들은 순간순간 더 심하게 가식적으로 변했고, 그녀가 점점 더 커지면서 방은 점점 더 줄어들었다. 마침내, 담배 연기가 자욱한 공기 속에서 시끄럽게 삐걱거리는 축을 따라 그녀가 빙빙 돌고 있는 것처럼 보였다.

"애야," 목청 높은 거드름 피우는 목소리로 자기 여동생에게 말했다. "대부분 사람들은 늘 널 속이려 들 거야. 사람들은 돈만 생각하거든. 지난주에 어떤 여자한테 발 손질을 좀 시켰는데 청구서를 보니까 얼마나 어이가 없던지, 맹장을 떼 내어 준 줄 알았다니까."

"그 여자 이름이 뭐예요?" 맥키 부인이 물었다.

"에버하트 부인요. 집으로 찾아와서 발 손질을 해주는 여자예요."

"그 드레스가 마음에 들어요." 맥키 부인이 말했다. "정말 예뻐요."

윌슨 부인은 경멸스럽다는 듯 눈썹을 치켜뜨고 손사래를 치며 그 칭찬을 거부했다.

"이거 정말 오래 된 옷이에요. 외모에 신경 쓰지 않을 때 한두 번씩 걸치는 옷인데, 뭘."

"그런데도 정말 잘 어울리세요. 제 말은," 맥키 부인은 계속해서 말을 했다. "체스터가 지금 그 자세로 부인 사진을 찍으면 뭔가 근사한 걸 만들어 낼 수 있을 거예요."

우리는 모두 잠자코 윌슨 부인을 바라보고 있었고, 그녀는 눈으로 내려온 머리카락 한 가닥을 치우면서 환한 미소로 우릴 돌아봤다. 맥키 씨는 머리를 한쪽으로 기울인 채 열심히 그녀를 주시하더니 자기 얼굴 앞쪽으로 손가락을 앞뒤로 천천히 움직였다.

"조명을 좀 바꾸어야겠네요." 잠시 후에 그가 말했다. "이목구비의 입체감을 살리고 싶어요. 뒤쪽 머리카락도 다 잡도록 할 거예요."

"조명을 바꿀 필요는 없는 것 같은데," 맥키 부인이 크게 말했다. "내 생각엔—."

그녀의 남편이 "쉬!"라고 해서 우리 모두는 윌슨 부인을 다시 바라봤는데 그때 탐이 소리 내어 하품을 하면서 일어섰다.

"맥키 씨 내외, 자, 좀 더 마시죠." 탐이 말했다. "머틀, 다들 잠들기 전에 얼음하고 탄산수 좀 더 내와!"

"그 아이한테 얼음 심부름 시켰는데," 아랫사람들이 잘 움직여주지 않아서 짜증이 난 머틀은 눈썹을 치켜떴다. "그런 사람들이란! 늘 여러 번씩 말을 해야 된다니까요."

그녀는 날 보더니만 아무 의미도 없는 웃음을 지었다. 그리고 강아지한테 펄쩍 달려가 미친 듯이 입을 맞추고 나서 부엌으로 들어갔는데 그 모습이 마치 열두 명도 넘는 요리사가 그곳에서 자신의 명령만 기다리고 있는 듯했다.

"저도 롱 아일랜드에서 꽤 괜찮은 작업을 좀 했습죠." 맥키 씨가 단호히 말했다.

탐은 멍하니 그를 바라봤다.

"그중 두 작품은 액자를 해서 아래층에 두었어요."

"두 개, 뭐요?" 탐이 물었다.

"스케치 두 점요. 그중 하나는 〈몬톡포인트—갈매기〉라고 부르고요, 다른 한 점은 〈몬톡포인트—바다〉라고 하지요."

여동생이라는 캐서린은 소파의 내 옆자리에 앉았다.

"당신도 롱 아일랜드에 사시나요?" 그녀가 물었다.

"웨스트에그에서 삽니다."

"정말요? 한 달 전쯤 그곳에서 열린 어떤 파티에 갔었는데. 개츠비라는 사람 집에서 열린 파티요. 그 사람 아세요?"

"옆집에 살아요."

"근데, 사람들 말이 그 사람이 카이저 빌헬름의 조카나 사촌인가 그렇대요. 그래서 그렇게 돈이 많다고."

"정말입니까?"

그녀가 고개를 끄덕였다.

"난 그 사람이 무서워요. 그 사람한테 신세를 지면 싫을 것 같아요."

귀를 솔깃하게 하는 내 이웃에 대한 정보는 맥키 부인이 갑자기 캐서린을 가리키는 바람에 끊겨 버렸다.

"여보, 캐서린을 찍으면 뭔가가 나올 것 같아요." 그녀가 불쑥 말을 던졌다. 그러나 맥키 씨는 그저 지루한 듯 고개를 끄덕이고 나서 탐에게 관심을 보였다.

"그곳에 들어갈 수만 있다면 롱 아일랜드에서 작업을 좀 더 해보고 싶습니다. 제가 시작할 수 있게만 도와 주셨으면 하는데요."

"머틀에게 부탁해 보시오. 머틀이 당신에게 소개장을 써줄 거요. 그렇지 머틀?" 윌슨 부인이 접시를 들고 들어올 때 탐은 짧게 소리치듯 웃으면서 말했다.

"뭘 한다고요?" 그녀는 깜짝 놀라서 물었다.

"맥키 씨를 당신 남편한테 소개시키는 소개장 써줄 거지? 당신 남편 스케치 좀 할 수 있게 말야." 생각을 좀 해내느라 그의 입술이 잠시 조용히 움직였다. "〈주유소의 조지 B. 윌슨〉이나 뭐 그런 거."

캐서린은 내게 가까이 몸을 숙여서 귓속말로 속삭였다.

"저 두 사람 모두 자기들이 결혼한 상대들을 못 견뎌 해요."

"그래요?"

"못 견뎌 한다니까요." 그녀는 머틀과 탐을 차례로 봤다. "제 말은, 그렇게 못 견뎌 하면서 왜 같이 사느냐는 거예요. 나라면 이혼하고 둘이 당장 결혼하겠네."

"언니도 윌슨 씨를 좋아하지 않나요?"

이 질문에 대한 답은 의외였다. 우리의 대화를 엿듣고 있던 머틀이 대답했는데 거칠고 외설스러웠다.

"봤죠." 캐서린이 승리한 듯이 외쳤다. 목소리를 다시 낮추었다.

“실은 탐 부인 때문에 두 사람이 떨어져 있는 거예요. 그 여자가 카톨릭 신자인데 카톨릭은 이혼을 허용하지 않으니까요.”

데이지는 카톨릭 신자가 아니었다. 정교하게 꾸며낸 거짓말이 내겐 약간 충격적이었다.

“둘이 결혼하면,” 캐서린이 계속해서 말했다. “일이 좀 잠잠해질 때까지 서부로 가서 산대요.”

“유럽으로 가는 게 더 신중한 행동일 텐데.”

“어머, 당신 유럽 좋아하세요?” 놀랍다는 듯이 그녀가 감탄했다. “저 몬테카를로에서 돌아온 지 얼마 안 돼요.”

“정말.”

“작년이에요. 어떤 여자애랑 갔었어요.”

“오래 있었나요?”

“아뇨, 그냥 몬테카를로에만 갔다가 돌아 왔어요. 마르세유를 거쳐서 갔지요. 출발할 땐 1,200불 넘게 있었는데 개인 도박장에서 이틀 만에 사기를 당해서 모두 뺏겼어요. 돌아오느라 얼마나 고생을 했던지 난 그곳이 너무 싫어요!”

늦은 오후 하늘이 지중해의 블루허니처럼 잠시 창 안에서 환하게 피어올랐다. 맥키 부인의 새된 목소리가 나를 이내 방으로 불러들였다.

“실수를 할 뻔했어요.” 힘차게 말했다. “나를 여러 해 쫓아다니던 별 볼 일 없는 촌뜨기랑 결혼할 뻔했지 뭐예요. 나보다 못한 사람이란 것을 알고 있었어요. 다들 그렇게 말했거든요. “루실, 네가 너무 밑져!”

내가 체스터를 만나지 못했다면 그 사람이 내 남편이 됐을 거예요.”

“그래요, 근데,” 머틀 윌슨이 고개를 위 아래로 끄덕이면서 말했다. “적어도 당신은 그 사람이랑 결혼은 하지 않았잖아요.”

“그렇죠.”

“근데, 난 그런 남자랑 결혼을 했다고요.” 머틀이 모호하게 말했다. “그게 바로 당신과 내 경우가 다른 점이에요.”

“머틀, 왜 결혼 했어?” 캐서린이 물었다. “아무도 강요한 사람이 없었는데.”

머틀이 곰곰이 생각했다.

“내가 왜 그 사람이랑 결혼을 했냐면, 그 사람이 신사인 줄 알았기 때문이야.” 마침내 그녀가 말했다. “교양이란 걸 아는 사람이라고 생각했었거든. 하지만 그 사람은 내 신발을 핥기에도 모자라는 사람이지.”

“그래도 얼마동안은 좋아 죽었잖아.” 캐서린이 말했다.

“좋아 죽었다고!” 믿을 수 없다는 듯이 머틀이 소리를 쳤다. “누가 그러든? 내가 좋아 죽었다고. 내가 저 사람을 좋아하지 않는 것처럼 그 사람도 좋아한 적이 없는 걸.”

그녀가 갑자기 나를 가리켜서 모두가 나를 비난하듯 쳐다봤다. 나는 애정을 기대한 적 없었다는 의사를 표정으로 나타내려고 했다.

“내가 미치도록 좋아했던 때는 그 사람과 결혼할 당시밖에 없었어. 그러곤 금방 내가 실수를 했다는 것을 알았지. 결혼식에 남의 양복을 빌려 입고 나타났고, 그 사실에 대해서 내게 아무 말도 하지 않왔어. 옷을 빌려 준 사람이 어느 날 그가 집에 없는데 찾아 왔었지. '아, 이게 당신 옷이에요?'라고 내가 말했어. '처음 듣는 말이네요.' 그 옷을 그 남자에게 돌려주고 난 누워서 오후 내내 엄청나게 울었어."

"정말 언니는 형부한테서 떠났어야 했는데." 캐서린이 나를 향해 다시 말을 시작했다. "11년 동안이나 그 정비소에서 살고 있어요. 탐이 언니의 첫 애인이에요."

두 병째 위스키가 쉬지 않고 돌고 있다. '안 마셔도 여전히 기분이 좋다'는 캐서린만 마시지 않고 있었다. 탐은 경비원을 불러서 그것만으로도 훌륭한 저녁식사가 된다는 어느 유명한 샌드위치를 사오라고 시켰다. 나는 밖으로 나와서 부드러운 석양을 지나 공원이 있는 동쪽으로 산책을 하고 싶었지만, 내가 나가려고 할 때마다 거칠고 귀에 거슬리는 논쟁에 휘말려 마치 의자에 밧줄을 맨 것처럼 주저앉곤 했다. 거리를 지나가다가 그냥 위를 올려다보며 도시의 높은 곳에서 이루어지는 알 수 없는 인간사를 궁금해하는 사람에게 이 집에서 새어나가는 노란 불빛 창들도 그 궁금증의 대상이 되었을 것이다. 위를 올려보면서 궁금해하는 구경꾼을 나도 봤다. 나는 지칠 줄 모르는 인생의 다양성에 끌리기도 하고 동시에 혐오감이 일기도 하면서, 그 집안에 있으면서 밖에도 있었다.

머틀은 자기 의자를 내 옆으로 가까이 끌고 와서는 뜨거운 입김을 뿜어내면서 탐을 처음 만났던 이야기를 내게 갑작스럽게 쏟아 내듯 말했다.

"기차에서 맨 마지막에도 자리가 남고, 서로 마주보고 앉아야 하는 작은 좌석에서였어요. 난 내 동생을 만나 하루 밤 자고 오려고 뉴욕으로 올라가던 중이었죠. 그 사람은 신사복에 에나멜 구두를 신고 있었는데 눈을 뗄 수가 없었어요. 그 사람이 나를 쳐다볼 때마다 그 사람 머리 위에 붙은 광고를 보는 척할 수밖에 없었어요. 역에 도착했을 때 그 사람이 바로 제 옆에 있었고, 그 사람의 흰 와이셔츠 앞가슴이 내 팔을 눌렀어요. 그래서 경찰을 부르겠다고 말했지만 내가 거짓말을 하고 있다는 것을 그 사람도 알고 있었어요. 난 너무 흥분해서 그 사람이랑 같이 택시에 탔을 때도 지하철을 타지 않았다는 사실을 거의 모르고 있었죠. 계속해서 내가 곰곰이 생각하고 있던 것은 '사람이 평생 살 수는 없는 거야, 평생 사는 것은 아니잖아.'였어요."

그녀는 맥키 부인 쪽으로 얼굴을 돌렸고, 방 안 가득 그녀의 가식적인 웃음이 울렸다.

"부인," 하고 그녀가 큰 소리로 불렀다. "이 드레스 싫증나면 부인에게 줄게요. 내일 새 것으로 하나 사야겠어. 사야할 것, 해야할 것들을 죽 생각해 놔야지. 마사지를 받고, 머리에 웨이브 넣고, 개 목걸이랑, 스프링이 있어서 담배 재를 털 때 스프링을 건드리게 되는 그 작고 귀여운 재떨이랑, 엄마 묘지에 놓을, 여름 내내 시들지 않을 검은 실크 리본이 달린 화환. 이것들을 잊지 않게 적어 놔야겠어."

9시였다. 그리고 그 후에 거의 곧이어 시계를 봤다고 생각했는데 10시였다. 맥키 씨는 주먹을 쥔 손을 무릎에 얹은 채 의자에 앉아 잠이 들어 있었다. 움직이고 있는 사람의 사진을 찍어 놓은 것 같은 모습이었다. 나는 손수건을 꺼내 오후 내내 거슬리던 그의 뺨에 묻은 마른 비누거품 자국을 닦아주었다.

　강아지는 탁자 위에 앉아서 보이지 않는 눈으로 연기 속을 쳐다보며 희미한 소리로 가끔씩 낑낑대고 있었다. 사람들은 사라졌다가 다시 나타났고, 어딘가로 갈 계획을 세우고 또 서로서로가 있는지도 몰랐다가 서로를 찾았고 불과 1-2미터 밖에서 서로를 발견했다. 자정이 다 된 시간에 탐 뷰캐넌과 윌슨 부인이 얼굴을 마주보고 서서 윌슨 부인이 데이지의 이름을 입에 올릴 자격이 있는지에 대해 격앙된 목소리로 다투고 있었다.

　"데이지! 데이지! 데이지!"라고 윌슨 부인이 소리쳤다. "내가 부르고 싶으면 언제든 부를 거야! 데이지! 데이―"

　탐 뷰캐넌의 손이 능숙하고 짧게 움직이더니 윌슨 부인의 코를 부러트렸다.

　그러자 피 묻은 타월이 욕실 바닥에 널렸고, 여자들이 나무라는 소리와 그 아수라장 속에서 고통스럽게 흐느끼는 소리가 길게 이어졌다 끊겼다 했다. 맥키 씨는 졸다가 깨어서 멍하니 문을 향해 걸어갔다. 반쯤 가다가 돌아서서 그 광경―자기 부인과 캐서린이 구급 물품을 들고 꽉 들어 찬 가구들 사이로 비틀거리며 왔다 갔다 하면서 야단을 치며 위로하는 모습과, 피를 펑펑 쏟으며 양탄자의 베르사유 그림 위로《타운태틀》을 펴서 덮으려고 애쓰면서 소파에 앉아 절망하고 있는 머틀의 모습―을 응시했다. 그러더니 몸을 돌려 문 밖으로 계속 걸어 나갔다. 나도 샹들리에에 걸려 있던 모자를 집어 들고서 그의 뒤를 따라 나왔다.

"언제 점심이라도 하러 오세요." 삐걱대는 엘리베이터를 타고 내려오면서 그가 제안했다.

"어디로요?"

"어디로든."

"레버에서 손 떼세요." 승강기 사환 아이가 톡 쏘며 말했다.

"미안하네."라고 맥키 씨가 위엄 있게 말했다. "만지고 있는지 몰랐네."

"알겠습니다." 나는 동의했다. "기꺼이."

……난 그의 침대 곁에 서 있었고, 그는 이불 속에서 속옷 차림으로 커다란 작품집을 손에 든 채 앉아 있었다.

"〈미녀와 야수〉…… 〈외로움〉…… 〈오울드 그로서리 호어스〉…… 〈브루클린 다리〉……"

그러곤 나는 반쯤 깬 상태로 조간신문 《트리뷴》을 응시하면서 4시 기차를 기다리며 펜실베이니아 역의 추운 지하층에 누워 있었다.

제 3 장

여름 내내 밤마다 내 이웃집에선 음악이 흘러 나왔다. 그의 푸른 정원에선 수군대는 소리와 샴페인 그리고 별들 사이를 남자와 여자들이 나방처럼 드나들었다. 오후에 만조 때가 되면, 두 대의 모터보트가 폭포 같은 거품 위로 수상스키를 끌고 해협을 가르며 미끄러지는 동안 나는 내 이웃의 손님들이 그의 부잔교 탑 위에서 물속으로 뛰어 들거나 그의 해안의 뜨거운 모래 위에서 햇볕을 쪼이고 있는 것을 바라보았다. 주말이 되면 그의 롤스로이스는 아침 9시부터 자정이 훌쩍 지날 때까지 도심으로부터 사람들을 실어 나르는 버스가 되었다. 스테이션왜건은 재빠른 노란 곤충처럼 들어오는 기차마다 마중하러 총총거리며 다녔다. 월요일만 되면 추가로 고용한 정원사까지 8명의 하인이 지난밤에 부서진 것들을 수리하느라 대걸레, 솔, 망치, 정원용 큰 가위를 가지고 하루 종일 땀을 흘렸다.

매주 금요일엔 뉴욕에 있는 청과상에서 오렌지와 레몬이 다섯 바구니씩 배달됐고, 매주 월요일이면 과육이 쏙 빠져버린 오렌지와 레몬들이 절반으로 잘린 채 산더미처럼 뒷문으로 나갔다. 그 집 부엌엔 집사가 엄지손가락으로 작은 버튼을 200번만 눌러주면 한 시간 반 만에 200개의 오렌지 과즙을 짜낼 수 있는 기계가 있었다.

적어도 보름에 한 번은 한 부대의 요리 조달자들이 백 피트에 달하는 캔버스 천과 개츠비의 거대한 정원을 온통 크리스마스트리로 만들 수 있을 만큼 수많은 색 전구를 가지고 그곳에 들어왔다. 뷔페 식탁 위엔 화려한 오르되브르, 양념을 해서 구운 햄, 어릿광대 옷 문양의 샐러드, 밀가루를 입혀 튀긴 돼지고기와 짙은 황금색으로 잘 구워진 칠면조고기가 즐비했다. 중앙 홀엔 진짜 황동으로 가로대를 댄 술을 마시는 바가 세워져 있고, 진과 독한 술, 그리고 오랫동안 마시지 않던 것들이라 여자 손님들 중 대부분은 너무 어려 뭐가 뭔지 구분을 하지 못했던 감로주가 쌓여 있었다.

일곱 시만 되면 오케스트라가 도착하는데 5개의 악기로 구성된 빈약한 오케스트라가 아니라 오보에, 트롬본, 색소폰, 비올라, 코넷, 피콜로에, 저음과 고음의 드럼까지 전부 다 갖춘 제대로 된 오케스트라였다. 마지막까지 헤엄을 치던 사람들이 해변에서 돌아와 위층에서 옷을 갈아입고 있다. 뉴욕에서 온 차들은 차도에 다섯 겹으로 주차되어 있고, 홀과 응접실과 베란다엔 벌써 원색의 옷과 최신 유행하는 이상하게 자른 단발머리, 카스티야의 꿈을 능가하는 숄들로 화려하다. 바에서 한창 흥이 오르고 넘쳐 나는 칵테일 잔들이 바깥 정원으로 흘러나올 때까지, 잡담과 웃음소리, 무심코 던진 빈정대는 말과 듣고 나서는 그 자리에서 잊히는 소개의 말, 그리고 서로의 이름을 전혀 모르는 여자들이 만나 신이 나서 떠드는 소리로 밤공기가 북적거린다.

대지가 태양을 피해 숨어들수록 불빛은 더욱 밝아진다. 오케스

트라는 선정적인 칵테일 음악을 연주하고, 오페라 같은 목소리들은
한 음 더 높게 올라간다. 웃음이 시시각각 더 쉽고 헤프게 쏟아지고,
기분 좋은 말 한마디에 까르륵거리며 넘어간다. 삼삼오오 무리를 이
룬 사람들은 새로 도착한 사람들로 불어나고 흩어지고 또 무리를 지
으면서 빠르게 변한다. 벌써부터 어슬렁거리는 사람들이 있고 자신
감이 있는 여자들은 더 안정된 무리를 이루고 있는 사람들 사이로
이리저리 수를 놓듯 누비고 다니면서 그 무리의 중심이 되어서 짜릿
한 순간들을 즐긴다. 승리에 흥이 나서 그들은 색이 계속해서 변하
는 전구 밑으로, 수 없이 바뀌는 얼굴과 목소리와 색깔 속으로 미끄
러져 들어간다.

찰랑대는 오팔 옷을 입은 어느 집시가 용기를 얻기 위해서인지
갑자기 칵테일 잔을 허공으로 들어서 단숨에 들어붓더니 손을 프리
스코처럼 움직이며 캔버스 천으로 덮은 무대 위에서 혼자 춤을 춘
다. 순간 사람들은 숨을 죽이고, 오케스트라 지휘자는 그녀의 춤에
맞춰서 친절하게 리듬에 변화를 준다. 그녀가 〈폴리스〉의 질다 그레
이 대역 배우라는 잘못된 이야기가 돌면서 잡담소리가 터져 나왔다.
파티가 시작됐다.

개츠비의 집에 처음 가던 날 밤 나는 정식으로 초대를 받은 몇 안
되는 손님 중 하나였다. 사람들은 초대 받지 않았는데도 그냥 그곳에
왔다. 사람들은 그들을 롱 아일랜드로 실어 나르는 차에 올라타고 어
떻게 하다가 개츠비의 집에서 내리게 된 것이었다. 그곳에서 개츠비
를 아는 사람을 소개받고 그러면 그 뒤부터는 놀이동산의 행동규정

에 버금가는 규정에 따라 행동했다. 개츠비를 만나보지도 않고 그냥 가는 경우도 종종 있었는데, 단순히 즐기려는 마음이 그 파티의 입장권에 해당하는 것이었다.

나는 정식으로 초대를 받았다. 방울새 알처럼 푸른색 제복을 입은 운전기사가 그 토요일 아침 일찍 우리 집 잔디를 건너와서 그의 주인이 보낸 놀라울 정도로 공손한 전갈을 건네주었다. 그날 밤 자기 집에서 열리는 '조촐한 파티'에 참석해 준다면 본인으로선 대단한 영광일 거라고 적혀 있었다. 나를 여러 번 본 적이 있고 오래전부터 초대하려고 했는데 일이 이상하게 꼬이는 바람에 그렇게 못했노라고. 매우 장엄한 필체로 '제이 개츠비'라는 서명이 적혀 있었다.

흰색 플란넬로 차려입고 7시가 조금 넘어서 나는 그의 집으로 건너갔다. 여기저기 통근 기차에서 몇 번 봐서 눈에 익은 얼굴들이 있긴 해도, 모르는 사람들이 북적대는 속에서 좀 어색하고 불편하게 이리저리 돌아다녔다. 그러다가 바로, 여기저기에 젊은 영국인들이 많은 것을 보고 나는 놀랐다. 모두들 잘 차려입고 다들 조금씩은 배가 고픈 듯 보였으며 낮고 진실된 목소리로 건장하고 부유한 미국인들에게 이야기를 하고 있었다. 뭔가를 팔고 있는 게 분명했는데, 주식이나 보험이나 자동차였을 것이다. 최소한 매우 가까이에 손쉽게 벌 수 있는 돈이 있다는 것과 말 몇 마디만 제대로 하면 그들 손에 그 돈을 쥘 수도 있다는 사실을 그들은 고통스러우리만치 잘 알고 있었다.

그곳에 도착하자마자 난 집 주인을 만나보려 했다. 두세 사람에게 주인이 어디 있는지 아느냐고 물어 봤더니 그들은 나를 재미있다는 표정으로 바라보면서 그 사람이 어디 있는지 아는 바 없노라고 단호하게 부인을 했다. 그 바람에 난 칵테일 테이블 쪽으로 슬그머니 빠져버렸다. 그곳이 미혼 남자가 혼자서 목적 없이 배회하는 것 같은 인상을 주지 않으면서도 어슬렁거릴 수 있는 유일한 곳이었다.

순전히 당황스워서 고래고래 소리를 지를 정도로 술에 취해보려고 할 때, 조던 베이커가 집 안에서 나와 대리석 계단 꼭대기에 서서 정원을 내려다보며, 몸을 조금 뒤로 젖힌 채 경멸스러운 흥미를 느끼는 표정을 지었다.

그녀 측에서 내가 반갑든 반갑지않든 상관없이, 지나가는 사람에게 따듯한 인사말이라도 건네려면 누군가와 함께 있는 것이 필요하다는 것을 나는 깨달았다.

"안녕하세요!" 큰 소리로 부르며 그녀에게 다가갔다. 내 목소리가 정원을 가로지를 정도로 부자연스럽게 컸던 것 같다.

"여기 계실 거라고 생각했어요." 내가 다가가자 그녀는 멍한 얼굴로 응답했다. "이웃집에 산다고 했던 것 기억하고 있었거든요—"

곧 나를 돌봐 줄 거라는 약속을 하듯이 그녀는 사심 없이 내 손을 잡고서는 계단 밑에 멈춰선 노란 드레스를 입은 아가씨들의 말에 귀를 기울였다.

"안녕하세요!" 그들은 동시에 소리쳤다. "지난번 우승 못하셔서 안타까웠어요."

골프 토너먼트 얘기였다. 그녀는 그 전 주에 있었던 결승 시합에서 졌다.

노란 옷을 입은 아가씨 중 하나가 "저희가 누군지 모르시죠. 한 달 전쯤에 뵀는데."

"머리에 물을 들였군요." 조던이 말했고 나는 걸음을 옮겼다. 그 아가씨들은 자기 말을 한 후에는 아무렇지도 않게 지나쳐 가 버려서 조던은 음식 조달자의 바구니에서 꺼낸 저녁 식사처럼 일찍이 나온 달을 향해 말을 한 꼴이 되어 버렸다. 조던의 늘씬한 황금색 팔을 내 팔 위에 얹은 채 우리는 계단을 내려와 정원을 거닐었다. 칵테일이 놓인 쟁반이 어둑한 빛을 헤치고 우리에게 흘러왔다. 우리는 노란 옷을 입은 아가씨들과 자기 이름을 알아들을 수 없이 중얼중얼 소개하는 세 명의 남자와 함께 같은 테이블에 앉았다.

"이 파티에 자주 오세요?"라며 조던이 자기 옆에 앉은 아가씨에게 물었다.

"지난번 만나 뵀던 때가 마지막이었어요." 아가씨가 초롱초롱하고 확신에 찬 목소리로 대답했다. 자기 친구를 향해 "너도 그렇지, 루실?" 하고 물었다.

루실도 마찬가지였다.

"이곳에 오는 게 좋아요. 내가 무슨 짓을 하던 신경 쓰지 않거든요. 그래서 이곳에선 항상 즐거워요. 지난번에 여기 왔을 때 의자에 제 가운이 찢겼어요. 그 사람이 내 이름과 주소를 물어보더라고요. 일주일 후에 크루아리에 상점에서 보낸 새 이브닝 가운이 들어 있는 소포를 받은 거 있죠?"

"그래서 갖고 있나요?" 조던이 물었다.

"물론이죠. 오늘 밤 입으려고 했는데, 가슴 부분이 좀 커서 수선을 맡겼어요. 라벤더 구슬 장식이 박힌 옅은 푸른색 옷인데 265불이나 해요."

"그렇게 일을 처리하는 사람한텐 뭔가 수상한 게 있는 거야. 누구하고도 문제가 생기는 걸 원치 않거든." 다른 소녀가 열심히 말했다.

"누구 얘기신지?"라고 내가 물었다.

"개츠비요. 어떤 사람이 얘기 해 줬는데—"

조던과 두 아가씨가 서로 비밀스럽게 몸을 기울여 맞댔다.

"어떤 사람이 말하길 그 사람이 사람을 죽인 것 같대요."

우리 모두는 오싹하는 전율을 느꼈다. 이름을 알 수 없는 세 명의 남자도 앞으로 몸을 기울여 열심히 들었다.

"그 정도는 아니라고 생각해."라며 루실이 회의적으로 말했다. "전쟁 때 독일군 스파이였을 가능성이 더 커요."

남자들 중 한 명이 동의의 뜻으로 고개를 끄덕였다.

"그 사람하고 독일에서 함께 자라서 그 사람에 대해선 모르는 게 없다는 어떤 남자가 그렇게 말하더라고요."라며 그 남자는 우리를 긍정하는 쪽으로 확신 시켰다.

"아, 아니에요." 처음 말을 꺼냈던 아가씨가 말했다. "그럴 리가 없어요. 전쟁 때 미국군이었어요." 우리가 다시 그녀의 말에 솔깃하자 그녀는 열정적으로 몸을 앞으로 기울였다. "때때로 그 사람이 아무도 자기를 보는 사람이 없다고 생각하고 있을 때 그 사람을 보면요, 사람을 죽인 게 틀림없다고 봐요."

그녀는 눈을 가늘게 뜨고는 몸을 떨었다. 루실도 몸을 떨었다. 우리 모두는 고개를 돌려 개츠비를 찾아 둘러보았다. 세상에 숙덕거릴 만한 것들이 거의 없다고 생각하는 사람들 사이에서조차도 그와 관련하여 숙덕거림이 있다는 것은 그가 낭만적 추측을 불러 일으켰다는 증거였다.

첫 번째 저녁식사가 나오고 있다. 이렇게 말하는 이유는 자정이 지나서 저녁식사가 또 한 번 있기 때문이다. 조던은 정원 건너편 식탁에 둘러앉아 있는 자기 일행과 같이하자고 나를 불렀다. 세 쌍의 부부와 조던과 함께 온 파티 동반자였는데 사사건건 심하게 빈정거리는 대학생이었다. 그는 조만간에 조던이 어느 정도 자기에게 굴복할 거라는 생각을 품고 있었다. 이 사람들은 여기저기 돌아다니지 않고, 위엄 있는 동질성을 유지하면서 스스로 지방의 고루한 귀족성을 대표하는 기능을 맡고 있었다. 이스트에그는 웨스트에그를 받아들이는 듯하면서도 빛이 터져 나오는 듯한 그 유쾌함을 조심스럽게 경계하고 있었다.

다소 시간을 낭비하는 것 같은 거북한 시간이 30분 정도 흐른 후에 "가죠, 여긴 내겐 지나치게 격식을 차리는 곳이야."라고 조던이 속삭였다.

자리에서 일어났을 때 조던은 집 주인을 찾아볼 거라고 말해줬다. 그 사람을 만나 본 적이 없다는 그녀의 말에 나는 편치가 않았다. 그 대학생은 냉소적이고 멜랑꼴리하게 고개를 끄덕였다.

우리가 맨 먼저 들여다 본 바 안에는 사람들이 북적였으나 개츠비는 그곳에 없었다. 계단 꼭대기에서도 개츠비를 찾을 수 없었고, 베란다에도 없었다. 우연찮게 중요해 보이는 방문을 열어 보았다. 천장이 높은 고딕풍 서재로 들어갔는데 그 방은 영국산 참나무에 조각을 한 나무들로 천장을 댔다. 십중팔구 어느 해외의 유적지에서 완제품으로 운송되어 온 것들일 것이다.

몸이 야무진 중년 남자가 엄청나게 커다란 올빼미 눈 같은 안경을 쓰고 술이 거나하게 취해서 큰 탁자 가장자리에 앉아 있었다. 그는 자꾸 흩어지려는 집중력을 다잡으면서 책장들을 주시하고 있었다. 우리가 들어가자 그는 흥분해서 몸을 빙글 돌리더니 조던을 머리에서 발끝까지 찬찬히 훑어보았다.

"어떻게 생각하시오?"라고 그가 성급하게 물었다.

"뭘 말입니까?"

그는 책장을 향해 손을 흔들었다.

"저거 말이오. 수고스럽게 확인할 필요 없소이다. 내가 확인했으니까. 다 진짜들이오."

"책들 말인가요?"

그가 고개를 끄덕였다.

"완벽하게 진짜요—한 장, 한 장 다 있고, 모든 게 진짜요. 내구성 좋은 판지일 거라고 생각했었소. 그런데, 저 책들 완전 진짜요. 한 장, 한 장—여기! 보시오."

그는 우리의 회의적인 태도를 당연하게 여기면서, 책꽂이로 급히 가더니 《스토더드 강연》 제1권을 빼갖고 왔다.

"보시오!" 그가 의기양양하게 소리쳤다. "이건 진짜 인쇄물이오. 날 속였다니까. 이 작자, 멋있는 데이비드 벨라스코*야. 이건 승리라고. 얼마나 철저한지! 완벽한 사실주의야! 어디서 그만둬야 하는지도 안다고—책 속장들을 뜯지는 않았어. 그런데 뭘 찾으시오? 뭘 기대하는 거요?"

그는 책을 내 손에서 휙 낚아채더니 급하게 제자리에 꽂으면서 벽돌 하나라도 빼면 서제 전체가 무너질 것 같다고 중얼거렸다.

"당신들은 누가 데려왔소?"라고 그가 물었다. "아니면, 그냥 오신 거요? 난 데려온 사람이 있소이다. 이곳에 온 대부분의 사람들이 누굴 따라 온 거지."

조던은 대답은 하지 않고, 경계하며 재미있다는 듯 그를 바라봤다.

"난 루즈벨트라는 어떤 여자가 데려 왔소이다." 그는 계속해서 말했다. "클로드 루즈벨트 부인이라고, 아시나? 어젯밤 어디에선가 만났는데. 내가 일주일째 취해 있는 터라, 서재에 앉아 있으면 술이 깨지 않을까 싶었지."

"그래서 깨셨어요?"

"조금은 그런 것 같은데. 아직은 모르겠소. 이 방에 들어온 지 한 시간밖에 안 돼서. 내가 저 책에 대해 댁들한테 말했었나? 저 책들, 진짜요. 저 책들—"

"말씀 하셨어요."

---

* 사실주의적인 무대 장치로 유명한 브로드웨이의 연극 감독

우리는 그 남자와 진지하게 악수를 하고 밖으로 나왔다.

정원의 캔버스 위에서 사람들이 춤을 추고 있었다. 나이든 남자들은 품위 없이 계속 원을 그리느라 젊은 아가씨들을 뒤로 밀어대고, 고상한 부부들은 비틀거리면서도 세련되게 서로를 껴안고 구석자리를 지키고 있었다. 상당수의 젊은 여자들이 각자 춤을 추어서 오케스트라가 계속 밴조나 트랩을 연주해야 하는 부담을 잠시 덜어주고 있었다. 자정이 되니 더 흥겨워졌다. 유명한 테너 가수가 이탈리아 어로 노래를 불렀고, 평판이 좋지 못한 알토 가수가 재즈풍의 노래를 불렀다. 두 사람이 노래를 부르는 사이사이 사람들은 정원 곳곳에서 자기들만의 '기교'를 부리고 있었다. 행복하지만 공허한 웃음소리가 여름 하늘을 향해 올라갔다. 무대 위에서 한 쌍의 쌍둥이가 의상을 갖춰 입고 애기 짓을 했는데 그중 한 명이 노란색 드레스를 입고 있던 아가씨였다. 핑거볼보다 더 큰 유리잔에 샴페인이 나왔다. 달은 더 높이 떠올랐고, 잔디밭에서 울려오는 밴조의 뻣뻣한 금속 소리에 맞춰 해협 위엔 삼각의 은빛 비늘들이 흔들거리며 떠다니고 있었다.

난 여전히 조던 베이커와 함께 있었다. 우리는 내 나이쯤 되어 보이는 한 남자와 작은 아가씨와 함께 같은 테이블에 앉아 있었는데 그녀는 별것 아닌 도발성 언급에도 걷잡을 수 없는 웃음을 터뜨리는 시끄러운 여자였다. 난 즐거운 시간을 보내고 있었다. 핑거볼에 샴페인을 두 잔이나 마셨더니 내 눈 앞의 풍경이 의미 있고 본질적이며 심오한 것으로 변해 있었다.

여흥이 잠시 잠잠해졌을 때 그 남자가 나를 보고 웃었다.

"얼굴이 익숙합니다." 그가 공손히 말했다. "전쟁 중 제1사단에 계시지 않았나요?"

"아, 예. 제28보병연대에 있었습니다."

"전 1918년 6월까지 제16연대에 있었어요. 전에 어디선가 뵌 적이 있다고 생각했어요."

우린 프랑스의 축축한 회색빛 작은 마을들에 대해 잠시 이야기를 나눴다. 수상비행기를 산 지 얼마 안 됐고, 오전 중에 한번 타 볼 작정이라고 말하는 것을 보니 이 근처에 사는 사람이 분명했다.

"친구, 같이 가실래요? 해협을 따라 해변 근처에서 타려고 하는데요."

"몇 시에요?"

"언제든지 가장 편하신 시간에요."

나는 그 사람의 이름을 막 물어보려던 참이었는데, 조던이 돌아보며 미소를 지었다.

"재밌어요?"라고 그녀가 물었다.

"훨씬 좋아요." 나는 새로 알게 된 그를 향해 다시 얼굴을 돌렸다. "이 파티는 저에겐 좀 별나네요. 주인을 아직 만나보지 못했거든요. 저는 저기에 사는데—" 거리가 좀 떨어져서 보이지 않는 담 쪽을 향해 나는 손으로 알려주었다. "개츠비, 그분이 운전사 편에 초대장을 보내 줬어요."

그는 잠시 무슨 말인지 모르겠다는 표정으로 나를 바라봤다.

"제가 개츠비입니다." 그가 갑작스럽게 말했다.

"네!" 나는 깜짝 놀랐다. "아, 죄송합니다."

"친구, 난 당신이 아는 줄 알았습니다. 이거 제가 그다지 좋은 주인이 못되는 것 같군요."

그는 이해심 많게 웃음을 지었다. 그의 웃음에는 상대를 이해하는 것 이상의 의미가 담겨져 있었다. 그의 미소는 살아가면서 네다섯 번 만날까 말까 하는, 영원히 지워지지 않을 확신을 주는 그런 매우 드문 미소였다. 그 미소는 찰나나마 영원한 세계를 대면하고—혹은 대면할 것 같고—그러고 나선 당신에게 호감을 가질 수밖에 없게 만드는 편견을 가지고 당신에게 집중한다. 그 미소는 당신이 이해받고 싶은 만큼 당신을 이해했고, 당신이 스스로를 믿고 싶은 만큼 당신을 신뢰하는 미소였다. 그리고 당신이 최상의 상태에서 주고 싶은 인상을 정확히 받았다는 확신을 주는 미소였다. 정확히 바로 그 순간 그 미소는 사라졌다. 그리고 나는 서른한 살이나 서른두 살쯤 된 우아하고 젊고 거친 그를 바라봤다. 공을 들여 말하는 그의 형식적인 말투는 자칫 우스꽝스러울 수도 있었다. 자기소개를 하기도 전에 나는 그가 말을 신중히 선택한다는 강한 인상을 받았다.

개츠비 씨가 자기가 누군지 밝혔을 때, 집사가 시카고에서 전화가 왔다고 급히 알려왔다. 그는 고개를 조금 숙이면서 자리를 떴는데 그 인사는 우리들 모두에게 차례로 건네졌다. "필요한 게 있으면 말씀만 하세요, 친구."라고 그가 나에게 권했다. "실례하겠습니다. 다시 오겠습니다."

그가 자리를 뜨자 난 곧장 조던을 보면서 내가 꽤 놀랐다는 사실을 그녀에게 확실히 알리려고 했다. 나는 개츠비 씨가 혈색 좋고 통통한 중년 남자일 거라고 생각하고 있었다.

"저 사람 누구예요? 알아요?"라며 내가 물었다.

"그냥 개츠비라는 사람인데요."

"내 말은 어디 출신이냐는 거죠, 뭘 하는 사람인가요?"

"당신도 이제 시작하셨군요." 옅은 미소를 지으면서 그녀가 답했다. "글쎄, 언젠가 옥스퍼드를 나왔다고 말했어요."

그 사람의 희미한 배경이 형태를 잡아 가는가 했는데 그녀가 한 다음 말 때문에 이내 사라져 버렸다.

"근데, 믿지는 않아요."

"왜요?"

"모르겠어요, 그냥 옥스퍼드에 다닌 것 같지가 않아요." 그녀는 강하게 말했다.

왠지 모르게 그녀의 말투가 "사람을 죽인 것 같아요"라고 했던 어느 아가씨의 말을 생각나게 했고, 내 호기심을 자극하는 효과가 있었다. 나는 개츠비가 루이지애나의 늪지대나 뉴욕 동남부 지역에서 튀어 나왔다고 해도 의심 없이 믿을 판이었다. 그것도 이해할 수 있었다. 그러나 경험이 미천하고 촌스런 내가 볼 때, 젊은 남자들은 절대로 어딘가에서 갑자기 나타나서 근사하게 이리저리 떠돌며 롱 아일랜드 해협에다 궁전 같은 집을 사지는 않는다.

"어쨌든, 그가 큰 파티를 열잖아요."라고 조던이 말했는데, 시시콜콜한 것을 싫어하는 그녀의 도시적 취향이 주제를 바꿔버렸다. "난 큰 파티가 좋아요. 작은 파티는 사람들이 서로를 너무 잘 알아서 프라이버시가 없어요."

베이스 드럼의 꽝하는 소리에 이어 오케스트라 지휘자의 목소리가 정원으로부터 갑작스럽게 크게 메아리치며 울려 퍼졌다.

"신사 숙녀 여러분,"이라며 그가 소리쳤다. "개츠비 씨의 요청에 의해 지난해 5월에 카네기 홀에서 많은 관심을 얻었던 블라디미르 토스토프 씨의 최근 작품을 연주해 드리겠습니다. 신문을 읽으신 분들은 그 작품이 큰 선풍을 일으켰다는 사실을 아실 겁니다." 그는 유쾌하게 짐짓 겸손을 떨며 웃으면서 덧붙였다. "좀 선풍이었죠!" 이 말에 모두들 웃었다.

"이 작품은 〈블라디미르 토스토프의 세계적인 재즈사〉로 알려져 있습니다!" 그가 활기차게 말을 마쳤다.

토스토프 곡의 특성이 귀에 들어오지 않았다. 왜냐하면 작품이 연주가 시작되면서 곧 개츠비 씨에게 눈이 갔기 때문이다. 그는 대리석 계단에 혼자 서서 무리지어 모여 있는 사람들을 만족스런 눈으로 둘러보고 있었다. 햇빛에 그슬린 탄탄한 얼굴 피부는 탱탱해 매력적이었고, 짧은 머리는 매일같이 정리를 해 주는 것 같아 보였다. 그에게서 불길한 것은 찾아볼 수 없었다. 그가 술을 마시지 않는다는 사실이 다른 손님들과 다르게 보이게 만드는 것이 아닌가 생각했다. 사람들이 유쾌하게 떠들고 즐길수록 그는 점점 더 꼿꼿해지는 것처럼 보였다. 〈세계의 재즈사〉 연주가 끝났을 때, 어떤 아가씨들은 강아지처럼 친밀하게 남자들의 어깨에 자기 머리를 기댔고, 어떤 아가씨들은 장난스럽게 남자들의 팔 안으로 쓰러졌는데, 누군가는 바닥에 부딪히지 않도록 받쳐 주리라는 것을 알고 여러 남자의 팔로 쓰러지는 경우도 있었다. 그러나 개츠비에게 쓰러지는 아가씨는 한 사람도 없었다. 단발머리를 한 프랑스 아가씨들도 개츠비의 어깨를 건드리지 않았고, 4부 합창의 단 한마디도 개츠비를 위해 불린 적이 없었다.

"실례합니다."

개츠비의 집사가 어느 새인가 우리 옆에 서 있었다.

"베이커 양? 실례합니다만 개츠비 씨가 단 둘이서 이야기를 좀 하고 싶으시답니다."

"저를요?" 그녀는 놀라서 소리쳤다.

"네."

놀란 조던은 천천히 일어나 나를 향해 눈썹을 들어 올리면서 집사를 따라 집 쪽으로 갔다. 나는 그녀가 이브닝드레스를 운동복처럼 입고 있다는 것을 알게 되었다. 그녀는 모든 옷을 운동복처럼 입었다. 마치 깨끗하고 상쾌한 아침에 골프 코스를 걷는 법을 처음 배운 것마냥 그녀의 움직임에는 경쾌함이 있었다.

나는 혼자였고, 시간은 거의 새벽 2시경이었다. 테라스 위 긴 창문이 여러 개 있는 방에서 잠시 동안 혼란스럽지만 흥미를 끄는 소리가 흘러 나왔다. 같이 이야기를 하자고 조르는 조던과 같이 온 대학생을 피해서 집 안으로 들어갔다. 그는 지금 합창단에 있는 두 명의 아가씨와 함께 산부인과에 관한 대화에 빠져 있었다.

큰 방이 사람들로 가득 찼다. 노란 옷을 입은 소녀 중 하나가 피아노를 치고 있었고, 그녀 옆에서 유명한 합창단 소속인 큰 키에 빨강 머리를 한 젊은 여성이 노래에 열중하고 있었다. 그녀는 이미 샴페인을 상당히 마신 상태였고, 노래를 부르는 동안 터무니없게도 모든 게 매우 슬프다는 결론을 내린 모양이었다. 노래만 하는 게 아니라 흐느끼기도 했는데, 노래가 잠시 끊어질 때마다 숨 가쁘게 흐느끼는 흑흑 소리로 그 간극을 메웠고, 그런 다음 목소리가 떨리는 고음으로 가사를 다시 이어갔다. 눈물이 뺨을 타고 흘렀는데 짙은 마스카라가 방울져 무거운 눈썹 끝으로 내려 와서는 잉크가 되어 검은 골을 만들어 천천히 흘러 내렸다. 얼굴에 그려진 음표대로 노래해 보지 않겠냐는 익살스러운 제안도 들어왔다. 그녀는 그 말에 손사래를 젓더니 의자에 앉아 술에 취한 채 깊은 잠에 빠졌다.

"저 여자, 자기 남편이라는 사람하고 싸웠어요." 내 팔꿈치 쪽에 앉은 아가씨가 설명해 줬다.

둘러보니 아직도 남아 있는 여자들 대부분이 남편인 듯싶은 남자들과 싸우고 있었다. 이스트에그에서 온 조던의 4인조 일행조차도 의견이 맞지 않아서 서로 거리를 두고 떨어져 있었다. 어느 남자가 젊은 여배우와 함께 이상할 정도로 열심히 이야기를 나누고 있었고, 품위 있고 무관심한 듯 그 상황을 웃어넘기려던 그의 아내는 완전히 이성을 잃고서 노골적으로 공격을 해댔다. 말이 잠시 끊어질 때마다 그녀는 모진 다이아몬드처럼 그 남자 옆에 갑작스럽게 나타나서는 그의 귀에 대고 "당신 약속했잖아!"를 씩씩거리며 말했다.

집으로 돌아가기 싫은 건 제멋대로인 남자들만이 아니었다. 술이 취하지 않아 안쓰럽도록 말짱한 두 남자와 화가 끝까지 난 그 아내들이 지금은 홀을 독차지하고 있었다.

"내가 좀 즐기는 것만 보면 집에 가자고 그래요."

"그렇게 이기적인 말은 들어 본 적이 없네요."

"우린 항상 제일 먼저 자리를 뜬답니다."

"우리도 그래요."

"글쎄, 오늘은 맨 마지막인데." 한 남자가 소심하게 말했다. "오케스트라도 반시간 전에 갔다고요."

이런 심통은 믿을 수 없을 정도라는 아내들의 의기투합에도 불구하고 그 논쟁은 짧은 발버둥으로 끝났다. 아내들은 둘 다 번쩍 들려서 밤 허공을 향해 발길질을 했다.

모자를 건네받으려고 현관에서 기다리고 있는데 서재 문이 열리더니 조던 베이커와 개츠비가 함께 나왔다. 개츠비는 하던 말을 마무리하던 중이었는데 조던에게 말하던 그 진지하던 태도가 작별인사를 하기위해 사람들이 그에게 다가갈 땐 갑작스럽게 바짝 형식적인 태도로 바뀌었다.

조던 일행은 현관에서 참을성 없이 그녀를 불러댔지만 조던은 개츠비와 악수를 하느라 조금 더 지체했다.

"방금 정말 놀라운 얘기를 들었어요. 우리가 얼마 동안이나 저 방에 있었나요?" 그녀가 속삭였다.

"글쎄, 한 시간쯤."

"정말…… 정말 놀라운 일이야." 그녀는 멍한 상태로 반복했다.

"말하지 않겠다고 약속했는데. 듣고 싶어 근질근질 하시죠?" 그녀는 내 얼굴에 대고 우아하게 하품을 했다. "절 만나러 오세요…… 전화번호부…… 시고니 하워드 부인 이름으로 찾으면…… 우리 이모거든요……" 말을 채 끝내지도 못하고 조던은 서둘러 떠났다. 문 앞에서 같이 왔던 일행과 섞이면서 갈색 손을 흔들며 쾌활하게 인사를 했다.

첫 방문이었는데 너무 오래 머문 것 같아 부끄러움을 느끼면서 나는 개츠비 주변에 무리지어 있는 마지막 손님들 틈에 끼어있었다. 초저녁에 그를 찾아 다녔다고 말하고 정원에서 알아보지 못한 것에 대해 사과하고 싶었다.

"별 말씀을."이라며 그는 진정으로 나에게 사과를 금했다. "다시 생각할 것 없습니다, 친구." 그 표정은 안심시키려는 듯 내 어깨를 두드리는 그의 손만큼이나 친숙했다. "그리고, 내일 아침 9시에 수중비행기 타기로 한 것 잊지 마세요."

그때, 그의 어깨 너머에서 집사가 말했다.

"필라델피아에서 전화 왔습니다, 주인님."

"알았네, 잠깐만. 곧 간다고 전하게…… 안녕히 가세요."

"안녕히 계세요."

"안녕히." 그가 미소를 지었다. 그리고 갑자기, 내가 마지막으로 자리를 뜨는 사람들 사이에 있다는 사실이 마치 그가 내내 그것을 원하고 있었던 것처럼 기분 좋고 의미심장해 보였다.

"잘 가시오, 친구…… 잘 가요."

그런데 계단을 내려오면서 그 밤이 다 끝난 게 아니라는 것을 알게 되었다. 문에서 50피트 떨어진 곳에서 차 여러 대가 어수선하고 이상한 장면을 헤드라이트로 비추고 있었다. 도로 옆 도랑에, 개츠비 저택의 차도를 떠난 지 2분도 채 안 되어, 쿠페 한 대가 왼쪽으로 처 박혀서 바퀴 하나가 빠진 채로 누워 있었다. 벽이 날카롭게 튀어나온 부분 때문에 바퀴가 떨어져 나간 것 같았는데, 호기심 많은 운전기사 6명 정도가 지대한 관심을 보이고 있었다. 길을 막고 있는 차에서 운전기사들이 밖으로 나왔을 때 뒤쪽 차량들이 거칠고 혼란스러운 소음을 내서 그렇지 않아도 꽤 어지러운 그 광경이 더 혼란스러워졌다.

긴 먼지막이 코트를 입고 있는 한 남자가 참혹하게 부서진 차에서 내려 길 한복판에 섰다. 그는 유쾌하면서도 당황스러워하며 차와 타이어를 그리고 타이어와 구경꾼들을 차례로 쳐다봤다.

"봤죠! 도랑에 박혔어요."라고 그가 설명했다.

그 사실이 그에겐 무지하게 놀라운 것이었다. 사람이 참 유별나게도 놀란다고 생각하고 있었는데 그 사람이 바로 개츠비의 서재에 있던 손님이었다.

"어떻게 된 겁니까?"

그는 어깨를 으쓱했다.

"나는 기계라면 아무것도 모르오."라고 그가 단호히 말했다.

"어떻게 된 일입니까? 벽을 들이 받은 겁니까?"

"나한테 물어보지 마시오."라며 올빼미 눈을 한 그 남자가 이 사건에서 완전히 손을 빼면서 말했다. "난 운전에 대해 아는 바가 거의 없소이다. 그냥 일이 벌어졌어요. 그게 내가 아는 바 전부요."

"그렇게 운전을 못한다면 밤에 운전을 하려들지 말았어야죠."

"하려든 것도 아니요. 하려들지도 않았다니까." 그는 화가 나서 설명했다.

기가 막힌다는 한숨 소리들이 구경꾼들 입에서 터져 나왔다.

"자살이라도 하겠다는 거요?"

"바퀴 하나 빠진 걸 다행인 줄 아시오. 운전도 못하면서 잘해보려고 하지도 않다니."

"이해들을 못하시는군. 내가 운전한 게 아니란 말이요. 차에 한 사람 더 있어요."

이 말에 사람들은 다들 놀라 쿠페 문이 천천히 흔들거리며 열리자 한결같이 "아―!" 소리를 냈다. 이제는 사람들이 모여 군중이 됐다. 그 군중은 자기도 모르게 뒤로 한 걸음 물러섰고 문이 활짝 열리자 유령이 나오는 것같이 그 순간 모든 게 정지되었다. 그러자 창백한 사람이 비트적거리며 아주 천천히 조금씩 부서진 차로부터 나와서 크고 불안한 댄싱 슈즈를 시험해 보듯이 땅을 밟았다.

헤드라이트의 번쩍 거리는 불 때문에 눈이 부시고 계속되는 경적 소리에 어안이 벙벙해진 그 유령 같은 사람은 먼지막이 코트를 입은 남자를 알아볼 때까지 잠시 비틀거리며 서 있었다.

"무슨 일이오?" 그가 조용히 물었다. "가스가 다 떨어진 건가?"

"보시오!"

6명이 일제히 떨어져 나간 바퀴를 손가락으로 가리켰고, 그는 잠시 쳐다보더니 하늘에서 떨어진 게 아닌가 싶다는 듯이 위를 쳐다봤다.

"바퀴가 빠졌어요." 누군가가 설명을 해 줬다.

그가 고개를 끄덕였다.

"처음엔 우리가 멈춰 섰다는 사실도 알아차리지 못했어요."

잠시 말이 없었다. 숨을 길게 들이쉬고 나서는 어깨를 펴면서 단호한 목소리로 "주유소가 어디에 있는지 말해 주시겠소?"라고 말했다.

그들 가운데에는 이 사람보다 나을게 거의 없는 사람도 있었지만, 적어도 열 명이 넘는 남자들이 어떤 수를 쓰더라도 바퀴와 차체를 다시 결합할 수는 없는 노릇이라고 설명해 주었다.

"뒤로 빼요." 잠시 후에 그가 제안했다. "후진 기어를 넣어요."

"하지만 바퀴가 빠졌다고요."

그가 머뭇거렸다.

"해보는 거야 나쁠 것 없지." 그가 말했다.

울부짖는 경적 소리가 점점 더 커졌고 나는 잔디를 가로질러서 집으로 향했다. 한 번 뒤를 돌아 봤다. 쟁반 같은 달이 개츠비의 집 위에서 빛나면서 그 밤을 여지없이 근사하게 비추었고, 개츠비의 정원에서 들리던 말소리와 웃음소리보다 여전히 더 오래 빛나고 지속됐다. 현관에 서서 손을 들고 예의바르게 작별 인사를 하는 그 집 주인을 완벽하게 소외 시키는 갑작스런 공허감이 창문들과 큰 문들을 통해 밀려오는 것 같았다.

*

지금까지 내가 쓴 것을 꼼꼼히 읽으면서, 몇 주 간격으로 3일 밤에 걸쳐 일어난 이 사건들이 내 정신을 쏙 빼놓은 것 같은 인상을 준다는 것을 알았다. 오히려 반대로 그 사건들은 붐비던 한 여름의 일상적인 사건들에 불과했다. 훨씬 나중까지 나는 그 사건들보다는 내 개인사에 더 관심이 많았다.

대부분의 시간 나는 일을 했다. 이른 아침마다 프로비티 신탁회사를 향해 뉴욕의 남부 지역의 흰색 틈바구니들을 따라 서둘러 내려갈 때면 햇살에 내 그림자가 서쪽으로 드리워졌다. 다른 사무직원들 그리고 젊은 채권 판매자들과 친했고, 작은 돼지 소시지와 으깬 감자, 커피를 파는 어둡고 붐비는 식당에서 그들과 함께 점심을 먹었다. 심지어 회계과에서 근무하며 저지 시에 사는 아가씨와 연애도 잠깐 했다. 그런데 그 여자 오빠가 내게 언짢은 눈길을 던져서, 7월에 그녀가 휴가를 떠난 사이에 난 그 여자와의 관계를 조용히 끝내 버렸다.

주로 예일 클럽에서 저녁을 먹었다. 왠지 그 시간이 하루 중 가장 꿀꿀한 시간이었다. 그러고 나면 위층 도서관에 가서 투자와 유가증권에 대해 한 시간가량 꼼꼼하게 공부했다. 일반적으로 주변에 난동을 피우는 사람들이 있긴 했지만 도서관으로 들어오는 일은 없어서 작업하기에는 좋은 곳이었다. 그러고 나서 저녁 공기가 달콤하면 역사가 깊은 머리 호텔을 지나 매디슨 가를 천천히 걸어 내려갔고 33번가를 지나 펜실베이니아 역으로 갔다.

나는 뉴욕과 그곳의 밤이 풍기는 독특하고 모험적인 느낌이, 그리고 남자와 여자와 기계의 끝없이 깜박거리는 불빛들이 마음 둘 곳 없는 눈들에게 주는 그 만족감이 좋아지기 시작했다. 나는 5번가를 걸으면서 사람들 틈에서 낭만적인 여자를 하나 골라서 불과 몇 분만에 그들의 삶 속으로 들어가는 것을 상상하는 게 좋았다. 이건 누구도 알 수 없고 비난할 수도 없는 것이었다. 때때로 내 마음속에서 사람의 눈길이 닿지 않는 거리 모퉁이에 있는 그들의 아파트로 그들을 따라갔다. 그들은 문 안으로 들어가 따뜻한 어둠 속으로 몸을 숨기기 전에 나에게로 돌아서서 미소를 보냈다. 마술에 걸린 대도시의 황혼 속에서 나는 가끔 벗어날 수 없는 외로움을 느꼈고, 다른 이들에게서도 그 외로움을 느꼈다. 식당에서 혼자 먹는 저녁 시간이 될 때까지 상점의 창 앞에서 서성거리며 서 있는 젊고 가난한 사무원과, 인생과 밤의 가장 감동적인 순간들을 허비하며 어스름 속에 서 있는 젊은 사무원에게서 그 외로움이 느껴졌다.

8시에 40번가의 어두운 차선 위에서 숨을 헐떡이며 극장가로 행할 택시들 줄이 다섯 겹까지 되면 나는 다시 한 번 가슴이 철렁하고 내려앉는다. 기다리는 동안 택시 안에 있는 형체들은 서로 기대고 노래하고 들리지 않는 농담에 웃고, 불붙은 담배는 택시 안에서 알 수 없는 원들을 만들어냈다. 나도 환락을 찾아 서둘러 가고 있었으며 그들의 은밀한 흥분을 함께 나누고 있다고 상상하면서, 그들이 다 잘되기를 바랐다.

한동안 조던 베이커를 보지 못했다가 어느 여름날 다시 그녀를 만났다. 처음엔 그녀와 함께 여기저기 다니는 것이 매우 으쓱했다. 골프 챔피언이기도 하고, 그녀의 이름을 모르는 사람이 없었기 때문이었다. 그런데 나의 감정은 으쓱한 정도를 넘어섰다. 내가 정말 사랑에 빠진 것은 아니었지만 부드러운 호기심 같은 것을 느꼈다. 세상을 향해 돌리며 지루해하는 그녀의 교만한 얼굴엔 뭔가가 감춰져 있었다. 대부분의 가식은 처음엔 그렇지 않을지라도 결국엔 뭔가를 숨기게 된다. 그리고 어느 날 난 그것이 무언지 알게 되었다. 워윅에서 있었던 어느 파티에 함께 갔을 때, 그녀는 빌려 온 차의 위 덮개를 열어 놓은 채 빗속에 내버려 두었고, 그 일에 대해 거짓말을 했다. 그러자 갑자기 데이지의 집에서 생각나려다 말았던 그날 밤 그녀에 관한 이야기가 생각났다. 첫 빅 토너먼트에서 일간신문에까지 날 뻔했던 소동이 있었다. 준결승전에서 불리한 위치에 떨어진 자기 공을 옮겨놨다는 혐의를 받은 소동이었다. 추문으로까지 번질 뻔하다가 이내 수그러든 사건이었다. 캐디가 진술을 취소했고 또 다른 유일한 증인이 자기가 잘못 봤을 수도 있다는 사실을 인정한 것이다. 그 사건이 그 이름과 함께 내 머리에 남아 있었다.

조던 베이커는 똑똑하고 세상 이치를 잘 아는 남자들을 본능적으로 피했다. 이제야 알겠는데, 규약에서 벗어나는 것은 도저히 생각할 수 없는 수준에서 더 안전함을 느꼈던 것 같다. 그녀의 부정직함은 치유불능이었다. 그녀는 불이익을 당하는 것을 참지 못하는데, 이런 성정을 고려해 보면, 세상을 향해 차갑고도 오만한 웃음을 계속 지으면서 견고하며 경쾌한 자신의 육체적 요구를 만족시키기 위해서라면 아주 어렸을 때부터 사람들을 속여 왔을 거라는 생각이 들었다.

　　그것은 내게 상관없었다. 여인의 부정직함은 그리 책망할 것이 못 되니까. 난 그냥 좀 안됐다 싶었고, 이내 잊어버렸다. 우리가 운전에 대해 좀 이상한 대화를 나눈 곳이 바로 그 파티였다. 조던이 어떤 일꾼들 옆으로 너무 바짝 붙여 운전을 하는 바람에 우리가 탄 차의 펜더에 한 남자의 겉옷 단추가 획 스치면서 시작된 대화였다.

　　"운전이 형편없으시네. 더 조심해서 운전을 하거나 아예 운전을 하지 말거나 해야겠어요."라고 내가 불만을 표했다.

　　"난 조심해요."

　　"아니, 조심하지 않아요."

　　"뭐, 다른 사람들이 조심하니까." 하고 그녀가 가볍게 말했다.

　　"그게 무슨 상관이요?"

　　"그 사람들이 나를 피해가면 되잖아요. 사고는 늘 쌍방과실이니까요." 그녀가 주장했다.

　　"당신처럼 조심성 없는 사람을 만나면 어쩌실 건데."

　　"그런 일이 절대 없길 바라야죠. 조심성 없는 사람들은 싫으니까. 그래서 당신을 좋아하는 거고." 그녀가 대답했다.

　　햇빛으로 인해 긴장한 그녀의 회색빛 눈은 정면을 주시하고 있었지만 그녀는 의도적으로 우리 관계에 변화를 주고 있었다. 그리고 잠시 나는 내가 그녀를 사랑한다고 생각했다. 그러나 나는 생각을 천천히 하고, 내 욕망에 제동을 거는 규칙들을 많이 갖고 있는 사람이다. 우선 집으로 가서 이 혼란스러움으로부터 완전히 벗어나야만 한다는 것을 나는 알고 있었다. 나는 일주일에 한 번씩 편지를 써서 "사랑하는 닉으로부터"라고 서명을 해 왔었다. 그때 기억나는 것은 그녀가 테니스를 칠 때 윗입술 위에 땀이 솟아서 마치 수염처럼 달려 있었던 모습뿐이었다. 그럼에도 불구하고 이 모호한 합의라도 재치 있게 깨고 나와야만 내가 자유로울 수 있는 거다.

사람들은 저마다 적어도 한 가지 중요한 미덕은 갖고 있다고 스스로 생각한다. 내 경우는 내가 알고 있는 몇 안 되는 정직한 사람 중에 나도 포함되어 있다는 것이다.

제 4 장

해변을 따라 자리하고 있는 마을들에서 교회 종소리가 울리는 일요일 아침, 사교계 남자들과 그 정부들이 개츠비의 집으로 돌아와 잔디 위에서 흥겹게 반짝거렸다.

"그 사람은 밀주업자예요." 젊은 여인들이 개츠비의 칵테일과 그의 정원을 오가며 말했다. "언젠가 그 사람이 폰 힌덴부르크의 조카이자 그 악마의 육촌이란 것을 알아 낸 남자를 죽였대요. 자기야, 장미 좀 건네주고 그 남은 술을 내 크리스털 잔에 부어줘요."

언젠가 나는 내 일정표 빈 칸에다 그해 여름 개츠비의 집에 왔던 사람들의 이름을 적어놓은 적이 있었다. 지금은 오래되어 접힌 부분이 닳아 헤졌고 '1922년 7월 5일 실행 일정'이라는 제목이 붙어 있다. 그러나 잉크색이 변해 회색이 된 그 이름들은 아직도 여전히 읽을 수 있고, 그리고 개츠비의 호의를 받아들이고서도 그에 대해선 아무것도 모른다는 교묘한 찬사로 답한 사람들을 내가 일반화시켜 말하는 것보다는 이 이름들이 그 사람들에 대해 더 정확한 인상을 전해 줄 수 있을 것이다.

그때 이스트에그에서는 체스터 베커 부부와 리치 부부, 내가 예일에 있을 때 알았던 번슨이라는 이름의 남자, 작년 여름에 메인에서 익사했던 웹스터 시베트 박사, 혼빔 부부와 윌리 볼테어 부부, 그리고 블랙벅이라는 일가가 왔다. 이 집안사람들은 구석에 모여서는 누가 가까이 다가가면 언제나 염소처럼 코를 벌름거려댔다. 아이스메이 부부와 크리스티 부부(휴버트 아우어바흐와 크리스티 씨 아내였던 것 같기도 하고), 그리고 에드가 비버도 왔는데, 사람들 말에 따르면 이 사람 머리가 어느 겨울 오후에 별다른 이유 없이 흰 솜처럼 하얗게 새었다고 한다.

내 기억에 클래런스 엔다이브도 이스트에그에서 왔다. 그는 딱 한 번 왔었는데 아래를 조이는 흰색 니커보커스 차림이었고 에티라는 술꾼과 정원에서 한바탕 싸움을 벌였다. 더 멀리 롱 아일랜드에서는 치들 부부, O. R. P. 슈레이더 부부, 그리고 조지아 주 출신의 스톤월 잭슨 에이브럼스 부부, 그리고 피시가드 부부와 리플리 스넬 부부가 왔다. 스넬은 교도소에 가기 3일 전에 그곳에 왔었다. 만취가 된 상태로 자갈 깔린 차도에 누워있는 바람에 율리시스 스웨트 부인의 차가 그의 오른 손을 치고 말았다. 댄시 부부도 왔고, S. B. 화이트베이트도 왔다. 그는 나이가 60이 훌쩍 넘은 사람이었다. 모리스 A. 플링크와 해머헤즈 부부, 그리고 담배 수입업자인 벨루거와 그의 딸들도 왔다.

웨스트에그에서는 폴 부부와 멀레디 부부, 세실 로벅과 세실 쉰, 주 상원의원인 굴릭, 그리고 뉴턴 오키드가 왔는데 이 사람은 '필름스 파 엑설런스'를 좌지우지하는 사람이었다. 그리고 에크하우스트와 클라이드 코헨, 돈 S. 슈워츠(아들)와 아서 맥카티도 왔는데 이들은 모두 이렇게 저렇게 영화와 연관이 있는 사람들이었다. 캐틀립 부부와 벰버그 부부, 그리고 G. 얼 멀둔도 왔다. 이 멀둔은 후에 자기 아내를 목 졸라 죽인 멀둔의 동생이다. 흥행주인 다 폰타노도 왔고, 에드 리그로스와 제임스 B. 롯것 페리트와 드종 부부와 어니스트 릴리 같은 사람들은 도박을 하러 왔다. 페리트가 정원으로 어슬렁거리면서 들어오면 그땐 그가 홀딱 다 잃었을 때다. 그러면 그 다음날 철도협회는 주가를 올리는 쪽으로 흔들곤 했다.

클립스프링어라는 남자는 지나치게 자주 오고 또 너무 오래까지 남아 있어서 '하숙생'이라는 별명으로 알려졌다. 달리 집이 없지 않았나 싶다. 영화를 하는 사람들 중에는 거스 웨이즈, 호레이스 오도너번, 레스터 마이어, 조지 덕위드 그리고 프랜시스 불이 있었다. 또 뉴욕에서는 크롬 부부, 백히슨 부부, 데니커 부부, 그리고 러셀 베티와 코리건 부부와 켈러허 부부, 듀워 부부, 스컬리 부부, S. W. 벨쳐, 스머크 부부와 지금은 이혼한 젊은 퀸 부부, 그리고 헨리 L. 팔미토가 왔다. 팔미토는 타임스 스퀘어에서 전철 앞으로 뛰어들어 자살을 했다.

베니 멕클리너핸은 언제나 4명의 여자들과 함께 왔는데 매번 다른 여자들을 대동했다. 그런데 그 여자들이 너무 비슷해 보여서 전에 왔었던 여자들처럼 보였다. 그 여자들 이름은 잊어버렸다. 재클린이었나 아니면 콘수엘라거나 글로리아나 주디, 아니면 준 정도였고 성은 선율이 있는 꽃과 달 이름이거나 좀 심각한 이름들은 미국의 거대 자본가들의 이름이었다. 만일 그 재벌들이 죽기라도 하면 자기들이 그 사람들의 사촌이라고 말하고 다녔을 거다.

이 사람들 외에도 포스티나 오브라이언도 최소한 한 번은 그곳에 왔고 배데커가의 따님들과 젊은 브루어가 왔던 것이 생각난다. 브루어는 전쟁에서 총을 맞아 코가 떨어져 나갔다. 그리고 올브럭스버거 씨와 약혼녀인 하그 양, 아디터 피츠피터스와 P. 주웨트 씨도 왔다. 이 사람은 미국 재향군인회 회장을 역임한 바 있다. 그리고 클로디아 히프 양이 자기 운전사로 알려진 사람을 대동하고 왔고, 어딘가의 왕자라는, 우리가 공작이라고 불렀던 사람이 있었는데, 그 사람 이름은 지금 잊어버렸다.

이런 사람들이 모두 그해 여름에 개츠비의 저택으로 몰려 왔다.

*

7월 말 어느 아침 9시에 개츠비의 근사한 차가 돌이 많아 울퉁불퉁한 차도를 비틀거리면서 우리 집 앞으로 올라와 3음계 음이 나는 경적을 울려댔다. 내가 그의 파티에 두 번 갔고, 그의 수상비행기를 타고, 그의 급한 초대에 응해 그의 소유지인 해변을 자주 이용하긴 했어도 그가 나를 찾아 온 것은 처음이었다.

"좋은 아침이네, 친구. 오늘 나하고 같이 점심을 해야겠는데. 같이 타고 갑시다."

그는 미국인 특유의 풍요로운 몸짓으로 차 발판에 기대어 균형을 잡고 있었다. 그 풍요로운 몸짓은 젊었을 때 힘을 쓰는 일을 하지 않아서, 아니 그보다는 긴장한 상태에서 산발적으로 움직이고 일정한 형태가 없는 운동을 해서 가능하지 않았나 싶다. 이 특성은 그의 세심한 매너를 계속해서 불안하게 뚫고 들어온다. 그는 가만히 있는 적이 없었다. 발을 가볍게 구르든가 손을 참을성 없이 쥐락펴락했다.

감탄해서 그의 차를 보고 있는 내 모습을 그가 보았다.

"이 차 멋지지, 친구?" 그는 내가 더 잘 볼 수 있도록 하기 위해 차에서 뛰어 내렸다. "이전에 본 적 없었나?"

본 적이 있었다. 모든 사람이 본 적이 있었다. 풍요로운 크림색에다, 니켈이 밝게 빛나고, 괴물같이 큰 길이에 자랑하듯 모자 상자, 도시락 상자, 공구 상자를 붙여 여기저기가 불룩 튀어 나왔고, 태양을 열두 개로 비추는 미로 같은 바람막이가 있는 차였다. 우리는 여러 겹의 유리창 뒤 녹색 가죽으로 된 온실 같은 좌석에 앉아 도심을 향해 출발했다.

지난 달 동안 여섯 번쯤 그와 이야기를 나눈 것 같다. 그러나 실망스럽게도 그는 할 이야기가 별로 없는 사람이라는 것을 알게 되었다. 그래서 그가 뭔지 알 수는 없으나 꽤 영향력 있는 사람일 거라는 내 첫 인상은 점차 수그러들어 결국에 그는 그저 내 이웃에 있는 멋들어진 가로변 여관집 주인이 되어 있었다.

그럴 때 즈음에 차를 함께 타고 나오는 이 당황스러운 일이 생긴 것이다. 웨스트에그에 도착했을 즈음 개츠비는 우아한 문장들을 채 끝맺지 못해 캐러멜 색 정장의 무릎을 막연히 때리기 시작했다.

"이보게, 친구." 그가 갑작스럽게 말을 꺼냈다. "그런데, 날 어떻게 생각하나?"

좀 당혹스러워서 나는 그 질문에 걸 맞는 일반적인 회피성 답을 하기 시작했다.

"음, 내가 살아 온 얘기를 좀 하려고 하는데." 그가 끼어들었다. "내가 하는 말을 듣고 나에 대한 오해가 없기를 바라네."

그렇다, 그는 자기 집 홀에서 일어나는 대화를 맛깔나게 하던 그 이상한 비난들에 대해 알고 있었던 것이다.

"진실만을 이야기 할 거요." 그는 신께 응징을 준비하고 계시라는 명령을 내리듯이 갑자기 오른 손을 들었다. "중서부의 부유한 가정의 외아들이었소—지금은 모두 돌아가셨지만. 미국에서 자랐지만 옥스퍼드에서 공부했지. 선조들이 그곳에서 여러 해 동안 공부를 했기 때문에. 가계의 전통이었지."

그는 옆 눈으로 나를 봤다. 왜 조던 베이커가 개츠비가 거짓말을 한다고 믿었는지 이해가 됐다. 그는 옥스퍼드에서 공부했다는 구절에서 서두르듯이 혹은 집어 삼키듯이 아니면 목에 걸린 듯이 말을 삼켜 버렸다. 마치 그 구절로 인해 전에 곤란을 겪었었던 것 마냥. 이런 의심이 들자 그가 하는 말들이 모두 산산조각으로 부서졌다. 그에게 뭔가 불길했던 게 더 없었는지 궁금해졌다.

나는 별 생각 없이 "중서부 어느 지역?"이냐고 물었다.

"샌프란시스코요."

"그렇군요."

"내 가족이 모두 죽자 상당한 재산이 내 몫이 됐지요."

마치 갑작스러웠던 일가의 몰락이 아직도 그를 괴롭히는 듯이 그의 목소리는 비장했다. 잠시 동안 난 그가 나를 놀리는 게 아닌가 싶었는데 한 번 힐끔 쳐다보고서는 그 생각을 곧 접었다.

"그 후로 난 젊은 왕자처럼 파리, 베니스, 로마 등 유럽의 수도를 돌아다니며 살았소. 보석 수집을 하면서. 주로 루비에 관심이 있었죠, 큰 사냥감을 찾아다니기도 하고. 그림도 좀 그리면서. 그림은 순전히 나를 위한 것이었지. 오래전 내게 닥친 슬픈 일을 잊으려 애쓰면서요."

어처구니없는 웃음이 나오려는 것을 가까스로 참았다. 그가 하는 말들이 너무도 뻔한 수작이라서 호랑이를 찾아 불로뉴 숲을 헤매는 터번을 쓴 '인물'이 땀구멍으로 톱밥 같은 땀을 삐질 거리며 다니는 모습 이외엔 아무런 그림도 떠오르지 않았다.

"그러자 전쟁이 터졌다네, 친구. 대단한 안도였지. 난 죽으려 무척 애를 썼었거든. 그런데 마법에 걸린 삶을 사는 것처럼 죽지 않더군. 전쟁 발발 당시엔 중위로 임관했지. 아르곤 숲에서 기관총 부대의 남은 부대원들을 너무 전진시켜서 보병들이 어느 쪽으로도 전진할 수 없게 양쪽으로 모두 반마일의 거리가 있었어. 그 자리에서 이틀 낮 밤을 16대의 루이스 총을 가지고 130명의 군사가 꼼짝 않고 있었네. 마침내 보병대가 그곳에 도착했을 때 죽은 병사들 시신 더미 위에서 독일군 3분대의 휘장이 발견됐어. 난 소령으로 진급했고 연합군 정부마다 내게 훈장을 주었소. 심지어 몬테네그로도. 아드리아 해 저 아래쪽에 있는 그 작은 몬테네그로 말일세."

작은 몬테네그로로라! 그는 그 단어를 소리 높여 말하면서 미소를 지으며 고개를 끄덕였다. 그 미소는 몬테네그로의 고통스러웠던 역사를 이해하고 그 국민들의 용맹스러운 투쟁을 공감하는 그런 미소였다. 그것은 몬테네그로의 작고 따뜻한 가슴으로부터 이런 감사의 찬사를 이끌어 냈던 일련의 국가적 상황을 온전히 이해하는 그런 미소였다. 지금은 그 매력에 빠져 나의 불신이 고개를 숙였다. 마치 열두 권의 잡지를 급하게 훑으면서 읽는 것 같았다.

그는 주머니에 손을 넣더니 리본이 달린 금속으로 된 작은 조각을 내 손에 떨어뜨렸다.

"그게 몬테네그로에서 받은 훈장이요."

놀랍게도 그 물건은 진짜 같아 보였다. '다닐로 훈장', '몬테네그로, 니콜라스 왕'라는 글이 원을 그리며 새겨져 있었다.

"뒤집어 보시오."

"제이 개츠비 소령, 무훈 훈장." 내가 읽어 내렸다.

"내가 늘 가지고 다니는 게 또 하나 있는데, 옥스퍼드 다니던 시절의 기념품이지. 트리니티 쿼드에서 찍은 건데 내 왼쪽에 있는 그 사람이 지금은 동캐스터 백작이오."

6명의 젊은이가 블레이저*를 입고서 아치 아래에서 빈둥거리는 모습을 찍은 사진이었고, 아치 아래 길 사이로 여러 개의 첨탑이 보였다. 크리켓 방망이를 손에 쥔 채 개츠비도 그 사진에 있었는데, 지금보다 약간 젊은 모습이었다.

그럼 그게 다 사실이었던 거다. 그랜드 캐널에 있는 그의 궁전에 호랑이 껍질이 빛나고 있는 광경도 본 것 같았다. 상심해서 아픈 마음을 그 심오한 주홍빛으로 달래려고 루비가 가득 든 금고의 문을 여는 그의 모습도 본 것 같았다.

---

* 단체복 콤비 상의

"내가 오늘 매우 중대한 부탁을 하려고 합니다." 기념품을 만족스럽게 주머니에 넣으면서 그가 말했다. "그래서 나에 대해 알려야 할 필요가 있다고 생각했지요. 나를 그저 하찮은 인간으로 생각하는 것은 내가 원치 않으니까요. 보시다시피 늘 낯선 사람들 틈에 끼어 있었어요. 내게 닥친 불행을 잊으려 여기저기 떠 다녔으니까." 그는 머뭇거렸다. "오늘 오후에 말씀드리겠소."

"점심시간에요?"

"아니, 오늘 오후요. 우연찮게 오늘 당신이 베이커 양과 차를 마시기로 했다는 것을 알게 되었소."

"베이커 양과 사랑에 빠지셨단 말씀인가요?"

"아니오, 친구. 그런 게 아니오. 베이커 양이 친절하게도 당신에게 이 문제를 말해 주겠다고 했소."

나는 '이 문제'가 무언지 도통 알 수가 없었지만, 흥미를 느끼기보다는 귀찮아졌다. 제이 개츠비 씨에 대해 이야기하려고 베이커 양을 차 시간에 초대한 게 아니었다. 그 청이라는 게 완전히 터무니없을 거라고 생각했고, 순간 사람들로 들끓는 그의 정원에 발을 들여놓았던 것을 후회했다.

그는 이야기를 더는 하려들지 않았다. 시내가 가까워질수록 그의 몸은 곧아 갔다. 포트 루즈벨트를 지났는데 그곳에서 빨간 띠를 두른 채 바다로 나가는 배들을 볼 수 있었다. 과거의 화려함은 낡아버렸고 어두컴컴하긴 하지만 여전히 사람들이 찾아오는 1900년대의 술집들이 늘어서 있는 자갈 깔린 빈민가를 따라 우리는 속력을 냈다. 그러자 재의 계곡이 양편으로 펼쳐졌고, 우리가 지날 때 숨을 가쁘게 쉬며 주유기를 꽉 잡고 있는 윌슨 부인의 모습이 힐끗 보였다.

흙받기를 날개처럼 펼치고 우리는 빛을 비추며 아스토리아의 절반가량을 왔다. 절반만 그럴 수 있었던 것이 고가 철도의 기둥을 돌 때 오토바이의 '부릉부릉 탁' 하는 익숙한 소리가 들렸다. 미친 듯이 화가 난 경찰관이 우리와 나란히 달렸다.

"알았소, 친구." 개츠비가 말했다. 우리는 속도를 줄였고 개츠비는 지갑에서 흰 카드 하나를 꺼내 경찰관 눈앞에 대고 흔들었다.

"개츠비 씨군요." 모자 끝에 손을 대고 인사를 하면서 경찰관이 알 겠다는 듯이 말했다. "다음번엔 알아 뵙겠습니다. 죄송합니다."

"그게 뭡니까?" 내가 물어봤다. "옥스퍼드에서 찍은 사진인가요?"

"경찰 서장에게 편의를 봐준 적이 한 번 있는데, 그 후로 매년 크리스마스카드를 내게 보내오는군요."

거대한 다리 위에서 대들보를 비추는 햇빛은 지나가는 차들 위로 끊임없이 반짝였고, 강 건너편에서는 도시가 흰 더미와 각설탕 덩어리 같은 빌딩의 모습으로 떠오르고 있었는데, 그 모든 것들이 냄새 나지 않는 돈에서 비롯된 소망으로 지어진 것이었다. 퀸스보로 다리에서 본 도시는 언제나 세상의 모든 신비와 아름다움을 미친 듯이 약속해주는 그 도시의 첫 모습 같았다.

꽃이 수북이 덮인 상여 차에 탄 망자가 우리 곁을 지나갔다. 그 상여 차 뒤에 차양이 드리워진 두 대의 차량이 따랐고, 친구들이 탄 조금 더 밝은 차량 한 대가 뒤를 이었다. 동남부 유럽인들의 특징인 짧은 윗입술을 가진 그 친구들은 비극적인 눈으로 우리를 바라봤다. 나는 그들이 이 우울한 휴일에 개츠비의 근사한 차를 볼 수 있다는 것이 기뻤다. 블랙웰즈 섬을 건너갈 때 리무진 한 대가 우리 곁을 지나갔는데 맵시 있는 흑인 셋이 타고 있었고 운전사는 백인이었다. 흑인 중 둘은 사내였고 한 명은 아가씨였다. 교묘한 경쟁심으로 그들의 눈동자가 우리를 보며 휘둥그레지자 나는 크게 웃음을 터트렸다.

"이 다리를 건넜으니 이제 무슨 일이든 일어날 수 있는 거지, 무슨 일이든……"이라는 생각이 들었다.

딱히 놀랄 것도 없이 개츠비라는 인물도 생겨날 수 있는 거다.

*

포효하는 정오. 선풍기가 잘 돌아가는 42번가 지하에서 점심을 먹기 위해 개츠비를 만났다. 바깥 거리가 눈부셔 눈을 깜박거리면서, 나는 대기실에서 다른 사람과 이야기를 나누고 있는 그를 힘들게 찾아냈다.

"캐러웨이 씨, 이쪽은 내 친구 울프심 씨요."

코가 작고 낮은 유대인이 큰 머리를 들고 나를 바라봤는데 잘 자란 코털이 양쪽 콧구멍에서 두 개씩 삐져나왔다. 잠시 후 어둑어둑한 곳에서 그의 작은 눈을 보게 되었다.

"—그래 이 친구를 한 번 훑어봤네." 울프심 씨는 열정적으로 나와 악수를 하며 말했다. "내가 한 행동에 대해 어떻게 생각하슈?"

"무슨?" 내가 공손히 물었다.

그러나 그가 나에게 말을 하지 않은 것이 분명했다. 왜냐하면 내 손을 놓고서 표현력이 풍부한 코를 개츠비에게 들이대고 있었다.

"캐츠포한테 그 돈을 건네면서 내가 말했지, '좋아 캐츠포, 그 자가 입을 다물기 전엔 일전 한 푼도 주지 말라고.' 그랬더니 그 자리에서 당장 입을 다물더구먼."

개츠비는 우리 두 사람의 팔을 끼더니 식당 안으로 우리를 끌고 들어갔다. 그때 울프심은 막 시작하려던 말을 삼키고 몽유병자 같은 멍한 상태가 되었다.

"하이볼 드릴까요?"라며 급사장이 물었다.

"여긴 좋은 식당이야." 울프심 씨가 천장에 그려진 장로교회풍의 요정을 보면서 말했다. "그래도 난 길 건너 식당이 더 낫더라!"

"하이볼로 주시오." 개츠비가 대답을 하고서 울프심 씨에게 말했다. "그 집은 너무 더워."

"덥고 비좁고, 그렇지, 그래도 추억이 가득한 곳이야." 울프심이 말했다.

"어딥니까?" 내가 물었다.

"유서 깊은 메트로폴."

"유서 깊은 메트로폴이지." 울프심은 침울하게 생각에 잠겼다. "죽은 자, 떠난 자의 얼굴로 가득한 곳이야. 지금은 영원히 떠나간 친구들로 말이야. 내가 살아 있는 한 로지 로즌설이 그곳에서 총에 맞은 날 밤을 잊지 못할 거야. 그 테이블에 우리 여섯 명이 앉아 있었고 로지는 저녁 내내 엄청나게 먹고 마시고 했지. 거의 아침이 다 되었을 때 웨이터가 요상한 표정을 짓고 그에게 오더니 어떤 사람이 밖에서 말 좀 하고 싶어 한다고 전했어. '알았네.'라고 로지가 말하고선 일어나려고 하기에 내가 그를 끌어 앉혔어.

'그 개자식들 보고 자네를 만나고 싶으면 이리로 들어오라고 해, 로지. 그러니 자네 이 방에서 나가지 말게.'

새벽 4시였어. 차양을 올렸더라면 햇빛을 볼 수 있었을 거야."

"그가 나갔나요?" 내가 순진하게 물었다.

"물론 나갔지." 울프심 씨의 코가 분연히 내 쪽으로 반짝거렸다. "그 친구가 문에서 고개를 돌려 말했어, '웨이터한테 내 커피 치우지 말라고 해!' 그러고 나서 인도로 나갔고 놈들은 그의 빵빵한 배에 총을 세 발 쏘고는 차를 타고 도망갔어."

"그들 중 넷은 전기처형을 받았지요." 나는 기억이 나서 말했다.

"베커까지 다섯이었지." 그의 콧구멍이 관심이 간다는 듯이 내 쪽으로 향했다. "사업상 연줄을 찾고 있구먼."

두 가지 내용의 말을 동시에 한다는 것이 놀라웠다. 개츠비가 내 대신 대답을 해줬다.

"아, 아니오." 그가 큰 소리로 말했다. "이 사람은 그런 사람이 아니오."

"아니라고?" 울프심은 실망한 것 같았다.

"그냥 친구요. 그 문제는 다음에 이야기하자고 말했잖소."

"실례했소." 울프심이 말했다. "사람을 잘못 봤구먼."

즙이 많아 먹음직스러운 해쉬가 나왔고, 울프심은 유서 깊은 메트로폴의 더 감상적인 분위기는 잊은 채 대단히 정교하게 음식을 먹기 시작했다. 식사를 하는 동안 그는 천천히 눈을 돌리며 그 방 안을 이리저리 둘러 봤다. 바로 뒤에 있는 사람들을 살피려고 눈을 돌렸을 땐 방 안을 완전히 한 바퀴 다 돌아봤을 때였다. 내가 그 자리에 있지 않았다면 우리 테이블 밑도 힐끔 들여다보았을 거라는 생각이 들었다.

"여기, 친구." 개츠비가 내 쪽으로 몸을 기울이면서 말했다. "오늘 아침 차 안에서 자네 기분을 좀 상하게 한 것 같은데."

다시 그 미소를 지었다. 그러나 이번엔 내가 그것에 굴복하지 않았다.

"난 비밀 같은 것은 좋아하지 않습니다." 내가 대답했다. "왜 솔직하게 원하시는 것을 말하지 않는지 이해가 잘 안됩니다. 왜 베이커 양을 통해서만 해야 되는 건가요?"

"아, 불법적인 뭐 그런 거는 전혀 아니오." 나를 안심시켰다. "베이커 양은 훌륭한 운동선수 아닌가요. 옳지 않은 일 따위는 할 사람이 아니지 않소."

그는 갑자기 손목시계를 보더니, 벌떡 일어나서, 울프심과 나만 테이블에 남겨둔 채 서둘러 방에서 나갔다.

"저 사람, 전화할 데가 있어요." 눈으로는 개츠비를 따라가면서 울프심이 말했다. "좋은 친구지오, 안 그렇소? 잘 생겼고, 완벽한 신사요."

"그렇습니다."

"저 친구 영국의 옥스파드에 다녔었소. 옥스파드 대학 알지요?"

"들어는 봤습니다."

"세계에서 제일 유명한 대학 중 하나요."

"개츠비 씨를 아신 지가 오래 됐나요?" 내가 물었다.

"수년 됐수다." 그는 만족스럽게 대답했다. "전쟁이 끝난 뒤부터 저 친구와 친분을 갖게 됐지. 그와 한 시간쯤 이야기를 하다 보니 잘 자란 사람을 만났다는 것을 알았소. 그래 혼잣말을 했지요, '집에 데려가서 어머니와 여동생들에게 인사시키고 싶은 사람이야'라고." 그는 말을 잠시 멈췄다. "내 소매단추를 보고 계시는구먼."

그의 소매단추를 보고 있지 않았지만, 그 말 때문에 보게 되었다. 단추들은 알 수 없이 친근감이 가는 상아조각으로 만들어진 것이었다.

"사람 어금니 중 제일 좋은 것들로 만든 거요." 그가 알려주었다.

"그래요!" 나는 단추들을 살펴보았다. "거 참 재미있는 발상이군요."

"그렇죠." 그는 겉옷 속에 있는 소매를 잡아 올렸다.

"네, 개츠비는 여자에 대해 매우 신중한 사람이오. 친구의 아내는 쳐다보지도 않을 거요."

이 본능적인 신뢰의 대상이 돌아와서 테이블에 앉았을 때 울프심은 커피를 후룩 마시고는 일어섰다.

"점심 잘 먹었소이다. 눈치 없이 오래 있어 눈총 받기 전에 내 젊은 사람들만 남기고 자리를 뜰 참이오."

"서두르지 마세요, 마이어." 개츠비는 별 성의 없이 말했다. 울프심은 축도를 하듯이 한 손을 들었다.

"아주 친절하신 말씀이오만 난 당신들과 세대가 달라요. 당신들은 여기 앉아 스포츠와 아가씨들에 대해 이야기를 나누시오, 그리고……" 그는 나머지는 상상에 맡긴다는 듯이 손을 휘저었다. "내 나이가 오십이니 주제넘게 당신들 사이에 끼지는 않을 거요."

악수를 하고 돌아 섰을 때 그의 비극적인 코가 떨렸다. 내가 기분 나쁜 말이라도 그에게 했는가 싶었다.

"저 사람은 때론 감상적이 되지. 오늘도 감상적인 날인가 보네. 뉴욕의 괴짜셔. 브로드웨이에 살아."

"그런데 누구신가요? 배우?"

"아니."

"치과의사?"

"마이어 울프심이? 아니, 그 사람 도박꾼이오." 개츠비는 머뭇거리더니만 냉정하게 덧 붙였다. "1919년 월드 시리즈 승부조작한 사람이오."

"월드 시리즈 승부를 조작했다고?" 나는 같은 말을 반복했다.

그럴 수 있다는 생각이 나를 아찔하게 했다. 물론 월드 시리즈가 1919년에 승부 조작된 것은 알고 있었다. 그 일에 대해 내가 생각해 본 적이 있다면 난 그것이 그냥 그렇게 벌어진 일이라고, 어쩔 수 없는 일련의 사건들의 결말이었을 뿐이라고 생각했을 것이다. 어느 한 사람이 5천만의 믿음을 가지고 놀고, 금고를 날려 버릴 정도로 강렬한 외골수 같은 마음으로 장난을 칠 수 있다는 생각은 해보지 못했다.

"어쩌다가 그런 일을 하게 됐나요?" 잠시 후 내가 물었다.

"기회를 잡았던 거였지."

"그런데 왜 감방에 가지 않았나요?"

"잡히질 않았지, 친구. 그는 영리하거든."

나는 점심 값을 내겠다고 우겼다. 웨이터가 잔돈을 가져왔을 때 사람들로 붐비는 방 건너편에 있는 탐 뷰캐넌이 보였다.

"잠시 저와 같이 가시죠. 인사를 해야 할 사람이 있어서요."

우리를 보자 탐은 성큼 일어나서 우리 쪽으로 대여섯 발을 떼었다.

"그동안 어디에 있었나?" 그가 진심으로 물었다. "자네가 오질 않으니까 데이지가 단단히 화가 났다네."

"뷰캐넌 씨, 이 분은 개츠비 씨요."

그들은 짧게 악수를 했고, 긴장되고 당황한 기색이 개츠비의 얼굴에 스쳤는데 그것은 그에게는 낯선 모습이었다.

"어쨌든, 그동안 어떻게 지냈나?" 탐이 내게 물었다. "어쩌다 밥 먹으러 이렇게 멀리까지 오셨나?"

"개츠비 씨와 함께 식사를 하고 있던 참이야."

개츠비 씨를 향해 몸을 돌렸지만 그는 그 자리에 없었다.

*

1917년 10월의 어느 날—

(조던 베이커가 그날 오후 플라자 호텔의 티가든에서 등받이가 곧추 선 의자에 꼿꼿이 앉아 이렇게 말했다.)

나는 여기저기를 걷고 있었어요. 반은 보도 위를 반은 잔디 위를 걸으면서. 부드러운 땅으로 파여 들어가는 고무 옹이가 발바닥에 박혀 있는 영국산 구두를 신고 있었기 때문에 잔디 위를 걷는 게 더 좋았어요. 바람에 조금씩 살랑거리는 새로 산 주름 스커트도 입고 있었고요. 내 치마가 바람에 날릴 때마다 모든 집 앞에 달려있던 빨간색, 흰색, 파란색 현수막들이 뻣뻣이 펴진 채 불만스러운 듯 파닥파닥 소리를 냈지요.

가장 큰 현수막과 가장 큰 잔디밭은 데이지 페이네 거였어요. 나보다는 두 살 많았지만 데이지는 이제 겨우 18살이었는데 루이빌에서 제일 인기가 많은 아가씨였죠. 그녀는 흰 옷을 입고 작은 흰색 로드스터를 타고 다녔어요. 데이지네 집 전화벨은 하루 종일 울려대고, 테일러 부대의 흥분한 젊은 장교들은 그날 밤 데이지를 독점할 수 있는 특권을 달라고 애원했지요. '단 한 시간 만이라도!'

그날 아침 내가 데이지네 집 건너편으로 가고 있는데, 데이지의 흰색 로드스터가 연석 옆에 세워져 있었고 내가 처음 보는 어느 중위와 함께 데이지는 차 안에 앉아 있었어요. 두 사람이 서로에게 빠져 있어서 내가 5피트 거리로 다가갔을 때까지도 데이지는 나를 보지 못했어요.

"안녕, 조던." 하고 예기치 않게 그녀가 나를 불렀죠. "이리 좀 올래."

데이지가 나와 말을 하고 싶어 하는 것 같아 나는 우쭐해졌어요. 나보다 나이가 위인 여자들 중에서 데이지를 제일 좋아했거든요. 적십자사에 붕대를 만들러 가느냐고 물었어요. 그러던 참이었죠. 그러면, 오늘 밤 자기가 그곳에 갈 수 없다고 말 좀 전해줄 수 있느냐고요. 데이지가 말을 하는 동안 그 장교가 데이지를 바라보는데 젊은 아가씨들이 언젠가는 그런 눈길을 받아 봤으면 하고 바라는 바로 그런 눈으로 보았어요. 그날 밤이 너무 낭만적으로 보여서 나는 그 사건을 내내 기억하고 있지요. 그 장교의 이름이 제이 개츠비였고, 그 후론 4년 동안 그 사람을 보지 못했어요. 롱 아일랜드에서 그 사람을 만난 후에도 그 사람이 같은 사람인지를 알아보지 못했고요.

그 일은 1917년 일이었는데 이듬해엔 나에게도 남자가 몇 생겼고, 또 토너먼트에서 뛰기 시작했기 때문에 데이지를 그다지 자주 보지는 못했어요. 데이지가 사람을 만날 때는 나이가 좀 위인 사람들과 어울렸고 데이지 주변엔 이상한 소문들이 항상 떠돌았어요. 해외로 파견되는 한 병사를 만나 작별인사를 하려고 겨울밤에 옷 가방을 싸서 뉴욕으로 가려는 것을 데이지 엄마가 어떻게 알게 되었는지, 뭐 그런 소문들이요. 사실 데이지를 가지 못하게 막기는 막았지만 그 후 몇 주 동안을 가족과는 말도 하지 않았대요. 그 일이 있은 후로는 병사들과 어울리지도 않았고요. 절대로 군대에 갈 수 없는 평발에 시력이 좋지 않은 젊은이들 하고만 어울렸어요.

그 다음해 가을엔 데이지도 다시 이전처럼 밝아졌어요. 휴전이 된 후에 사교계에 데뷔했고, 2월엔 아마도 뉴올리언스 출신인 남자와

약혼을 했다는 말이 있었어요. 그런데 6월에 시카고 출신인 탐 뷰캐
넌과 루이빌에선 전례를 찾아볼 수 없는, 전에 없이 화려한 결혼을 했
어요. 그 남자는 차 4대로 100명이나 되는 사람들을 데리고 내려 왔
고 멀바 호텔의 한 층을 통째로 빌렸어요. 결혼 전날 진주 목걸이를
데이지에게 주었는데 35만 달러나 하는 거였지요.

　난 신부 들러리였어요. 결혼 피로연이 시작되기 30분 전에 그녀
방에 갔는데 꽃이 달린 드레스를 입고 6월의 밤만큼이나 사랑스러운
모습으로 데이지가 침대에 누워있더라고요. 술이 곤드레가 되어서요.
한 손엔 소턴 술병이, 다른 손엔 편지가 들려 있었어요.

　"추카해저." 데이지가 말하더군요. "술 마셔본 적 엄는데 와아 정
말 조타."

　"무슨 일이에요, 데이지?"

　전 정말 무서웠어요. 그렇게 취한 여자를 본 적이 없었거든요.

　"여기, 애야." 침대 위에 있는 흰 바구니 안을 더듬거리더니 진주
목걸이를 꺼냈어요. "잉거 아래 층 가져다가 임자가 누구든 줘 버려.
그리구 모두에게 말해 줘. 데이지 맘이 변했다구 말해. 데이지가 맘
이 변했어요."

　데이지가 울기 시작했어요. 울고 또 울었죠. 나는 뛰쳐나가서 데
이지 어머니의 몸종을 찾았어요. 우린 문을 잠그고 데이지를 찬물로
목욕 시켰어요. 데이지는 편지를 손에서 놓으려 들지 않았어요. 편지
를 손에 든 채 욕탕에 들어가서 편지가 젖은 공 모양으로 쥐어짜져서
눈처럼 조각조각 나는 것을 본 후에야 그것을 비누 곽에 놓게 했어요.

그러고 나선 단 한마디도 하지 않았어요. 암모니아제를 주고 얼음을 이마에 대주고 다시 드레스를 입혔죠. 반시간 후 그 방에서 걸어 나왔을 때 진주 목걸이는 다시 데이지의 목에 걸려 있었고 사건은 일단락됐어요. 다음 날 오후 5시에, 데이지는 떨지도 않고 탐 뷰캐넌과 결혼을 하고서는 남태평양으로 3개월간의 여행길에 올랐어요.

그들이 여행에서 돌아온 후에 샌타바버라에서 봤는데, 자기 남편에게 그렇게 빠져있는 여자는 처음 봤답니다. 탐이 잠시라도 자리를 뜨면 불안해서 주변을 둘러보며 탐이 어디 갔는지를 물었죠. 탐이 다시 돌아올 때까지 데이지의 표정은 멍했고요. 한 시간씩 탐에게 다리를 베어주고 모래사장에 앉아 있곤 했으니까요, 그의 눈을 손으로 쓸어가며 그를 바라보는데 말할 수 없이 기뻐보였어요. 그들이 함께 있는 것을 보는 것은 감동적이었다니까요. 매혹되서 숨을 죽인 채 웃게 만들었으니까요. 그게 8월이었어요. 내가 샌타바버라를 떠난 지 일주일 후 어느 날 밤에 탐이 벤투라 도로에서 왜건을 치는 바람에 그의 차 앞바퀴가 빠져버린 사고가 있었어요. 탐과 함께 차에 있었던 여자가 팔이 부러져서 신문에 났었어요. 그런데 샌타바버라 호텔의 청소부였지 뭐예요.

다음 해 4월, 데이지는 딸을 낳았고 그들은 1년간 프랑스에 가서 살았어요. 어느 봄엔가 칸에서 그들을 봤고 나중엔 도빌에서도 만났죠. 그 후에 그들은 정착하려고 시카고로 돌아왔어요. 아시다시피 데이지는 시카고에서도 인기가 좋았지요. 젊고 부유하고 거칠고 쾌락을 쫓아다니는 사람들과 함께 몰려 다녔어요. 그래도 데이지의 평판은 한 점 티도 없이 깨끗했었어요. 아마도 술을 마시지 않아서인 것 같아요. 술고래들 사이에서 술을 마시지 않는다는 것은 대단한 이점 이거든요. 말을 조심할 수 있고, 무엇보다도 사소한 실수들을 처리할 시간을 가질 수가 있잖아요. 다른 사람들이 보지 못하거나 신경을 쓰 지 못하도록 말이에요. 데이지는 외도 따위에 빠진 적은 없는 것 같 아요. 그래도 그녀의 목소리에 뭔가가 있긴 해요.

아무튼, 6주 전에 그녀는 몇 년 만에 처음으로 개츠비라는 이름 을 들은 거죠. 내가 당신한테 웨스트에그에 사는 개츠비를 아느냐고 물어 봤을 때인데, 기억나죠? 당신이 가고 난 후 데이지가 내 방으 로 와서 나를 깨우면서 "어느 개츠비?"냐고 물었어요. 내가 그 사람 에 대해 설명을 해줬죠. 그때 난 반쯤 잠이 들어 있는 상태였어요. 그 녀는 매우 이상한 목소리로 자기가 알았던 사람이 틀림없다고 말했 는데, 그때서야 비로소 데이지의 흰 차 안에 있었던 장교가 이 개츠 비와 연결이 되더라고요.

*

조던 베이커가 이야기를 끝낸 것은 플라자를 떠난 지 30분이 지 났을 때였고 우리는 빅토리아 자동차를 타고 센트럴 파크를 지나고 있었다. 해는 이미 영화배우들이 사는 웨스트 50번가의 키 큰 아파 트 뒤로 넘어갔다. 아이들의 맑은 목소리가 풀숲의 귀뚜라미처럼 모 여서 뜨거운 석양을 따라 피어오르고 있었다.

난 아라비아의 족장

그대의 사랑은 나의 것

그대가 잠들어 있는 밤

그대의 텐트로 나 기어들어 가리 —

"묘한 우연이네." 내가 말했다.

"우연이 절대 아니에요."

"어째서?"

"데이지가 사는 곳이 만 바로 건너편에 있기 때문에 개츠비가 그 집을 샀던 거예요."

그렇다면 6월 그날 밤 그가 바라보며 열망했던 것은 단지 별만이 아니었던 것이다. 아무런 목적도 없이 화려하기만 했던 자궁에서 나와, 그가 갑자기 생생한 인물로 다가왔다.

"당신이 어느 날 오후에 데이지를 초대하고 개츠비도 건너오게 할 수 있는지 그가 알고 싶어 해요." 조던이 계속해서 말했다.

그렇게 겸손한 요구에 나는 전율했다. 그는 5년을 기다렸다가 나방들처럼 스스럼없이 오가는 사람들에게 별빛을 나눠주는 그 저택을 샀다. 이 모든 것이 어느 날 오후 잘 알지 못하는 사람의 집 정원으로 '건너갈 수 있기' 위한 것이라니.

"그렇게 사소한 것을 부탁하는데 내가 이 모든 것들을 사전에 알아야 할 필요가 있었나요?"

"그는 두려운 거예요. 너무 오래 기다렸거든요. 당신이 기분이 상할 수도 있다고 생각한 거죠. 보시다시피, 겉은 화려하지만 그 사람도 그저 평범한 사람이거든요."

뭔가가 마음에 걸렸다.

"왜 당신보고 만남의 자리를 마련해 달라고 부탁하지 않고?"

"그녀가 자기 집을 보기를 원해요. 당신 집이 바로 옆이잖아요." 조던이 설명을 했다.

"아!"

"내 생각엔 그녀가 언젠가 자기 파티에 오리라고 반쯤은 기대했던 것 같아요." 조던이 말을 계속 이어갔다. "그런데 데이지는 오지 않았어요. 그러자 개츠비가 사람들에게 심상한 듯이 데이지를 아느냐고 묻기 시작했어요. 그렇게 해서 처음으로 찾아낸 사람이 저예요. 그의 무도회에서 나를 부르러 보냈던 바로 그날 밤이었어요. 그 이야기를 얼마나 정교하게 꺼냈는지 당신도 들었으면 좋았을걸. 물론 나는 그 자리에서 뉴욕에서 함께 점심을 하는 게 어떠냐고 했죠—나는 그 사람이 정신이 나간 줄 알았어요.

'내가 생각해 왔던 방법이 아닌 식으로는 만나고 싶지 않소!'라고 말을 하더라고요. '바로 옆집에서 그녀를 만나보고 싶어요.'

당신이 탐의 절친한 친구라고 말했을 때 개츠비는 그의 생각을 모두 접기 시작했어요. 그는 탐에 대해서는 아는 바가 거의 없었어요. 몇 년간 데이지라는 이름이라도 볼 수 있을까 해서 시카고 일간지를 읽었다는데도 말이에요."

날이 벌써 어두워졌다. 작은 다리 아래로 차를 타고 내려갈 때 나는 조던의 황금빛 어깨에 팔을 둘러 내 쪽으로 끌어당기고는 저녁을 같이 먹자고 했다. 갑자기 데이지고 개츠비고 간에 아무도 생각나지 않았다. 이 깨끗하고 단단하고 한계가 있는 사람, 보편적인 회의주의에 젖어 있고, 내 팔 안에서 경쾌하게 몸을 기대고 있는 이 여자만 생각했다. 흥분되어 있는 내 귀를 어느 한 구절이 두드리기 시작했다. '쫓기는 사람과 쫓는 사람, 바쁜 사람과 지친 사람만이 있을 뿐이다.'

"데이지의 삶에도 뭔가가 있어야 해요." 조던이 내게 속삭였다.

"그녀도 개츠비를 만나길 원하나요?"

"데이지는 이 일에 대해 몰라야 해요. 데이지가 미리 아는 것을 개츠비가 원하질 않아요. 당신이 그냥 차나 마시자고 초대하면 되요."

우리는 장벽과 같은 어두운 나무들을 지났다. 그러자 59번가 앞쪽의 섬세하고 창백한 빛이 공원을 내리 비추고 있었다. 개츠비나 탐 뷰캐넌과는 달리 내겐 어두운 처마 돌림띠나 눈이 부신 간판들을 따라 육체와 분리되어 떠다니는 여자의 얼굴이 없었다. 그래서 나는 내 옆에 있는 이 여자를 팔에 힘을 넣어서 끌어 당겼다. 파리하고 냉소적인 입으로 그녀는 미소를 지었다. 그래서 나는 그녀를 다시 한 번, 이번엔 내 얼굴 쪽으로, 끌어 당겼다.

제 5 장

그날 밤 웨스트에그로 돌아 왔을 때 나는 순간적으로 집에 불이 난 건 아닌가 하는 생각이 들었다. 새벽 2시인데도 반도의 한쪽 모퉁이가 온통 빛으로 불타고 있었다. 빛은 환상적으로 관목 숲을 비추고 있었고 길가 전선 위에도 가늘고 긴 불빛이 비추었다. 모퉁이를 돌았을 때 개츠비의 집 꼭대기에서 지하실까지 온통 불이 켜져 있는 것이 보였다.

처음엔 또 파티를 열었나보다고 생각했다. 왁자지껄한 파티를 하다가 '술래잡기'나 '정어리 찾기' 놀이를 하면서 집을 온통 놀이터로 만든 게 아닌가 생각했었다. 그런데 소리가 나지 않았다. 나무에 스치는 바람 소리만 들렸는데 그 바람 때문에 전선의 빛들이 깜박거렸다. 마치 그 집이 어둠 속에서 윙크를 하는 것 같아 보였다. 내가 타고 들어 온 택시가 그렁그렁 거리는 소리를 내며 떠나갈 때 개츠비가 자기 집 잔디를 건너 내게로 걸어오는 것이 보였다.

"집이 마치 세계박람회장 같아 보이는군요." 내가 말했다.

"그래요?" 그는 무심코 눈을 돌려 자기 집을 바라보았다. "방들을 둘러보고 있었소. 내 차로 코니아일랜드에 갑시다, 친구."

"너무 늦었어요."

"그래, 그럼 풀장에 뛰어들면 어떨까? 여름 내내 풀장에 들어가 본 적이 없거든."

"전 자야겠어요."

"그래요."

그는 열의를 억누르면서 나를 바라보며 기다리고 있었다.

"베이커 양과 이야기를 나눴습니다." 잠시 후에 내가 말했다. "내일 데이지에게 전화해서 차 마시러 오라고 하겠습니다."

"아, 좋아요." 그는 아무렇지도 않게 말했다. "불편을 끼치고 싶지는 않아요."

"언제가 좋으신가요?"

"당신은 언제가 좋은가요?" 그는 재빨리 내 말을 고쳐 물었다. "아시죠, 불편을 끼치고 싶지는 않아요."

"모레는 어떻습니까?"

그는 잠시 생각을 하더니 마지못해 "잔디를 좀 깎았으면 해요."라고 말했다.

우리는 같이 잔디를 내려다봤다. 들쭉날쭉한 우리 집 잔디와 색이 더 짙고 관리가 잘된 그의 집의 넓은 잔디가 시작되는 지점 사이에 뚜렷한 선이 그어져 있다. 난 그가 우리 집 잔디를 말하는 게 아닌가 생각했다.

"사소한 용건이 하나 더 있는데." 모호하게 말하곤 그가 머뭇거렸다.

"며칠 미루는 게 좋으시겠어요?" 내가 물었다.

"아 그런 게 아니라, 적어도—" 그는 어떻게 말을 꺼내야 할지를 몰라 말을 더듬었다. "그게, 내 생각엔, 그러니까, 여보시오, 친구, 돈을 많이 벌지는 못하죠?"

"그다지."

이 말에 안심한 듯 그는 몇 마디를 자신 있게 더 했다.

"그러리라 생각했어요, 이해해 주신다면, 아시겠지만 부업을 하나 하는데, 당신이 잘 알만한 작은 사업을 부업으로 하고 있소. 내가 생각을 했는데 수입이 그다지 좋지 않다면—채권을 판다고 했지요, 친구?"

"팔려고 애쓰지요."

"그럼, 이 일에 관심이 있을 수도 있을 거요. 시간을 많이 잡아먹지는 않을테고, 꽤 많은 돈도 벌 수 있고. 그런데 아주 은밀한 일이 되어놔서."

지금 생각하니 다른 상황이었다면 이 대화가 내 삶의 위기 중 하나가 될 수도 있었을 거다. 그러나 그 제안이 내가 애써주는 일에 대한 대가인 것이 너무나 뻔했기 때문에 거기서 그의 말을 끊는 것밖에는 다른 도리가 없었다.

"지금도 일이 많습니다." 내가 말했다. "정말 감사합니다만 일을 더 맡을 수가 없습니다."

"울프심 씨와 일을 같이 할 필요는 없어요." 그는 점심에 나왔던 '연줄' 이야기 때문에 수치스러워서 내가 빼는 거라고 생각한 게 분명했다. 나는 그런 게 아니라고 안심 시켰다. 그는 내가 대화를 이어

가길 바라며 조금 더 기다렸다. 그러나 난 정신이 이미 다른 데 가 있어서 반응을 하지 못했고, 하는 수 없이 그는 자기 집으로 돌아갔다.

나는 그날 밤 일들로 머리가 가벼웠고 행복했다. 현관문을 들어서자마자 깊은 잠에 빠졌다. 그래서 개츠비가 코니 아일랜드로 갔는지 말았는지 알 수가 없었고, 그의 집이 화려하게 불타고 있는 동안 그가 얼마나 오랜 시간 그 방들을 바라보고 있었는지도 알 수 없었다. 다음날 아침 사무실에서 나는 데이지에게 전화를 걸어 차 마시러 오라고 초대했다.

"탐은 데려오지 마." 나는 그녀에게 주의를 주었다.

"뭐라고요?"

"탐은 데려오지 말라고."

"'탐'이 누군데?" 그녀가 천진하게 물었다.

데이지가 오기로 한 날은 비가 쏟아졌다. 11시에 비옷을 입은 남자가 잔디 깎는 기계를 끌고 와서 우리 집 현관문을 두드렸다. 개츠비가 우리 집 잔디를 깎으라고 보냈단다. 그때 나는 핀에게 오늘 집에 오라는 얘기를 깜박하고 하지 않은 것이 생각났다. 웨스트에그 마을까지 차를 몰고 가서 축축하니 하얗게 씻겨 내린 골목으로 그녀를 찾아 다녔고, 컵과 레몬과 꽃을 조금 샀다.

꽃은 살 필요가 없었다. 2시에 개츠비의 집에서 수없이 많은 꽃병들과 함께 화원이 통째로 배달되어 왔기 때문이다. 한 시간 뒤에 불안한 듯 현관문이 열리더니 개츠비가 흰 플란넬 양복과 은색 셔츠에 황금색 타이를 차려 입고 급하게 들어왔다. 얼굴은 창백했고 눈 밑엔

잠을 자지 못해 검은 자국이 나 있었다.

"다 잘되고 있나요?" 그가 들어오자마자 물었다.

"잔디 말씀이라면 보기 좋습니다."

"무슨 잔디?" 그가 멍하니 물었다. "아, 마당 잔디." 그는 창문 밖 잔디를 내다보았지만 그의 표정으로 보았을 때, 그는 아무것도 보고 있지 않았다.

"아주 좋군요." 그가 모호하게 말했다. "신문에 4시면 비가 멈출 거라고 하던데.《저널》이었던 것 같군요. 차 마실 때 필요한 건 다 준비됐나요?"

나는 그를 데리고 식품실로 갔다. 그는 핀을 약간 못마땅한 듯이 보았다. 우리는 조제 식품점에서 사온 레몬 케이크 12조각을 함께 자세히 살펴보았다.

"이거면 될까요?" 내가 물었다.

"물론, 물론이요! 아주 좋아요!" 그가 건성으로 덧 붙였다. "친구."

3시 반이 지나자 비는 축축한 안개 정도로 잦아들었다. 이따금씩 가느다란 물방울들이 이슬처럼 무리 지어 안개 사이로 내렸다. 개츠비는 멍한 눈으로 클레이가 쓴《경제학》을 훑어보고 있었고, 부엌 바닥을 울리게 하는 핀의 발걸음에 놀라기도 하고, 마치 눈에 보이지는 않지만 깜짝 놀라게 할 일련의 일들이 밖에서 벌어지고 있는 듯이 때때로 뿌연 창을 뚫어져라 쳐다보기도 했다. 마침내 일어서더니 자신 없는 목소리로 가야겠다고 말했다.

"아니 왜요?"

"차 마시러 오는 사람은 없을 거요. 시간이 너무 늦었어요!" 마치 다른 약속이라도 있는 것처럼 그는 손목시계를 들여다봤다. "하루 종일 기다릴 수는 없어요."

"바보처럼 굴지 말아요. 이제 겨우 4시 2분 전이에요."

마치 내가 그를 떠다 민 것처럼 그는 처량하게 앉았다. 바로 그때 우리 집 앞 차도로 차가 들어오는 소리가 들렸다. 둘 다 벌떡 일어났고 나는 괜히 마음이 철렁해서 마당으로 나갔다.

물방울이 떨어지는 라일락 나무 아래로 큰 오픈카가 차도로 들어와 멈췄다. 모서리가 세 군데 있는 라벤더 색 삼각 모자 밑으로 비스듬히 기울인 데이지의 얼굴이 밝고 황홀한 미소를 띠며 나를 봤다.

"이 곳에 사는 군요, 오빠."

유쾌하게 물결치는 그녀의 목소리는 빗물 속의 멋진 강장제 같았다. 잠시 동안 귀로만 그 목소리를 따라 오르내리고 나서야 단어들이 귀에 들어오기 시작했다. 푸른 페인트로 줄을 그은 것처럼 젖은 머리카락이 데이지의 뺨으로 흘러 내렸고, 차에서 내리는 것을 도와주려고 손을 잡았을 때 그녀의 손은 반짝거리는 물방울로 젖어 있었다.

"나와 사랑에 빠진 거예요? 아니면 왜 혼자 오라고 했어요?" 낮은 소리로 내 귀에 대고 그녀가 말했다.

"그건 래크렌트 성의 비밀이야. 운전사 보고 어디 멀리 가서 한 시간만 때우고 오라고 해."

"퍼디, 한 시간 후에 오세요." 그러고는 심각한 목소리로 속삭였다. "저 사람 이름이 퍼디에요."

"휘발유가 저 사람 코에 영향을 주었나?"

"그런 것 같진 않은데." 그녀는 천진하게 말했다. "왜?"

우리는 안으로 들어갔다. 기가 막히도록 놀라운 것은 거실에 아무도 없다는 사실이었다.

"아니, 이거 재밌는데." 나는 소리쳤다.

"뭐가 재밌는데요?"

가볍고도 위엄 있게 앞문을 노크하는 소리에 그녀는 고개를 돌렸다. 나는 나가서 문을 열었다. 개츠비가 마치 죽은 사람처럼 창백한 모습으로 두 손을 아령처럼 겉옷 주머니에 꽂은 채 슬픈 듯이 내 눈을 바라보며 물웅덩이 속에 서 있었다.

손은 여전히 겉옷 주머니에 넣은 채 내 옆을 성큼 지나 현관으로 들어와서 마치 줄을 타고 있는 듯이 갑작스럽게 몸을 돌리더니 거실로 사라져 버렸다. 그 모습이 조금도 재미있지 않았다. 나는 크게 쿵쿵거리는 내 심장 소리를 의식하며 점점 거세지는 비를 뒤로하고 문을 당겨 닫았다.

30초 정도 아무 소리도 나지 않더니 거실로부터 목이 메는 듯한 속삭임과 웃음소리 같은 것이 들렸고, 확연히 꾸며낸 데이지의 목소리가 연이어 들렸다.

"다시 보게 되어서 정말 얼마나 기쁜지 몰라요."

아무 말도 없었다. 잠시 동안의 중단이 끔찍이도 오래인 것 같았다. 현관에서 할 일이 없었기에 방으로 들어갔다.

개츠비는 여전히 손을 호주머니에 넣은 채, 긴장을 하고는 아주

편한 척 가장하면서, 심지어는 지루한 것 같은 자세로 벽난로 선반에 몸을 기대고 있었다. 머리를 지나치게 뒤로 젖혀서 머리가 죽은 벽난로 선반용 시계 앞면에 닿았다. 이 자세로 개츠비의 곤혹스러운 눈이 데이지를 응시하며 내려다보았다. 데이지는 놀랐으나 우아한 모습으로 딱딱한 의자 끝에 걸터앉아 있었다.

"우린 전에 만난 적이 있는 사이요," 개츠비가 중얼거렸다. 그의 눈이 잠시 나를 쳐다봤고 그의 입술은 웃으려다 말아서 벌어졌다. 다행이도 그 순간에 벽시계가 개츠비의 머리에 눌려서 위험하게 기울어 졌고 개츠비는 몸을 돌려 떨리는 손가락으로 시계를 잡아서 제 자리에 돌려놓았다. 그러고 나선 소파 팔걸이에 팔꿈치를 올려놓고 턱을 괸 경직된 자세로 앉았다.

"시계는 미안하오." 그가 말했다.

내 얼굴은 이미 열대 볕에 탄 것처럼 화끈 달아 있었다. 이 상황에 맞는 수많은 평범한 말 중 그 어느 것도 떠오르지 않았다.

"오래된 시계인 걸요." 나는 바보처럼 말했다.

잠시 동안 우리 모두 그 시계가 바닥에 떨어져 박살이 났다고 생각했던 것 같다.

"오랫동안 서로 만나질 못했어요." 데이지가 그럴 수 없을 정도로 사실적인 어투로 말을 했다.

"다음 11월이면 5년이 되지."

개츠비의 대답이 너무도 자동적으로 나와서 우리는 또 1분가량 아무 말도 하지 못했다. 나는 머리를 짜내서 모두들 부엌에서 내가 차를 준비하는 것을 도와 달라고 제안했고, 그 제안에 두 사람이 일어섰을 때, 눈치 없는 핀이 차 쟁반을 내왔다.

찻잔과 케이크를 반갑게 받으면서 법석거리는 동안에 외형적인 품위가 잡혀져 갔다. 개츠비는 그늘진 곳으로 가 서서 데이지와 내가 이야기를 나누는 동안 긴장되고 불행해 보이는 눈으로 의식적으로 우리 둘을 번갈아 쳐다봤다. 어쨌든 이렇게 침묵하려고 모인 게 아니기 때문에 나는 재빨리 기회를 잡아서 실례하겠다고 말하고는 일어섰다.

"어디 가시려고?" 바로 놀라서 개츠비가 물었다.

"다시 올 겁니다."

"자리를 뜨기 전에 할 이야기가 좀 있어요."

개츠비는 허겁지겁 부엌으로 나를 따라 들어와 문을 닫고서 낮은 목소리로 비참하게 말했다. "맙소사!"

"무슨 일인데요?"

"끔찍한 실수요." 머리를 절레절레 흔들면서 개츠비가 말했다. "끔찍한, 끔찍한 실수요."

"그저 당황했을 뿐이에요, 그것뿐이에요." 그리고 다행이도 나는 "데이지도 당황했던데요."라는 말을 덧붙였다.

"데이지가 당황했어요?" 개츠비는 믿을 수 없다는 듯이 그 말을 반복했다.

"당신만큼 당황했지요."

"너무 크게 말하지 말아요."

"어린애처럼 구는군요." 나는 버럭 화를 냈다. "게다가 무례하기까지 하구요. 데이지가 혼자 앉아 있잖아요."

그는 내 말을 막으려고 손을 올리더니 잊히지 않을 것 같은 비난의 눈길을 내게 던졌다. 그리고 조심스레 문을 열면서 방으로 들어갔다.

개츠비가 30분 전 불안해서 집을 한 바퀴 돌아볼 때 그랬던 것처럼, 나는 뒤쪽 길로 걸어 나와 엄청나게 크고 검은 마디가 진 나무를 향해 달렸다. 그 나무의 무성한 잎이 천막처럼 비를 가려줬다. 개츠비가 보낸 정원사가 들쑥날쑥했던 우리 집 잔디를 말끔히 정리하였으나 다시 비가 쏟아져, 여기저기 조그마한 진흙 웅덩이와 선사시대 늪 같은 것들이 많이 생겼다. 나무 밑에서는 개츠비의 거대한 저택 말고는 딱히 볼만한 게 없어서 나는 마치 칸트가 교회의 첨탑을 응시하듯이, 30분씩이나, 그의 집을 바라봤다. 양조업자가 10년 전에 '시대' 열기가 한창이었던 초기에 그 집을 지었단다. 그리고 이웃집들이 짚으로 지붕을 얹는다면 5년간의 세금을 대신 내주기로 했다는 이야기도 나돌았다. 아마도 이웃들이 거절해서 한 가문을 이루겠다는 그의 계획의 열정이 식어 버렸나 보다. 그는 곧 몰락하기 시작했다. 문에 걸었던 검은 장례 화환을 채 내리기도 전에 자식들이 그 집을 팔았다. 미국인들은 기꺼이, 심지어는 열정적으로 농노가 되려고 하면서도 항상 완고하게 소작인으로 남으려고 했다.

30분쯤 뒤, 해는 다시 빛났고, 식료품상의 차가 개츠비 집 하인들을 위한 저녁식사 재료를 싣고서 차도로 돌아 들어갔다. 개츠비는 한 수저도 들지 않을 거란 확신이 들었다. 하녀 하나가 위층 창문들을 열기 시작했다. 창문마다 잠깐씩 모습을 드러내고서는 큰 중앙의 기둥 사이로 몸을 기울여 생각에 잠기더니 정원에다 침을 뱉었다. 들어 가야할 시간이었다. 계속 비가 내리는 동안 비 소리는 그들의 속삭이는 목소리처럼 들렸다. 이따금씩 감정이 북받칠 때마다 소리가 같이 높아지고 커졌다. 비가 다시 조용해지자 집 안도 조용해 진 것 같이 느껴졌다.

화덕을 엎지 않는 선에서 부엌에서 낼 수 있는 소리는 다 낸 후에 나는 안으로 들어갔다. 그러나 그들은 어떤 소리도 듣지 못한 것 같았다. 두 사람은 소파 양 끝에 앉아 마치 누가 질문을 한 것처럼, 아니면 지금 질문을 하고 있는 것처럼, 서로를 바라보고 있었다. 그리고 당황했던 흔적은 감쪽같이 사라졌다. 데이지의 얼굴은 눈물로 얼룩져 있었고 내가 들어가자 벌떡 일어나 거울 앞으로 가서 손수건으로 눈물을 닦아내기 시작했다. 개츠비에게도 변화가 있었는데 놀라운 변화였다. 그는 말 그대로 빛을 뿜어내고 있었다. 환희의 말이나 몸짓은 없었지만 새로운 행복이 그로부터 뿜어져 나왔고 그 작은 방을 가득 메웠다.

"아, 안녕, 친구." 마치 나를 몇 년간 보지 못했던 것처럼 말했다. 나는 그가 악수를 할지도 모르겠다는 생각을 잠시 했다.

"비가 그쳤어요."

"그래요?" 내가 무슨 말을 하고 있는지를, 즉 반짝거리는 작은 종처럼 햇살이 방 안 가득하다는 것을 그가 알았을 때 그는 다시 나온 빛을 열렬히 후원하는 기상 캐스터처럼 웃었다. 그러고는 데이지에게 그 사실을 반복해서 말해 주었다. "어떻게 생각해요? 비가 그쳤다는데."

"기뻐요, 제이." 그녀는 슬프고도 아픈 아름다움이 가득한 목소리로 그녀가 기대하지 못했던 기쁨에 대해서만 말했다.

"당신과 데이지가 우리 집에 오면 좋겠어요. 구경시켜 드리고 싶군요." 그가 말했다.

"정말 저도 가기를 원하세요?"

"물론이지요, 친구."

데이지는 얼굴을 닦으려고 위층으로 올라갔다. 우리 집 수건이 깨끗하지 못해서 창피했지만 때는 이미 늦었다. 그 사이 나와 개츠비는 잔디에서 기다렸다.

"우리 집이 근사해 보이는군, 그렇죠?" 그가 물었다. "전면이 모두 햇빛을 받는 것 좀 보시오."

나는 그의 집이 근사하다는 말에 동의했다.

"그래요." 그의 눈은 둥근 아치형 문과 네모난 탑들 하나하나까지 찬찬히 자기 집을 훑어보았다. "저 집을 살 만한 돈을 버는데 꼬박 3년이 걸렸소."

"유산을 받은 줄 알았는데요."

"그랬지요, 친구." 그가 자동적으로 대답했다. "그런데 대공황 때 거의 모든 걸 잃었지요. 전쟁 공황 때."

그는 자기가 무슨 말을 하고 있는지 모르는 것 같았다. 무슨 사업을 했느냐고 물었을 때 그는 "그건 내 일이요."라고 대답했기 때문이다. 그러고 나선 곧 적절한 대답이 아니었다는 것을 그가 깨달았다.

"아, 이것저것 했소." 자기 말을 정정했다. "약품업도 했고, 석유 사업도 했었소. 지금은 둘 다 손을 뗐지만." 그는 주의 깊게 나를 보았다. "어느 날 밤엔가 내가 제안한 것을 생각해 봤다는 말씀인가?"

내가 미처 대답하기도 전에 데이지가 집에서 나왔다. 그녀의 옷에 두 줄로 달린 황동 단추가 햇빛에 빛났다.

"저기 저 거대한 저택이에요?" 그녀가 그의 집을 가리키며 크게 말했다.

"마음에 들어요?"

"정말 마음에 들어요. 그런데 어떻게 저런 곳에서 혼자 사세요?"

"늘 밤낮 없이 재미있는 사람들이 북적대지요. 흥미로운 일들을 하는 사람들이오. 유명인사들."

해협을 따라가는 지름길 대신에 우리는 도로로 내려가서 커다란 옆문을 통해 들어갔다. 매료된 작은 목소리로 데이지는 하늘을 배경으로 선 그 집의 중세 건물 같은 실루엣 이것저것을 감탄했다. 정원도, 노랑수선화의 상큼한 향과 산사나무와 자두나무 꽃망울의 옅은 향, 그리고 오랑캐꽃의 황금빛 향도 감탄했다. 대리석 계단으로 갔는데도 문 안팎에서 밝은 드레스가 살랑거리는 것이 눈에 띠지 않고 나무의 새소리 외에 아무 소리도 들리지 않는 것이 이상했다.

집 안으로 들어가서 마리 앙투아네트의 음악실과 왕정복고풍의 응접실을 여기저기 돌아볼 때도 나는 모든 소파와 탁자 뒤에서 우리가 지나갈 때까지 숨도 쉬지 말고 조용히 하라는 지시를 받은 손님들이 숨어 있는 것 같은 느낌이 들었다. 개츠비가 '머턴 대학 서재'의 문을 닫았을 때 나는 올빼미 눈을 한 남자가 유령같이 웃는 소리를 들었다고 장담 할 뻔했다.

새로 따온 꽃들로 신선하고 장미와 라벤더색 실크 벽지로 뒤덮인 고풍스러운 침실들, 옷 방과 당구장, 움푹 파인 욕조가 있는 욕실을 지나서 위층으로 올라갔다. 머리가 헝클어진 남자가 잠옷 차림으로 바닥에서 운동을 하고 있는 방을 불쑥 들어가기도 했다. 그 사람은 '하숙인'인 클립스프링어 씨였다. 나는 그날 아침 그가 굶주린 듯 해변을 헤매는 모습을 보았다. 드디어 침실 하나, 욕실 하나, 애덤식 서재가 있는 개츠비가 거하는 방으로 왔다. 서재에 앉아서 우리는 개츠비가 벽 안에 있는 찬장에서 꺼내온 샤르트뢰즈를 한 잔씩 했다.

그는 데이지에게서 한 번도 눈을 떼지 않았다. 그가 데이지의 사랑스러운 눈의 반응을 척도로 자기 집의 모든 것들을 재평가했다는 생각이 들었다. 데이지가 놀랍게도 이곳에 실제로 있다는 사실이 다른 모든 것들을 허상으로 만드는 양 개츠비는 때로 자기 소유물을 멍하니 응시했다. 한번은 층계에서 거의 넘어질 뻔도 했다.

광택이 없는 순금 화장 세트로 장식된 화장대만 제외하면 그의 침실은 모든 침실 중 가장 단출했다. 데이지는 즐거운 듯 브러시를 들고 머리를 빗어 내렸다. 그러자 개츠비는 앉아서 손으로 눈을 가리고 웃기 시작했다.

"정말 재밌어, 친구." 그가 유쾌하게 말했다. "난 할 수가 없—내가— 하려고 할 땐—”

그가 두 단계의 상태를 지나 이제 세 번째 단계에 들어가고 있는 것이 현저했다. 당황스러워하고 터무니없이 즐거워하더니 이제는 데이지의 존재가 주는 경이로움에 몰두하고 있었다. 그는 너무도 오랜 시간 이 생각만 해 왔고, 줄곧 이것을 꿈꿔 왔고, 완벽하게, 다시 말해 의식하지도 못할 만큼 강렬하게 준비한 채로 기다려 왔다. 이제 그 반작용으로 태엽이 심하게 감긴 시계처럼 곤두박질치듯 태엽이 풀리고 있었다.

이내 자신을 추스르고 나서 그는 거대한 옷장 두 개를 열어 보였는데 그 옷장엔 양복과 실내복과 타이, 그리고 셔츠가 벽돌 열두 장을 쌓아 놓은 것처럼 차곡히 쌓여 있었다.

“내게 옷을 사주는 영국 사람이 있는데 봄가을로 계절이 바뀔 때마다 옷가지들을 골라서 보내 와요.”

그는 셔츠 더미를 꺼내서 하나씩 우리 앞에 펼쳐 보이기 시작했다. 백 퍼센트 리넨으로 만든 셔츠와 두툼한 실크 셔츠, 고운 플란넬 셔츠들이 수많은 색상으로 탁자를 뒤덮으면서 떨어질 때 접힌 부분들이 풀어졌다. 우리가 감탄하는 동안 그는 더 많은 셔츠를 가져왔고 부드럽고 풍요로운 셔츠 더미들은 더 높이 쌓여갔다. 산호색, 연두색, 라벤더색, 옅은 오렌지색의 줄무늬, 소용돌이무늬, 격자무늬 셔츠들과 인디안 블루색의 문자무늬 셔츠들. 갑자기, 긴장된 소리를 내면서 데이지가 머리를 셔츠 속에 묻더니 격정적으로 울기 시작했다.

“너무 아름다운 셔츠들이야.”라며 목소리를 묻은 채 겹겹이 두껍

게 쌓인 옷 속에서 그녀가 흐느꼈다. "날 슬프게 하네요. 이렇게—아름다운 셔츠들을 전엔 본 적이 없어서요."

*

집을 구경한 뒤, 우리는 정원과 수영장, 그리고 수상비행기와 한여름의 꽃들을 볼 참이었는데 개츠비의 집 창밖으로 다시 비가 내리기 시작했다. 그래서 우리는 한 줄로 서서 주름이 지는 해협의 표면을 바라보았다.

"안개만 아니면 만 건너에 있는 당신 집을 볼 수 있을 텐데. 부두 끝에 밤새도록 녹색 불을 늘 켜놓던데요." 개츠비가 말했다.

데이지가 갑자기 개츠비의 팔짱을 끼었다. 그러나 개츠비는 방금 자신이 한 말에 빠져있는 듯이 보였다. 아마도 그에게 그토록 중요했던 그 빛의 의미가 지금은 영원히 사라졌다는 생각이 들었는지도 모른다. 그와 데이지 사이를 갈라놓은 그 엄청난 거리에 비해 그 빛은 그녀에게 너무 가까워서 거의 그녀를 만지고 있는 것 같았다. 마치 별이 달에 가까운 것처럼 그렇게 가까워 보였다. 그러나 이제는 부두의 녹색 불에 불과했다. 마법에 걸린 물건 중 하나가 줄어들었다.

나는 용도를 알 수 없는 다양한 물건들을 어둑한 곳에서 살펴보며 방 안을 걷기 시작했다. 책상 위쪽 벽에 걸려있는 요트 복장을 한 나이든 남자의 큰 사진이 내 눈길을 끌었다.

"이 분은 누구세요?"

"그 사람? 댄 코디 씨라네, 친구."

그 이름이 어렴풋이 친숙하게 들렸다.

"지금은 돌아가셨지. 오래전에 나의 가장 친한 친구였어."

역시 요트 복장의 개츠비를 찍은 작은 사진들이 사무용 책상 위에 있었다. 도전적으로 머리를 뒤로 제친 모습이 분명 18살 때 찍은 사진이었다.

"멋져요!" 데이지가 감동해서 큰 소리로 말했다. "퐁파두르 말이에요! 이런 머리를 한다거나 요트가 있다는 말은 하지 않았잖아요."

"이걸 봐요." 개츠비가 재빨리 말을 했다. "신문기사 오린 것들이 엄청 많아요, 다 당신에 관한 기사요."

그들은 나란히 서서 기사들을 살펴봤다. 내가 루비를 좀 보여 달라고 하려던 참에 전화벨이 울렸다. 개츠비가 전화를 받았다.

"네…… 글쎄, 지금은 말할 수가 없네, 친구…… 내가 작은 도시라고 했는데…… 어느 도시인지는 그가 알걸세…… 그래, 디트로이트를 작은 도시라고 생각한다면 우리에게 그 사람은 쓸모가 없지……"

그가 전화를 끊었다.

"이리 빨리 와 봐요." 창가에서 데이지가 소리쳤다.

여전히 비는 내리고 있었다. 어두움은 서쪽에서 갈라졌고, 바다 위엔 거품 같은 구름이 분홍색과 황금빛으로 큰 노을을 이루고 있었다.

"저길 봐요," 그녀가 속삭였다. 잠시 후에 말을 이었다. "저 분홍 구름을 하나만 가져와서 거기에 당신을 태우고 이리저리 밀어주고 싶어요."

난 자리를 비켜주려고 했지만 그들이 영 듣지를 않았다. 아마도 내가 그곳에 있는 것이 오롯이 자기들뿐인 것처럼 더 만족스럽도록 느껴지게 했나보다.

"이제 뭘 하나 하면, 클립스프링어에게 피아노를 치게 합시다." 개츠비가 말했다.

그는 "유윙!"을 부르면서 방에서 나갔다. 몇 분 후에 당황해하는 약간 초췌한 젊은이를 데리고 왔다. 조개 테 안경을 쓰고 성긴 금발 머리를 한 젊은이였다. 지금은 목 부분을 푼 '운동 셔츠'와 스니커즈에 색이 흐릿한 면바지를 말끔하게 차려입고 있었다.

"운동하시는 것을 우리가 방해한 건가요?" 데이지가 상냥하게 물었다.

"잠자고 있었습니다." 당황한 클립스프링어 씨가 크게 대답했다. "그게, 잠을 잤었고요. 그런 다음 일어났습니다……"

"클립스프링어는 피아노를 치지요." 그의 말을 끊으면서 개츠비가 말했다. "그렇지 않나, 유윙, 친구?"

"잘 치지는 못합니다. 잘 친다고는 할 수 없지요. 연습을 통 안 해서——"

"아래층으로 가십시다." 개츠비가 끼어들었다. 그가 스위치를 올렸다. 집이 온통 빛으로 가득하자 회색 창들이 사라졌다.

음악실에서 개츠비는 피아노 옆에 하나밖에 없는 램프를 켰다. 그리고 흔들리는 성냥으로 데이지의 담뱃불을 붙여줬다. 그리곤 방 건너편 쪽에 있는 소파에 그녀와 함께 앉았다. 그곳엔 현관으로부터 들어오는 불빛이 반짝거리는 바닥에 반사되는 빛만 있었다.

클립스프링어는 피아노로 〈사랑의 둥지〉를 연주하고 나서 피아
노 의자에서 돌아 앉아 못마땅하다는 듯이 어둠 속에 있는 개츠비
를 찾았다.

"보시다시피, 연습이 전혀 안 되어 있습니다. 연주할 수 없다고 말
씀 드렸잖아요. 연습이 통 안 되―"

"말을 너무 많이 하지 말고, 친구, 그냥 쳐봐요." 개츠비가 명령했다.

"아침에,

저녁에,

우리 즐겁지 않았나요.―"

밖엔 바람 소리가 요란했고 해협을 따라 약한 천둥소리가 흘렀
다. 웨스트에그의 불들이 모두 켜지고, 사람들을 태워 가는 전철은
뉴욕에서부터 빗속을 뚫고 집을 향해 곤두박질을 치고 있다. 사람들
에게 심오한 변화가 일어나는 시간이었고, 흥분이 공기 중으로 퍼져
가고 있었다.

"한 가지는 분명하지, 그것보다 더 분명한 것은 아무것도 없다네,

부자들은 더 부유해지고 가난한 사람들은―아이들을 갖는다네,

그러는 동안

그러는 사이―"

내가 작별 인사를 하러 갔을 때 개츠비의 얼굴에서 지금 그가 누리고 있는 이 행복에 대해 희미한 의심이 드는 것 같은 당황한 표정을 다시 보았다. 거의 5년! 그날 오후에도 데이지가 그의 꿈에 미치지 못한 순간들이 분명히 있었을 것이다. 데이지의 잘못이 아니라 개츠비가 지니고 있는 환상의 거대한 활력 때문일 거다. 그 환상은 데이지뿐 아니라 모든 것을 뛰어 넘는 것이었다. 그는 창의적 열정을 가지고 그 환상에 뛰어 들었고 내내 그것을 확장해 가며 그의 수중에 흘러들어 온 모든 화려한 깃털로 그 환상을 장식해 왔다. 아무리 엄청난 열정이나 순수함이라 할지라도 한 남자가 그의 유령 같은 마음에 쌓아 온 것과 겨룰 수는 없다.

내가 그를 바라보고 있는 동안 그는 그의 태도를 조금, 그러나 눈에 뜨일 정도로 조절했다. 그의 손이 그녀의 손을 잡았고, 그의 귀에 대고 그녀가 뭔가 낮은 소리로 얘기했을 때 그는 감정이 격동하는 듯 그녀를 바라봤다. 위아래로 오르내리며 불 같은 따뜻함을 지닌 그녀의 목소리가 그를 붙잡고 있었다고 생각한다. 그녀의 목소리는 그것보다 더한 꿈을 꿀 수 없는, 불사의 노래였다.

그들은 나의 존재를 잊어 버렸다. 그러다가 데이지가 나를 올려다보고 손을 내밀었다. 개츠비는 이제는 내가 있다는 사실을 전혀 알지 못했다. 나는 다시 한 번 그들을 바라봤고 그들은 강렬한 삶에 사로잡힌 채 소원하게 나를 돌아 봤다. 그들을 그곳에 함께 남겨 둔 채, 나는 그 방을 나와서 대리석 계단을 내려와 빗속으로 접어들었다.

제 6 장

이 무렵 어느 아침나절, 뉴욕으로부터 야심 찬 한 젊은 기자가 개츠비를 찾아 와서는 뭔가 할 말이 없느냐고 물었다.

"무엇에 대해서 말이오?" 개츠비가 친절하게 물었다.

"그냥—아무거라도 진술하실 것이 있으면."

한 5분여 혼란스런 시간이 흐른 뒤, 자신이 밝히려 들지도 않을 거고 또 완전히 이해하지도 못하고 있는 어떤 연줄과 개츠비의 이름이 연결되어 언급되는 것을 그가 자기 사무실에서 들었다는 사실이 밝혀졌다. 그날은 그가 비번이었고 그래서 '알아보기' 위해 기특하게 자발적으로 서둘러 나온 것이었다.

그냥 찔러 본 것이었는데 기자의 본능은 정확했다. 개츠비의 호의를 받아들인 수백 명의 사람들이 그의 과거 전적에 대한 권위자가 되어 그에 관한 나쁜 평들을 널리 퍼트렸고, 여름 내내 그 소문들은 점점 더 무성해져서 이제 뉴스거리가 될 정도가 되었다. '캐나다까지 간 지하 파이프라인' 같은 요즘 나도는 이야기가 개츠비의 이력에 덧붙여졌다. 수그러들지 않는 소문 하나가 있는데 그것은 개츠비가 자기 집에서 살지 않고 집처럼 생긴 보트 안에서 생활하며 롱 아일랜드 해안을 남모르게 오르내린다는 것이었다. 왜 이런 소문들이 노스 다코

타 주의 제임스 개츠에게 만족감을 주었는지 설명하기는 쉽지 않다.

제임스 개츠, 그것이 진짜, 아니 적어도 법적인 그의 이름이었다. 댄 코디의 요트가 수피리어 호수의 가장 위험한 여울에 닻을 내리는 것을 본 그 순간, 그의 특별한 인생이 시작되는 것을 목격한 바로 그 순간이었던 17살 때 그는 이름을 바꿨다. 캔버스 천 바지와 찢어진 녹색 저지 차림으로 그날 오후 해안을 어슬렁거리던 것은 제임스 개츠였으나, 노 젓는 보트를 빌려 투올로미로 끌고 가서 코디에게 바람이 거세게 불어와서 반시간 후면 그의 배가 박살 날 거라고 알려 준 사람은 이미 제이 개츠비였다.

그때에 이미 오랫동안 그 이름을 염두에 두고 있지 않았나 싶다. 그의 부모는 인생에 대한 야망도 꿈도 없이 그저 그렇게 살아온 농부였다. 그의 상상력은 그들을 한 번도 자기 부모로 받아들인 적이 없었다. 롱 아일랜드의 웨스트에그에 사는 제이 개츠비는 자신에 대한 플라톤적인 개념화 과정에서 튀어 나온 존재였다. 그는 신의 아들이었다. 이게 말이 된다면 말 그대로다. 그래서 그는 그의 아버지의 일을 해야 했고 그것은 거대하고 세속적이면서 겉만 번지르르하게 아름다운 일이었다. 그래서 그는 17살 소년이 지어냄직한 제이 개츠비 같은 이야기를 만들어 냈고 그 인물의 개념에 끝까지 충실했던 것이다.

그는 1년 넘게 먹고 살기 위해서 수피리어 호수 남쪽 해안을 따라 조개잡이나 연어잡이 같은, 숙식이 해결될 만한 일들을 하면서 길을 개척해 나갔다. 그의 갈색 몸은 반쯤은 치열하고 반쯤은 한가로운 긴장된 하루하루의 작업을 하면서 자연스럽게 단단해져 갔다. 일찌감치 여자를 알았고, 여자들이 그를 망친다는 이유로 여자들을 경멸했다. 어린 처녀들은 무지해서 경멸했고, 다른 여자들은 그가 절대적인 자기 몰입의 상태에서 당연하게 여기는 것들에 대해 신경질을 부려서 경멸했다.

그러나 그의 가슴에는 격정이 끝없이 요동쳤는데, 가장 기괴하고 환상적인 공상들이 밤마다 꿈자리를 괴롭혔다. 세면대 위의 벽시계가 째깍거리고, 축축한 달빛이 바닥에 널브러져 있는 그의 구겨진 옷들 위로 내리 비칠 때, 그의 머리는 이루 말할 수 없이 화려한 세계를 지어냈다. 매일 밤 졸음이 선명한 장면을 망각으로 감싸며 내려앉을 때까지 그는 환상에 환상을 더해 갔다. 얼마간 이런 공상들이 그의 상상력에 출구를 제공하기도 했다. 공상들은 현실이 비현실적이라는 것을 알려주는 만족스러운 암시였고, 바위처럼 견고한 이 세상이 요정의 날개 위에 안전하게 세워졌다는 약속이기도 했다.

앞으로 미래가 영광스러울 거라는 것을 본능적으로 인식하고, 앞서 몇 달 전에 그는 미네소타 남부에 있는 루터교 재단의 세인트 올라프라는 작은 대학에 진학했다. 그는 운명의 북소리와 운명 그 자체에 대해 대학이 대단히 무관심한 것에 대해 당혹스러워하며, 그의 학비와 생활비를 벌기 위해 해야 했던 경비원 일도 무시하고 2주 만에 그곳에서 나왔다. 그리고 다시 수피리어 호수로 흘러왔고, 댄 코디의 요트가 얕은 해안가를 따라 닻을 내리던 그날도 여전히 일을 찾고 있었다.

코디는 당시 50세였고, 그는 네바다 주의 은광과 유콘 강, 그리고 75년 이래 불어 온 모든 금속 열풍이 만들어 낸 인물이었다. 몬타나 주에서 성사된 여러 차례의 구리 매매로 그는 백만장자가 되었는데, 몸은 단단하지만 마음은 무른 인물이었다. 이것을 눈치 채고 많은 여자들이 그에게서 돈을 뜯어내려고 했다. 무른 코디에게 맹트농 부인* 역할을 하고 그를 요트에 태워서 바다에 내보냈던 신문기자 앨러 케이의 불쾌한 행동이 일으킨 파문은 1902년도의 시끄러운 언론계에서는 잘 알려진 일이었다. 코디는 5년간 너무나 친절한 연안을 따라 항해하다가 리틀 걸 만에서 제임스 개츠의 운명적 인물이 되어 나타났다.

노에 기대서 난간이 둘러쳐진 갑판 위를 올려다보고 있던 어린 개츠에게 그 요트는 세상의 온갖 아름다움과 매력을 모두 나타내는 것이었다. 그가 코디를 향해 미소를 지었을 것이다. 아마도 미소를 지을 때 사람들이 자기를 좋아한다는 사실을 이미 알고 있었을 거다. 어쨌든 코디는 개츠에게 몇 가지를 물어 봤고, 그가 눈치 빠르고 야심이 과하게 큰 젊은이라는 사실을 알게 되었다. 코디가 던진 질문에 답하면서 그의 새로운 이름이 만들어졌을 거다. 며칠 뒤 코디는 개츠비를 덜루스로 데려가서 푸른색 코트 한 벌과 흰 면바지 여섯 벌과 요트 모자를 하나 사줬다. '튜올로미' 호가 서인도 제도와 바버리 연안을 향해 항해를 시작했을 때 개츠비도 함께 떠났다.

그는 딱히 정해진 것은 없는 사적인 일을 하기위해 고용 되었다. 코디와 함께 있을 때 그는 집사, 친구, 선장, 비서, 심지어 간수 노릇도

---

* 루이 14세의 정부로서 궁정과 정치에 막강한 영향력을 행사한 인물.

했다. 제정신 상태의 댄 코디는 술 취한 자신이 어떤 무절제한 일들을 할 수 있는지를 알았기 때문에 개츠비를 더 믿음으로써 만일의 사태에 대비했다. 이런 관계는 5년간 지속되었고 그 사이 보트는 북미 대륙을 3번이나 돌았다. 어느 날 밤 앨러 케이가 보스턴에서 그 보트에 탑승하고 난 일주일 후에 댄 코디가 무참한 죽음을 당하지만 않았다면 그런 생활은 영원히 지속됐을 수도 있었을 것이다.

개츠비의 침실에 있던 그 사람의 사진이 기억이 난다. 견고하고 공허한 표정의 얼굴을 한, 은발에 혈색이 붉은 남자였다. 그는 미국적인 삶의 역사적인 한 시기 동안 서부 개척지의 창녀촌과 술집의 야만적인 폭력성을 동부 해안으로 들여온 선구자적 난봉꾼이었다. 개츠비가 술을 거의 마시지 않게 된 것도 어느 정도는 코디 덕이었다. 때때로 파티 도중에 흥이 난 여자들이 개츠비의 머리에 샴페인을 부어 문지르곤 했다. 그래도 그는 술은 건드리지도 않았다.

그에게 25,000달러를 상속해 준 사람이 바로 코디였다. 그러나 그는 그 돈을 받지 못했다. 그에게 불리하게 이용되는 법적 장치를 절대 이해할 수는 없었지만 수백만 달러에 달하는 코디의 돈은 고스란히 엘라 케이에게 넘어갔다. 그에게 남은 것이라고는 그가 받은 독특하리만큼 적절한 교육뿐이었다. 제이 개츠비라는 인물의 모호한 윤곽이 꽉 차올라서 실제로 한 사람이 만들어졌다.

개츠비는 훨씬 뒤에야 이 모든 이야기를 해 주었다. 지금 이 이야기를 여기에 쓰는 이유는 말도 안 되고 진실성이라고는 전혀 없는 그의 선조를 둘러싼 소문들을 불식시킬 생각에서다. 게다가 나는 다른 것들은 다 믿으면서도 개츠비에 관한 것만은 전혀 믿을 수 없을 것 같았던 혼란의 시기에 이 이야기를 들었다. 그래서 이렇게 잠깐 쉬면서 나의 잘못된 생각들을 깨끗이 정리하고, 그러는 사이에 또 개츠비는 숨을 고를 수가 있을 것이다.

그것은 그와의 관계에서도 잠깐의 쉼이었다. 수주 동안 그를 본 적도, 전화로 목소리를 들은 적도 없었다. 거의 대부분 뉴욕에 있었는데 그곳에서 나는 조던과 돌아다니면서 그녀의 나이 많으신 이모님 마음에 들려고 애를 썼다. 그러다 마침내 어느 일요일 오후에 개츠비의 집에 갔다. 그곳에 간 지 채 2분도 되지 않아 누군가가 탐 뷰캐넌을 데리고 술을 마시러 그곳으로 왔다. 당연히 난 깜짝 놀랐다. 그러나 진짜로 놀라운 일은 그 이전에는 이런 일이 단 한 번도 없었다는 사실이었다.

말을 타고 온 일행은 세 명이었다. 탐과 슬론이라는 남자와 갈색 승마복 차림의, 이전에 이곳에 와 본 적이 있는 예쁘게 생긴 여자였다.

"만나서 반갑습니다." 현관에 서서 개츠비가 말했다. "들려주셔서 감사합니다."

그들이 그의 말에 신경이나 쓰는 듯이!

"앉으십시오. 담배나 시가라도 태우시면서." 그는 방을 재빠르게 돌아 나가 벨을 울렸다. "금방 마실 것을 내올 겁니다."

탐이 그 자리에 있다는 사실이 개츠비에게 상당한 영향을 미쳤다. 오로지 마실 것이 그들이 이 집에 들른 유일한 이유라는 것을 희미하게나마 깨닫고 그들에게 무언가를 대접하기 전에는 개츠비는 마음의 안정을 찾을 수 없을 것이다. 슬론 씨는 아무것도 마시려 하지 않았다. 레모네이드 드릴까요? 괜찮습니다. 샴페인 좀 드시겠어요? 괜찮습니다, 감사하오만…… 죄송합니다—

"승마는 즐거우셨습니까?"

"이곳 길이 아주 좋습디다."

"제 생각엔 차들이—"

"네."

거부할 수 없는 충동에 이끌려 개츠비는 탐 쪽으로 향했고, 탐은 처음 만난 자리라 그의 인사를 받아들였다.

"전에 어디선가 뵌 것 같은데요, 뷰캐넌 씨."

"아, 네." 무뚝뚝하지만 공손한 대답을 했지만 탐은 기억을 못하는 것이 분명했다. "그랬습니다. 기억이 나네요."

"2주 전이었습니다."

"그래요. 여기 닉과 함께 있으셨죠."

"아내 되시는 분을 알고 있습니다." 개츠비는 거의 공격적으로 말을 계속했다.

"그러신가요?"

탐이 나를 봤다.

"자네 이 근처에 사나, 닉?"

"옆집이야."

"그런가?"

슬론 씨는 대화에 끼지 않았다. 의자에 편히 기대어 거만하게 앉아 있었다. 여자도 하이볼 두 잔을 마시고 갑자기 상냥해지기 전까지는 아무 말도 하지 않았다.

"저희 모두 다음 번 열리는 파티에 올게요, 개츠비 씨." 여자가 제안을 했다. "어떠세요?"

"그러셔야죠. 오시면 기쁘겠습니다."

"매우 친절하시군요." 슬론 씨가 말했으나 감사의 뜻은 없었다. "자, 이제 일어서야 될 것 같네요."

"서두르지 마세요." 개츠비가 그들에게 간청했다. 이제 자기를 추스르고 나니 탐에 대해 좀 더 알고 싶어 했다. "어떠실지, 저녁을 드시고 가시지요? 뉴욕에서 다른 분들이 더 들르신다 해도 놀라지 않습니다."

"두 분 다 저녁 드시러 저희 집으로 오세요." 적극적으로 여자가 말했다.

그 말은 나를 포함하는 것이었고, 슬론 씨는 자리에서 일어섰다.

"갑시다." 슬론 씨가 말했는데 여자한테만 하는 소리였다.

"진심이에요." 여자가 우겼다. "두 분 오시면 좋겠어요. 자리가 충분하거든요."

개츠비는 의중을 살피는 듯한 눈으로 나를 바라보았다. 그는 가고 싶어 했고 그가 와서는 안 된다는 슬론 씨의 결정을 읽어내지 못하고 있었다.

"저는 갈 수 없을 것 같습니다." 내가 말했다.

"그럼, 당신이라도 오세요." 그녀가 개츠비에게 마음을 다해서 권했다.

슬론 씨가 그녀의 귀에 대고 무언가를 속삭였다.

"지금 떠나면 늦지 않을 거예요." 그녀가 큰 소리로 재촉했다.

"저는 말을 가지고 있지 않습니다." 개츠비가 말했다. "군에서는 잘 탔습니다만, 말을 사 본 적이 없습니다. 차를 타고 따라 가야겠군요. 잠시 실례하겠습니다."

나머지 사람들은 현관으로 걸어 나왔는데 현관에서 슬론과 여자가 옆으로 비켜서서 둘만의 열띤 대화를 시작했다.

"맙소사, 저 사람 올 모양이야." 탐이 말했다. "진짜로 오라는 게 아니란 걸 모르나?"

"그 여자가 오길 바란다고 말하잖아."

"디너파티가 크게 열리는데 그 사람이 아는 사람은 하나도 없을 걸." 그가 얼굴을 찡그렸다. "도대체 그자가 어디서 데이지를 만난거야. 세상에, 내 생각이 고루할지는 모르겠지만 요즘 여자들이 너무 나돌아 다니는 게 마음에 들지 않아. 온갖 잡다한 놈들을 만난다니까."

갑자기 슬론 씨와 그 여자가 계단을 내려와 말에 올라탔다.

"자, 늦었소. 가야해요." 슬론 씨가 탐에게 말했다. 나에게는 "기다릴 수가 없다고 말해 주겠소?"라고 했다.

나는 탐과 악수를 했고 다른 사람들과는 차가운 목례를 주고 받았다. 개츠비가 모자와 가벼운 겉옷을 손에 들고 정문에 나타났을 때 그들은 차도를 따라 빠르게 서둘러 내려가서 8월의 잎들 아래로 사라졌다.

그 다음 토요일 밤 개츠비의 파티에 탐이 데이지와 함께 나타난 것으로 보아, 탐은 분명히 데이지가 혼자 나다니는 것이 불안했던 모양이다. 아마도 그가 있어서 그날 밤 분위기가 이상하게 강압적이었던 것 같았다. 여름내 있었던 다른 파티들과는 달리 그날 밤이 내 기억에 유독 생생하다. 똑같은 사람들, 적어도 똑같은 부류의 사람들과 여전히 풍부한 샴페인, 똑같이 다양한 색깔과 다양한 어조의 소동이 있었지만 나는 전엔 없었던 떨떠름한 불쾌감이 그곳에 가득한 것이 느껴졌다. 아니면 내가 웨스트에그에 그냥 익숙해져 갔는지도 모르겠다. 웨스트에그를 그 자체로 완벽한 세상으로 인정하게 됐나보다. 그 나름의 기준과 그곳만의 위대한 인물을 지닌, 그럼에도 이런 것에 대해 의식하지 않기 때문에 그 무엇에도 뒤지지 않는 완벽한 곳으로서의 웨스트에그를 말이다. 이제 나는 그곳을 데이지의 눈을 통해 다시 보고 있었다. 이미 적응이 된 사물들을 새로운 눈으로 다시 본다는 것은 언제나 그렇듯 슬픈 일이다.

그들은 해 질 무렵에 도착했다. 수백 개의 조명 사이를 천천히 걷고 있을 때 데이지의 목소리는 그녀의 목에서 속삭거리는 재주를 부리고 있었다.

"이런 것들이 나를 너무 흥분시켜." 그녀가 속삭였다. "오늘 밤 나한테 키스하고 싶으면, 닉, 알려만 줘요. 키스해 줄 테니까. 그냥 내 이름만 불러도 돼요. 아님 녹색 카드를 꺼내 들던가. 내가 녹색을 줄—"

"주변을 둘러 봐요." 개츠비가 제안을 했다.

"둘러보고 있어요. 놀라운 것들을 즐기―"

"지금까지 이름만 들었던 사람들의 얼굴을 보셔야지요."

탐의 거만한 눈이 무리들을 두리번거리며 둘러보았다.

"우리는 그렇게 나다니는 편이 아니오. 사실 아는 사람이 하나도 없을 거란 생각을 하고 있던 참이오."

"아마 저기 저 여인은 아실 텐데요." 개츠비는 흰색 서양자두 나무 밑에 화려한 모습을 하고 우아하게 앉아있는, 사람이라기보다는 난초 같은 한 여인을 가리켰다. 탐과 데이지는 지금까지 영화에서만 봤기 때문에 비현실적이라고만 여겨지던 유명인을 알아 봤을 때 느끼는, 현실이 아닌 것 같은 이상한 느낌을 받으며 그 여자를 바라봤다.

"아름답네요." 데이지가 말했다.

"그 여자에게 몸을 숙이고 있는 남자가 감독이에요."

개츠비는 의식을 거행하듯이 무리 지어 있는 사람들 사이로 다니며 그들을 소개해줬다.

"뷰캐넌 부인이십니다…… 뷰캐넌 씨―" 잠시 망설이다가는 이렇게 덧붙였다. "폴로 선수 뷰캐넌 씨요."

"아, 아닙니다." 탐이 재빨리 부인했다. "저는 아닙니다."

그런데 그 소리가 개츠비에겐 마음에 들었는지 그날 저녁 내내 탐은 폴로 선수로 통했다.

"이렇게 많은 유명 인사들을 본 적이 없었어요. 저 남자 괜찮네― 이름이 뭐예요―코가 좀 푸르스름한 사람요."

개츠비는 작은 규모의 영화 제작자라는 사실과 더불어 그가 어떤 사람인지를 알려줬다.

"뭐, 어쨌든 맘에 들어."

"난 폴로 선수라고 하지 않는 게 낫겠소." 탐이 유쾌하게 말했다. "차라리 저 유명인들을 보는 편이 좋겠어요. 사람들한테 드러나지 않은 채로"

데이지와 개츠비는 춤을 추었다. 그의 우아하고 절제된 폭스트롯에 내가 놀랐던 것이 기억이 난다. 그전엔 그가 춤을 추는 것을 본 적이 없었다. 그러고 나서 그들이 우리 집으로 슬슬 건너가 반시간 가량 계단에 앉아 있는 동안에 나는 데이지의 요구대로 정원에서 망을 보고 있었다. "불이나 홍수가 날 경우를 대비해서요, 혹 하나님이 어떤 일을 하실지 모르는 일이니까." 그녀가 설명했다.

우리가 저녁을 먹으려고 테이블에 둘러 앉았을 때, 잊고 있었던 탐이 모습을 드러냈다. "여기 있는 사람들과 저녁을 같이 해도 괜찮겠소?" 탐이 말했다. "어떤 양반이 재미있는 이야기를 풀어 놓고 있기에."

"그러세요." 데이지가 다정하게 대답했다. "주소라도 받아 적고 싶으면 여기 내 황금 펜을 드릴게." ……데이지는 잠시 후 둘러보더니 내게 그 여자가 '평범하지만 얼굴은 예쁘다'고 말했다. 개츠비와 함께 있었던 30분을 제외하고는 그날 밤 데이지가 즐겁지 않았다는 것을 난 알았다.

우리는 사람들이 유난히 취해있는 테이블에 가 앉았다. 그건 내 실수였다. 개츠비는 전화가 와서 받으러 갔고, 난 이 사람들과 2주 전에 어울린 적이 있었다. 그때는 재미있던 것들이 지금은 염증이 날 정도로 싫어졌다.

"베데커 양, 괜찮으세요?"

내가 말을 건 아가씨는 내 어깨에 머리를 갖다 대려고 했는데 잘 되지 않았다. 이 질문에 그 여자가 곧바르게 앉아서 눈을 떴다.

"모―요?"

데이지에게 내일 클럽에서 골프를 함께 치자고 졸라대던 몸집이 크고 둔한 여자가 베데커 양을 두둔하며 말했다.

"아, 괜찮아요. 칵테일이 대여섯 잔만 들어가면 그렇게 소리를 지르네요. 그만 마시라고 늘 말하는데도."

"나 술에 손 안 대는데요." 구설수에 오른 베데커 양이 단언했지만 공허하기만 했다.

"소리 지르시는 걸 듣고서 여기 계시는 시베트 박사님께 '도움이 필요한 사람이 있습니다. 박사님' 하고 말씀드렸습니다."

"무척 감사드릴 거예요." 그 여자의 또 다른 친구가 말했지만 감사한 뜻은 없었다. "그런데 베데커 양 머리를 수영장에 집어 넣으셔서 베데커 양 옷이 몽땅 젖었네요."

"내 머리가 수영장에 처박히는 게 제일 싫어." 베데커 양이 중얼거렸다. "언젠가 뉴저지에서 날 물에 빠트려 죽을 뻔했거든."

"그러시면 술을 마시지 마셔야죠." 시베트 박사가 대꾸를 했다.

"자신에게나 그렇게 말하시죠!" 베데커 양이 거칠게 말을 했다.

"당신 손이 떨리는데. 당신한테 수술하라고 내 몸을 맡기진 않을 거야!"

상황이 그랬었다. 내가 거의 마지막으로 기억하는 것은 데이지와 함께 서서 영화감독과 스타 여배우를 바라본 것이었다. 그들은 여전히 흰색 서양자두 나무 아래에 있었고, 저녁 내내 가느다랗고 창백한 달빛만이 그 사이에 있을 정도로 그렇게 얼굴을 거의 맞대고 있었다. 이렇게 가까이 다가가기 위해서 그가 여자 쪽으로 천천히 몸을 기울여 왔다는 생각이 문득 들었다. 내가 그들을 바라보고 있는 동안에도 그가 마지막 화룡정점으로 몸을 숙이더니 그녀의 뺨에 입을 맞췄다.

"저 여자 마음에 들어요." 데이지가 말했다. "예쁘게 생겼어요."

그러나 나머지 사람들은 그녀에게 불쾌감을 주었다. 틀림없이 불쾌했다. 왜냐하면 그곳에서 행해지는 것은 그냥 공허한 몸짓이 아니라 진짜 감정이었기 때문이다. 데이지는 브로드웨이가 롱아일랜드의 어촌에 만들어 낸 예전에 없던 '기발난 곳'인 이 웨스트에그에 기겁을 했다. 낡은 미사여구로 인해서 닳아 버린 그 날것 그대로의 열정에, 그리고 이곳 주민들을 별것 아닌 존재에서 여전히 별것 아닌 존재로 만들려고 지름길로 몰아가며 지나치게 강요하는 그 운명에 기겁을 했다. 자기가 이해하지 못하는 바로 그 단순성 안에서 그녀는 무언가 끔찍한 것을 보았다.

나는 일행들이 차를 기다리는 동안 앞 계단에 그들과 함께 앉아 있었다. 이곳 집 앞쪽은 어두웠다. 단지 환한 문이 10제곱피트의 빛을 부드럽고 어두운 새벽 속으로 쏟아 내보내고 있었다. 때때로 위에 있는 의상실 차양 뒤에서 그림자들이 움직이다가 다른 그림자에게 자리를 내주었다. 이렇게 보이지 않는 거울을 들여다보며 입술을 바르고 눈을 바르는 정체를 알 수 없는 그림자들의 행렬이 이어졌다.

"이 개츠비라는 작자가 도대체 누구야?" 탐이 캐물었다. "밀주업자 거물쯤 되나?"

"그 말은 어디서 들었어?" 내가 물었다.

"들은 게 아냐. 상상한 거지. 갑자기 부자가 된 작자들 중에 거물급 밀주업자들이 많잖아."

"개츠비는 아니야." 나는 짧게 말했다.

그는 잠시 동안 말이 없었다. 차도의 자갈이 그의 발밑에서 저벅거리는 소리를 냈다.

"그럼, 그자가 이 동물들을 끌어 모으느라 꽤나 애 좀 썼겠구먼."

가벼운 바람이 불어 와 데이지의 회색 안개 같은 모피 칼라가 흔들렸다.

"그래도 우리가 아는 사람들보다는 재밌잖아요." 그녀가 힘겹게 말했다.

"당신도 그렇게 재밌어 보이지 않던데."

"글쎄, 재밌었어요."

탐은 웃으며 나를 쳐다봤다.

"그 여자가 찬물로 샤워 좀 시켜달라고 했을 때 데이지 얼굴 봤나?"

데이지는 가사 하나하나에 그 이전에도 그 이후에도 다시없을 의미를 실어가며 허스키하고 리듬 있는 속삭이는 듯한 목소리로 음악에 맞춰 노래를 부르기 시작했다. 멜로디가 높아지자 콘트랄토 목소리나 가질법한 창법으로 목소리가 달콤하게 끊기다가 이어졌고, 멜로디가 변할 때마다 그녀의 따뜻한 인간적인 매력이 조금씩 공기 중으로 쏟아져 나왔다.

"초대 받지 않은 사람들이 많이 왔던데요." 그녀가 갑자기 말을 했다. "그 아가씨도 초대 받지 않았는데. 사람들이 그냥 밀고 들어와 그 사람이 너무 친절해서 쫓아내질 못한데요."

"그 사람이 어떤 사람인지, 무엇을 하는 작자인지 알고 싶다고." 탐이 고집스럽게 말했다. "알아낼 길이 있겠지."

"지금 말해 줄 수 있어요." 데이지가 대답을 했다. "약국을 좀 갖고 있어요. 아주 많이. 직접 이루어 낸 거예요."

능장을 부리던 리무진이 차도 위로 굴러 왔다.

"잘 가요, 닉." 데이지가 인사했다.

그녀의 눈길이 내게서 떨어져 불이 켜져 있는 계단의 꼭대기를 찾았다. 그곳엔, 그해에 나온 깔끔하고 슬픈 작은 왈츠곡인 〈새벽 3시에〉가 열린 문에서 흘러나오고 있었다. 결국, 개츠비가 베푸는, 격식이라고는 없는 이 파티에 그녀가 속한 세계에선 전혀 찾아 볼 수 없는 낭만의 가능성이 있었던 거다. 그 노래의 무엇인가가 그녀를 다시 안으로 불러들이는 듯했는데 그것이 무엇일까? 어두컴컴하여 헤아릴 수 없는 이 시간에 어떤 일이 일어날 수 있을까? 아마 믿기지 않을 손님이, 정말 말할 수 없이 귀하고 놀랄만한 사람이, 도착할 수도 있을 거

다. 단 한 번의 신선한 눈길로, 한 순간의 마법과 같은 조우로 지난 5
년간의 흔들림 없었던 헌신을 완전히 덮어버릴 수 있는 어떤 권위로
환히 빛나는 젊은 아가씨가 도착할 수도 있을 거다.

개츠비가 자기가 좀 여유로워질 때까지 기다려 달라고 부탁을 해
서 그날 밤 나는 늦게까지 그의 집에 머물렀다. 언제나처럼 수영하는
사람들이 검은 해변에서 몸은 식고 흥은 고양된 상태로 바다에서 나
오고 위층의 손님방의 불들이 다 꺼질 때까지, 나는 정원에서 서성거
리고 있었다. 마침내 그가 계단을 내려 왔을 때 햇빛에 그슬린 피부가
특히나 그의 얼굴에서 팽팽했고 그의 눈은 빛났으나 피곤해 보였다.

"그녀가 탐탁해 하지 않았어요." 그가 즉각적으로 말했다.

"아니요, 좋아했어요."

"좋아하지 않았어요." 그가 주장했다. "즐겁게 보내질 못했어요."

그는 말이 없었다. 말로 할 수 없는 그의 침울함을 나는 짐작만
했다.

"그녀에게서 멀리 떨어져 있는 기분이었소." 그가 말했다. "그녀를
이해시키는 게 힘이 드는군."

"춤 말씀인가요?"

"춤?" 그는 손가락을 한 번 퉁기는 것으로 그가 베풀었던 모든 춤
들을 염두에서 지워버렸다. "친구, 춤은 대수롭지 않은 거요."

그가 바라는 것은 데이지가 탐에게 가서 '당신을 사랑한 적이 없
었어요'라고 말하는 것이었다. 그 말 한마디로 데이지가 지난 4년간을
지워버리고 난 후에야 그들은 실제로 어떤 조치를 취해야 할 것인가

를 결정할 수 있을 것이다. 그들이 취할 수 있는 방법 중 하나는, 데이지가 자유로워진 후 둘이 루이빌로 되돌아가서 마치 지금이 5년 전인 것처럼 데이지의 친정집에서 결혼식을 올리는 것이었다.

"그런데 데이지가 이해를 못해요. 예전엔 이해력이 좋았었는데. 우리는 함께 몇 시간이고 같이 앉아 있곤 ―"

그가 말을 끊더니 과일 껍질이 흩어져 있고 파티 용품들이 버려지고 꽃들이 짓밟혀서 어질러진 길을 오르내리기 시작했다.

"저라면 너무 많은 것을 그녀에게 요구하지 않을 겁니다." 내가 과감하게 말했다. "과거를 반복할 수는 없는 노릇이니까요."

"과거를 반복할 수 없다고?" 그는 믿기지 않는다는 듯이 크게 말했다. "무슨 소리, 당연히 할 수 있지!"

그는 주변을 마구잡이로 둘러봤다. 마치 과거가 자기 집 그림자 속에 그의 손이 미치지 않는 곳에 숨어 있기나 한 것처럼.

"예전대로 모든 것들을 바로 잡아 놓을 작정이오." 결연히 고개를 끄덕이며 그가 말했다. "그녀도 알게 될 거요."

그는 과거에 대해 많은 것들을 이야기 했고, 나는 그가 무엇을 회복하고 싶어 하는지를 미루어 짐작할 수 있었다. 그것은 데이지를 사랑하는 데 빠져 버렸던 자기 자신에 대한 어떤 마음의 상이었다. 그때 이후로 그의 삶은 혼돈스럽고 무질서해졌다. 그러나 특정한 시작점으로 되돌아가서 다시 한 번 모든 것들을 천천히 검토한다면 그는 자신의 삶을 혼돈스럽고 무질서하게 만든 것이 무엇인지를 알아낼 수 있을 것이다……

……5년 전 어느 가을 밤, 낙엽이 떨어지고 있을 즈음 그들은 길을 걷고 있었다. 그러다 나무도 없고 인도가 달빛으로 하얗게 빛나는 장소에 이르렀다. 그곳에 멈춰 서서 그들은 서로를 바라보았다. 일 년에 두 번씩 절기가 바뀔 때마다 느껴지는 신비한 흥분감이 깃든 그런 시원한 밤이었다. 저택들의 조용한 불빛들은 콧노래를 부르며 어둠 속으로 빠져나오고 별들은 부산하게 부석거렸다. 개츠비는 곁눈으로 보도에 깔린 벽돌들이 진짜 사다리가 되어 나무 꼭대기 위의 은밀한 곳으로 올라가는 것을 보았다. 그가 혼자 오른다면 그 사다리를 오를 수도 있을 것이다. 일단 그곳에 올라서면 삶의 젖꼭지를 빨아 무엇과도 비할 수 없는 경이로운 젖을 삼킬 수도 있었다.

데이지의 흰 얼굴이 그의 얼굴에 다가오자 그의 가슴은 점점 더 빠르게 뛰었다. 그가 이 아가씨에게 입 맞추고 말로 표현할 수 없는 자신의 비전을 이 여인의 사라질 숨결에 결합시킬 때 그의 마음이 다시는 하나님의 마음처럼 떠들썩하게 뛰놀 수 없게 된다는 것도 알고 있었다. 그래서 그는 별에 가 닿은 소리굽쇠의 소리를 잠시 더 귀 기울여 들으면서 기다렸다. 그러고 나서 그녀에게 입 맞췄다. 그의 입술이 닿자 그녀는 꽃봉오리처럼 그를 위해 활짝 폈고 그 체현은 완벽했다.

그가 말한 것들을 통해, 심지어 그의 끔찍한 감상을 통해서, 무언가가 내게 떠오르는 것이 있었다. 오래전 어디선가 들었던, 입에서 뱅뱅 돌기만 하는 리듬과 기억이 나지 않는 단어의 향기가. 잠시 동안 어떤 구절을 말하려고 내 입술은 애를 썼으나 가녀린 숨결만 깜짝 놀라 빠져 나가버린 말 못하는 사람처럼 입술만 벌려지고 말았다. 소리는 나지 않았다. 거의 기억이 날 뻔했던 그 말은 영원히 말할 수 없는 것이 되었다.

제 7 장

개츠비에 대한 나의 호기심이 최고조에 달했던 어느 토요일 그의 집의 불들이 켜지질 않았다. 시작과 마찬가지로, 트리말키오*로서의 그의 경력은 그렇게 모호하게 끝이 났다. 나는 시간이 지나면서야 비로소 차들이 기대에 부풀어 그의 차도로 들어와서 잠시 서 있다가 뿌루퉁해서 그곳을 빠져 나간다는 사실을 알게 되었다. 그가 아픈가 싶어 알아보려고 그의 집을 찾아 갔다. 얼굴이 상스럽게 생긴 낯선 집사가 문에 서서 의심의 눈초리로 날 곁눈질하며 봤다.

"개츠비 씨가 아프신가요?"

"아닙쇼." 잠시 후 꾸물거리며 어쩔 수 없다는 듯이 '선생님'이라고 덧 붙였다.

"요즘 뵌 적이 없어서요. 좀 걱정이 됐습니다. 캐러웨이 씨가 왔었다고 전해 주시오."

"누구요?" 그가 무례하게 물었다.

"캐러웨이요."

"케러웨이. 알았습니다. 전해드립죠."

---

* 로마의 소설가 페트로니우스의 《사티리콘》에 나오는 주인공. 노예 출신으로 엄청난 돈과 권력을 거머쥔 인물로 호화로운 파티를 연 것으로 유명하다.

퉁명스럽게 문을 꽝 닫았다.

핀의 말에 의하자면 개츠비가 일주일 전쯤 전에 있던 하인들을 모두 내보내고 여섯 명의 새로운 하인을 고용했단다. 이 하인들은 웨스트에그로 나가서 거래상한테 뇌물을 받는 법이 없었고 전화로 물품들을 주문할 때는 물량을 과하게 시키지 않았다. 식료품상에서 일하는 소년의 말에 의하면 부엌이 돼지우리 같다고 했다. 마을 사람들 말로도 새로 들어 온 하인들은 전혀 하인들 같지가 않단다.

그 다음 날, 개츠비가 나에게 전화를 했다.

"떠나실 건가요?" 내가 물었다.

"아니오, 친구."

"하인들을 모두 내보냈다는 말을 들었습니다."

"쓸데없는 말들을 만들어 내지 않는 사람들이 필요했소. 데이지가 이곳에 자주 건너온답니다, 오후에."

그래서 큰 대상 숙박소 같았던 그 저택이 데이지 눈에 차지 않는다고 해서 카드 집처럼 전락해 버렸다.

"울프심이 뭔가 해 주고 싶어 하는 사람들이오. 모두 형제자매들이지. 작은 호텔을 운영하던 사람들이오."

"그렇군요."

그는 데이지의 요청으로 내게 전화를 한 것이었다. 그 이튿날 데이지의 집에 가서 점심을 같이하지 않겠냐고 물으러. 베이커 양도 올 거라고. 반시간 후에 데이지도 직접 전화를 넣었다. 내가 간다는 것을 확인하고 안심하는 듯했다. 무슨 일인가가 벌어지고 있었다. 그러나 그들이 이번 기회를 빌려 일을 벌일 거라고는 생각하지 못했다. 특히나 정원에서 개츠비가 대충 말해 주었던 가슴 아팠던 그런 일을.

그 다음 날은 찌는 듯이 무더웠다. 그해 여름 중 가장 무더운 마지막 더위였다. 내가 탄 기차가 터널을 빠져나와 햇빛 속으로 들어가자 내셔널 비스킷 회사의 뜨거운 기적소리만이 유일하게 정오의 부글부글 끓는 침묵을 깼다. 기차 칸의 짚으로 된 좌석들은 거의 탈 지경으로 뜨거웠고, 내 옆에 앉은 여자는 처음엔 흰 블라우스 속으로 얌전히 땀을 흘리더니 손가락 끝으로 쥔 일간지가 땀으로 젖어 들자 절망적인 소리를 지르면서 끔찍한 더위 속으로 빨려 들었다. 그녀의 지갑이 바닥에 떨어졌다.

"어머!" 그녀는 숨이 막혔다.

나는 께느른하게 몸을 숙여 그것을 집어서 팔 길이쯤 거리를 띤 채 전혀 수작을 부릴 의도가 없다는 것을 나타내려고 지갑의 모서리 끝만 잡고서 그녀에게 건네줬다. 그런데도 그 여자를 포함해서 주변에 있는 모든 사람들이 나를 여전히 의심했다.

"덥죠?" 차장이 익숙한 얼굴들에게 인사를 건넸다. "웬 날씨가!……더워요!……더워요!……워요!…… 덥지요? 더워요? 덥지……?"

내 통근 티켓은 그의 손자국이 검게 난 채로 내게 건네졌다. 이 더위에 차장이 누구의 달아오른 입술에 입을 맞추든, 가슴 위에 있는 헐렁한 윗옷 주머니가 누구의 머리 땀에 젖든지 아랑곳할 사람이나 있겠느냐는 듯이!

……뷰캐넌의 집 현관으로 약한 바람이 불어 왔다. 개츠비와 내

가 문 앞에서 기다리고 있는 동안 그 바람에 실려 전화벨 소리가 밖으로 들려왔다.

"주인님 차요?" 수화기에 대고 집사가 소리를 질러댔다. "죄송합니다, 부인. 제공해 드릴 수가 없네요. 점심나절에는 너무 뜨거워서 만질 수가 없어요."

그러나 그가 실제로 말한 것은 "예…… 예…… 알아보겠습니다."였다.

그는 수화기를 내려놓고 호기심으로 눈을 반짝이면서 밀짚모자를 받아 들으려 우리에게 왔다.

"부인께서 응접실에서 기다리십니다!" 응접실 쪽을 팬스레 가리키며 큰소리로 말했다. 이렇게 무더운 날씨에는 모든 불필요한 몸짓은 일상적인 삶의 행위에 무례를 범하는 것이 된다.

차일로 그림자가 잘 드리워진 그 방은 어둡고 시원했다. 데이지와 조던은 노래하듯 불어대는 선풍기 바람에 날리지 않도록 자기들이 입고 있는 흰 드레스를 내리누르고 있는 은빛 우상처럼 큰 소파에 기대어 누워 있었다.

"움직일 수가 없네요." 둘이 함께 말했다.

햇빛에 그슬린 피부에 분을 발라 조던의 하얀 손가락을 내가 잠시 잡았다.

"그런데 운동선수이신 토마스 뷰캐넌씨는?" 하고 내가 물었다.

말을 하는 동시 나는 현관에 있는 전화를 받으면서 소리를 죽이고 있는 그의 걸걸하고 쉰 목소리를 들었다.

개츠비는 심홍색 카펫 한가운데 서서 매혹당한 눈빛으로 주변을 둘러보았다. 데이지가 그를 보고 그녀 특유의 그 달콤하고 사람을 흥분시키는 웃음을 웃었다. 그녀의 가슴에 있는 분가루가 살짝 공기 속으로 날렸다.

"소문엔," 조던이 속삭였다. "전화 건 사람이 탐의 정부래요."

우리는 말이 없었다. 현관에서 들리는 목소리에 짜증이 섞이며 커졌다. "잘 알았어, 그럼, 그 차 얘기는 없던 걸로 하지…… 당신한테 팔아야 할 의무가 있는 것도 아니고…… 그 문제로 점심시간에 이렇게 나를 귀찮게 하는 건, 도저히 참을 수가 없어!"

"수화기를 막고서 저러는 거지." 데이지가 냉소적으로 말했다.

"아니, 아니야." 나는 데이지를 안심시켰다. "우연히 알게 된 건데, 진짜 거래야."

탐은 문을 활짝 열어젖히더니 잠시 그의 육중한 몸으로 문간을 막고 서더니만 서둘러 방 안으로 들어왔다.

"개츠비 씨!" 싫은 내색을 잘 감춘 채 넓적하고 평평한 손을 내밀었다. "반갑소, 선생…… 닉……"

"시원하게 마실 것 좀 내 와요." 데이지가 큰 소리로 말했다.

그가 다시 방을 나가자 데이지는 일어나서 개츠비 쪽으로 가서 그의 얼굴을 끌어내려 입에 키스를 했다.

"내가 사랑하는 거 알죠."라고 속삭였다.

"숙녀분이 계시다는 걸 잊으셨나봐." 조던이 말했다.

데이지는 의아하다는 듯 둘러보았다.

"너도 닉에게 키스해."

"어머나 천박하고 상스러운 여성이군요!"

"상관없어!" 데이지가 큰 소리로 말하고는 벽돌로 된 벽난로에 들러붙기 시작했다. 더위 생각이 다시 났는지 죄를 지은 듯 소파에 조심스럽게 앉았는데 바로 그때 새로 세탁한 것 같은 말끔한 옷을 입은 유모가 작은 여자아이를 데리고 방으로 들어왔다.

"우리 귀—염둥이," 데이지는 팔을 내밀며 부드럽게 말했다. "우리 아가를 사랑하는 엄마한테 오렴."

유모에게서 놓여난 아이는 방을 가로질러 달려가 부끄러운 듯 자기 엄마의 드레스에 가서 안겼다.

"우리 귀—염둥이! 우리 아가 노란 머리에 엄마 분가루가 묻었나? 자 일어나서 안녕하세요 해야지."

개츠비와 나는 차례로 몸을 앞으로 구푸려 마지못해 내미는 작은 손을 잡았다. 그 이후에 개츠비는 놀란 표정으로 계속해서 아이를 바라보았다. 이전에는 이 아이가 존재한다는 사실을 그가 믿지 않았던 것 같다.

"점심 먹기 전에 옷 갈아입었어요." 아이는 데이지를 향해 열심히 몸을 돌리며 말했다.

"그건 엄마가 우리 아가 예쁘게 보이고 싶어서 그랬지." 데이지는 통통해서 줄이 하나 나있는 작고 흰 목 위로 그녀의 얼굴을 구푸렸다. "꿈만 같은 우리 아가. 우리 아가. 정말로 꿈같은 우리 아가."

"응." 아이는 조용히 수긍을 했다. "조던 아줌마도 흰 옷 입었어요."

"엄마 친구분들 어때요?" 데이지는 아이를 돌려 세워서 아이가 개츠비를 볼 수 있도록 했다. "좋은 분들 같아?"

"아빠 어덨어요?"

"제 아빠를 안 닮았어요." 데이지가 설명했다. "날 닮았죠. 내 머리와 얼굴형을 그대로 빼닮았어요."

데이지는 다시 소파에 기대어 앉았다. 유모가 한 발 앞으로 나와 아이의 손을 잡았다.

"이리 온, 패미."

"안녕, 우리 아가."

마지못해 하며 뒤를 돌아보았지만 훈련이 잘된 아이는 유모의 손을 잡고 문 밖으로 끌려 나갔다. 바로 그때 탐이 들어왔고 뒤이어 얼음이 가득 차 달그락 소리를 내는 진릭키 네 잔이 들어왔다.

개츠비가 자기 잔을 들었다.

"아주 시원해 보이는군."이라고 말했는데 그는 눈에 뜨이게 긴장을 하고 있었다.

우리는 모두 게걸스럽도록 잔을 길게 들이켰다.

"어디서 읽었는데 매년 태양이 더 뜨거워진다고 하던데," 탐이 친절하게 말했다. "오래지 않아 지구가 태양 속으로 빠져 버릴 것 같아. 아니, 잠깐, 정반대인가, 태양이 매년 식어간다던가."

"밖으로 나오시죠." 탐이 개츠비에게 권했다. "우리 집을 한 바퀴 둘러 보셔야죠."

나는 그들과 함께 베란다로 나왔다. 더위 때문에 정체된 푸른 해협 위에 작은 항해용 보트가 시원한 바다를 향해 천천히 나아가고 있었다. 개츠비의 눈동자가 잠시 그것을 따라 가다가 손을 들어 만 건너편을 가리켰다.

"이곳에서 바로 건너편이 저희 집입니다."

"그러시오."

장미밭과 뜨거운 잔디, 해변을 따라 늘어진 복날의 잡초 쓰레기를 보았다. 서서히 보트의 흰 날개가 푸르고 시원한 수평선을 따라 움직였다. 앞에는 부채 모양의 대양과 수없이 많은 축복받은 섬들이 펼쳐져 있었다.

"좋아하실 만한 스포츠가 있습니다." 탐이 고개를 끄덕이면서 말했다. "한 시간 가량 저 녀석과 함께 바다로 나가고 싶군요."

우리는 더위를 피할 요량으로 어둡게 가려놓은 식당에서 점심을 먹고 차가운 흑맥주를 마시며 불안한 즐거움을 들이켰다.

"오늘 오후엔 뭘 할 건가? 그 다음날은, 앞으로 30년을?" 데이지가 외쳤다.

"우울하게 굴지 마." 조던이 말했다. "가을에 날씨가 상쾌해지면 생명은 다시 새롭게 시작되니까."

"그렇지만 너무 더워." 거의 눈물을 흘릴 것처럼 데이지가 고집을 피우며 말했다. "모든 게 혼란스러워. 우리 시내로 가요!"

그녀의 목소리는 더위에 맞서면서 더위를 뚫고 나가고, 말이 안 되는 말을 말처럼 들리게 하느라 애를 쓰고 있었다.

"마구간을 개조해서 차고를 만든다는 소리를 들었소." 탐이 개츠비에게 말하고 있었다. "내가 처음으로 차고를 고쳐 마구간을 만든 사람이오."

"시내에 가고 싶은 사람?" 끈질기게 데이지가 주장을 했다. 개츠비의 눈이 데이지 쪽으로 흘러갔다. "아," 그녀가 크게 말했다. "당신 아주 멋져 보여요."

그들의 눈이 마주쳤고 그곳에 아무도 없이 그들만 있는 듯이 서로를 응시했다. 데이지는 힘겹게 눈길을 탁자 위로 떨어트렸다.

"당신은 항상 멋져 보여요." 그녀가 거듭 말했다.

데이지는 이미 개츠비에게 그를 사랑한다고 말했던 참이고, 탐 뷰캐넌이 그것을 알았다. 그는 아연실색해서 입이 조금 벌어졌고, 개츠비를 보다가 다시 데이지를 바라봤다. 마치 데이지가 오래전에 만났던 적이 있었던 사람이라는 것을 이제 막 깨달은 것처럼.

"당신, 광고에 나오는 남자를 닮았어요." 데이지가 순진하게 계속 말했다. "그 남자 나오는 광고 아시죠—"

"좋아." 탐이 재빨리 끼어들었다. "난 시내로 가는 거 절대 찬성이오. 자— 시내로 갑시다."

탐은 일어났으나 그의 눈은 여전히 개츠비와 데이지 사이를 번득이며 바라봤다. 아무도 움직이지 않았다.

"자!" 탐은 성질이 좀 났다. "뭐가 문제인가? 시내로 갈거면, 떠나자고."

자신을 자제하려고 애쓰느라 떨리는 손으로 남은 흑맥주를 입에 갖다 댔다. 데이지의 목소리에 우리는 일어나서 이글거리는 자갈이 깔린 차도로 나갔다.

"그냥 가는 거예요?" 그녀가 불만을 표했다. "이렇게? 담배라도 한 대 피우고 가지 않을래요?"

"점심 내내 담배는 모두 피웠다고."

"아, 그냥 즐기자고요." 그녀가 탐에게 간청했다. "괜한 소란을 피우기엔 너무 더워."

그는 아무 대꾸도 하지 않았다.

"당신 마음대로 해요." 데이지가 말했다. "이리와, 조던."

우리 남자 셋이 뜨거워진 자갈을 발로 차고 있는 동안 데이지와 조던은 외출 준비를 하러 위층으로 올라갔다. 은색의 달빛이 곡선을 이루며 이미 서쪽 하늘에서 배회하고 있었다. 개츠비가 말을 하려다가 마음을 바꿨는데 그러기 전에 탐이 기대에 차서 발뒤꿈치로 빙글 몸을 돌려 그를 마주하고 섰다.

"여기 마구간이 있다고요?" 애써 개츠비가 물었다.

"이 길 따라 1/4 마일 내려간 곳에 있소."

"아."

잠시 대화가 끊겼다.

"시내로 나가서 어쩌자는 거야." 탐이 거칠게 말을 뱉었다. "여자들이란 머리로 생각하는 것들이 —"

"마실 것 좀 가져가야 하지 않을까요?" 위층 창에서 데이지가 물었다.

"위스키 좀 가져올게." 탐이 대답하고 집 안으로 들어갔다.

개츠비는 경직된 상태로 나를 돌아보았다.

"그 남자 집에선 아무 말도 할 수가 없네, 친구."

"데이지는 경솔한 목소리를 가졌어요." 내가 말했다. "그 목소리 엔—" 나는 망설였다.

"그녀의 목소리엔 돈이 가득하지." 갑자기 그가 말했다.

바로 맞혔다. 전엔 알지 못했었는데, 그 목소리에는 돈 냄새가 가득했다. 그녀의 목소리에서 오르내리며 닳아 없어지지도 않는 그 매력은 바로 돈 냄새였다. 돈 냄새가 짤랑거리고, 돈 냄새의 심벌즈 가락…… 하얀 성 높은 곳에 공주가, 황금의 아가씨가…….

탐은 한 쿼트짜리 술병을 수건으로 둘러싸면서 나왔고, 그 뒤를 이어 데이지와 조던이 작고 꼭 맞는 금속성 천으로 만든 모자를 쓰고 가벼운 케이프를 팔에 두른 채 따라 나왔다.

"모두 제 차로 가실까요?" 개츠비가 제안했다. 그는 뜨겁게 달궈진 녹색 가죽 시트를 만져봤다. "그늘에 세워 두었어야 했는데."

"변속 기어인가요?" 탐이 물었다.

"네."

"그럼, 내 쿠페를 타고 가고 내가 당신 차를 몰고 시내에 갑시다."

이 제안은 개츠비에겐 달갑지 않았다.

"기름이 많지 않은데요." 개츠비가 반대를 표했다.

"기름은 충분한데 뭘." 탐이 거칠게 말하고 계기판을 보았다. "다떨어지면 약국에서 멈추면 되고. 요즘은 약국에서 못 사는 것이 없으니까."

요지를 알 수 없는 그의 말에 잠시 동안의 정적이 따랐다. 데이지는 얼굴을 찌푸리면서 탐을 바라봤다. 그리고 알 수 없는 표정이, 확실히 익숙하지 않으면서 모호하게만 알아차릴 수 있는 표정이 개츠비의 얼굴을 스쳤다. 남들이 설명하는 것을 듣기만 했지 직접 보지는 못한 것 같은 그런 모호한 표정이었다.

"갑시다, 데이지." 탐이 데이지의 손을 잡고 개츠비의 차 쪽으로 끌면서 말했다. "이 서커스용 왜건에 실어 데려다 주지."

그가 차 문을 열었으나, 데이지는 그의 팔에서 빠져 나왔다.

"당신이 닉과 조던을 데려 가세요. 우리는 쿠페로 따라 갈게요."

그녀는 개츠비에게 가까이 다가가서 손으로 그의 겉옷을 만졌다. 조던과 탐과 나는 개츠비 차의 앞좌석으로 올랐다. 탐은 낯선 기어를 시험 삼아 밀어 봤다. 그러고 나서 숨 막히는 듯한 열기 속으로 튀어 나가자 뒤에 그들이 보이지 않게 되었다.

"자네 봤나?" 탐이 물었다.

"뭘 봐?"

그는 조던과 내가 모든 것을 내내 알고 있었다는 사실을 깨달으면서 나를 날카로운 눈초리로 보았다.

"자네는 내가 꽤 무디다고 생각하는 거지?" 그가 넌지시 물었다. "아마 그럴지도 모르지, 하지만 내겐 또 하나의 눈이 있어. 때론 그 눈이 뭘 해야 하는지 알려주지. 당신들은 믿지 않겠지만, 과학은—"

그는 하던 말을 멈췄다. 지금 당면한 돌발적 사건이 갑작스럽게 덮쳐서 그가 심오한 이론으로 빠지려는 순간 그를 다시 밖으로 끄집어내었다.

"그 작자에 대해 조사를 좀 했는데, 이럴 줄 알았으면 조사를 좀 더 하는 거였는데—"

"무당한테 갔었다는 말씀?" 조던이 유머러스하게 물었다.

"뭐라고?" 우리가 웃자 탐은 어리둥절해서 우리를 응시했다. "무당이라고?"

"개츠비에 대해 물으러."

"개츠비에 대해! 아니, 간 적 없는데. 그 작자 과거에 대해 조사를 좀 했다는 말이지."

"그러면 옥스퍼드 대학에 다녔다는 사실은 알았겠네요." 조던이 도움을 주려고 말했다.

"옥스퍼드 출신!" 그는 믿을 수가 없었다. "염병하라지! 분홍색 양복을 입는데."

"그래도 옥스퍼드 출신이에요."

"뉴멕시코에 있는 옥스퍼드나 뭐 그런 거겠지." 경멸하듯이 탐이 콧방귀를 뀌었다.

"잘 들어요, 탐. 당신이 그렇게 잘난 사람이면 왜 그 사람을 점심에 초대했는데요?" 조던이 심술 맞게 물었다.

"데이지가 초대한 거야. 우리가 결혼하기 전에 그 작자를 알았대나—어디서 알았는지 누가 알겠어!"

마셨던 흑맥주가 차츰 깨면서 모두 민감해져 있다는 것을 알았기 때문에 우리는 잠시 동안 잠자코 차만 몰았다. 그러고 나서 T. J. 에클버그 박사의 희미한 눈이 길 아래로 보이기 시작했을 때, 나는 기름이 없다는 개츠비의 주의가 생각났다.

"시내까지 가기에는 충분해." 탐이 말했다.

"그래도 바로 여기에 정비소가 있잖아요." 조던이 반대 의사를 표했다. "이렇게 찌는 더위 속에 옴짝달싹 못하는 신세가 되긴 싫어요."

탐은 성급하게 두 개의 브레이크를 동시에 밟았고, 우리는 먼지를 일으키며 윌슨의 표지 밑으로 미끄러져 들어가 갑작스럽게 멈췄다. 잠시 후 주인이 건물에서 나와 눈이 휘둥그레져서 차를 뚫어져라 바라보았다.

"기름 좀 넣읍시다!" 탐이 거칠게 말했다. "우리가 왜 섰다고 생각하오, 경치 구경하려고?"

"몸이 좀 아파서요." 윌슨은 움직이지 않은 채 말했다. "하루 종일 아프네요."

"무슨 일이오?"

"완전히 지쳤어요."

"그럼, 내가 알아서 넣을까?" 탐이 다그치듯이 물었다. "전화 목소리는 괜찮던데."

윌슨은 힘겹게 몸을 지탱하고 있던 문의 그늘에서 벗어나면서 숨을 힘겹게 쉬며 기름 탱크의 마개를 돌려 열었다. 햇빛 속에서 보니 그의 얼굴이 창백했다.

"점심 식사를 방해할 생각은 없었습니다." 그가 말했다. "그런데 돈이 정말 절실해서요. 그래 그 차를 어쩌실 참인지를 알고 싶었어요."

"이 차는 어떤가?" 탐이 물었다. "지난주에 샀는데."

"노란색이 아주 훌륭한 차네요." 윌슨이 손잡이를 당겨 보면서 말했다.

"사고 싶나?"

"모험이에요." 윌슨은 희미하게 웃었다. "그래도 아닙니다. 말씀드렸던 차를 사서 이윤을 남겨야죠."

"갑작스럽게 웬 돈 타령이야?"

"이곳에 너무 오래 있었어요. 떠나고 싶어요. 제 집사람하고 서부로 가고 싶네요."

"자네 안 사람도 떠나고 싶어 한다고." 탐은 놀라서 크게 말했다.

"10년 동안 집사람이 말해 오던 거예요." 그는 손으로 눈을 가리며 잠시 펌프에 기댔다. "이젠 집사람이 그걸 원하든 아니든 가게 될 거에요. 집사람을 이곳에서 데리고 나갈 겁니다."

쿠페가 먼지 돌풍을 일으키며 손을 흔들어 주면서 우리 곁을 쏜살같이 지나갔다.

"얼마인가?" 탐이 거칠게 다그쳤다.

"지난 이틀 동안 재미있는 사실을 깨달았지 뭡니까. 그래서 떠나고 싶은 겁니다. 그래서 그 차 일로 귀찮게 한 거고요." 윌슨이 한마디 했다.

"얼마냐고?"

"1달러 20센트요."

무자비하게 내려쬐는 열기로 난 머리가 아프기 시작했고 그가 아직은 탐을 의심하지는 않는다는 사실을 깨닫기까지 그곳에 있는 시간이 불안했었다. 윌슨은 머틀이 다른 세계에서 자기와 별개의 삶을 살고 있다는 사실을 알게 되었다. 그 충격 때문에 몸이 아팠던 것이다. 나는 그를 주시하다가 한 시간 전에 똑같은 사실을 깨달은 탐을 보았다. 그리고 남자들 사이에서 지식이나 인종의 차이는 몸이 아픈 남자와 건강한 남자의 차이에 비하면 아무것도 아니라는 사실을 깨달았다. 윌슨은 너무 아파서 용서받을 수 없는 죄인처럼 보였다. 마치 불쌍한 여자에게 아이를 갖게 한 것처럼.

"그 차를 팔지. 내일 오후에 보내줄게."

그 지역은 뭔지 모르게 항상, 심지어는 오후의 환한 빛 속에서도, 불안하다. 그때 나는 뒤에서 무언가가 경고를 보내고 있는 것 같아 고개를 돌렸다. 잿더미 너머로 T. J. 에클버그 박사의 거대한 눈이 감시를 하고 있었다. 잠시 후 또 다른 눈이 20피트도 채 안 되는 거리에서 유난히 강렬하게 우리를 지켜보고 있다는 것을 알게 되었다.

정비소 위층의 어느 창문에 커튼이 약간 옆으로 쳐져있었고 머틀 윌슨이 우리 차를 내려다보고 있었다. 너무 몰두한 나머지 누군가 자기를 지켜보고 있다는 것도 의식하지 못했다. 서서히 현상되는 사진 속의 피사체처럼 그녀의 얼굴에 감정이 하나씩 드러났다. 그녀의 표정은 이상하게 낯익었는데 내가 여자들의 얼굴에서 종종 보았던 그런 표정이었다. 그러나 머틀 윌슨의 얼굴에 나타난 그 표정은 목적도 없고 설명할 수도 없는 것처럼 보였다. 질투로 커진 그녀의 눈이 탐이 아니라 그녀가 탐의 아내로 생각한 조던에게 고정되어 있다는 사실을 내가 깨닫기 까지는.

*

단순한 마음의 혼란처럼 혼돈스러운 것은 없다. 차를 몰고 가면서 탐은 공포의 뜨거운 채찍 맛을 느꼈다. 불과 한 시간 전까지만 해도 안전했던 아내와 정부가 그의 통제로부터 줄달음질치듯이 빠져 나가고 있다. 데이지를 따라 잡고 윌슨으로부터 멀리 떨어지려는 이중의 의도를 가지고 그는 본능적으로 가속 페달을 밟았다. 우리는 시속 50마일의 속도로 아스토리아를 향해 줄곧 가속을 했다. 마침내 거미다리 같은 고가도로의 들보 사이에서 천천히 달리고 있는 푸른색 쿠페를 눈으로 따라 잡았다.

"50번가 주변에 있는 큰 극장들이 시원해요." 조던이 제안을 했다. "사람들이 다 떠난 여름 오후의 뉴욕이 난 좋더라. 매우 감각적인 면이 있어. 온갖 종류의 과일들이 잘 익어서 손 안으로 떨어질 것 같은 농익은 느낌이라고나 할까."

'감각적'이라는 말이 탐의 불안을 가중시키는 효과를 냈다. 그가 반대할 거리를 생각해 내기 전에 푸른색 쿠페가 멈춰 섰다. 데이지는 옆으로 다가 오라는 손짓을 했다.

"어디로 가요?"

"극장은 어때?"

"거기는 너무 더워." 데이지가 불평을 했다. "당신들은 가세요. 우린 드라이브 좀 하다가 나중에 합류 할 테니까." 그녀는 희미하나마

기지를 부려 보려고 애를 썼다. "어느 모퉁이에서 만나리. 담배를 두 대 피우고 있는 남자가 저라오."

"여기서 왈가왈부할 수는 없고." 트럭이 뒤에서 경적을 울려 욕을 해대자 탐이 성마르게 말했다. "플라자 호텔 앞에 있는 센트럴 파크 남쪽으로 나를 따라 오시오."

탐은 여러 번 고개를 돌려 그들이 타고 있는 차를 확인했다. 신호 등에 막혀 그 차가 늦어지기라도 하면 눈에 보일 때까지 천천히 갔다. 그들이 옆길로 줄행랑이라도 쳐서 영원히 그의 삶으로부터 사라져 버릴까봐 두려워하는 것 같았다.

그러나 그들은 도망치지 않았다. 그래서 우리는 모두 플라자 호텔의 스위트룸을 빌리는, 좀 납득이 가지 않는 행동을 했다.

우리를 그 방으로 몰아넣었던 지속적이고 소란스러웠던 논쟁거리가 무엇이었는지 지금은 가물가물하다. 그러나 그러는 내내 속옷이 다리를 감고 있는 축축한 뱀처럼 계속해서 기어 올라갔고 여기저기서 땀방울들이 등을 타고 서늘하게 내려갔던 물리적 기억들은 아직도 뚜렷하다. 방을 빌리는 생각은 욕실 5개를 빌려서 모두 찬물 목욕을 하자는 데이지의 제안으로 시작해서 '민트 줄렙을 마실 수 있는 장소'로 좀 더 구체화되었던 것이다. 우리 모두는 '정신 나간 생각'이라고 거듭해서 말했고, 어찌할 바를 몰라 하는 종업원에게 모두 한꺼번에 말을 걸고는 우리가 아주 재미있게 굴고 있다고 생각했다. 아니 그렇게 생각하는 척했다.

방은 컸지만 답답했고, 벌써 오후 4시가 됐는데도 창문을 여니 공원의 뜨거워진 나무에서 한 차례 바람만 불었을 뿐이었다. 데이지는 거울 앞에서 우리에게 등을 보이며 머리를 매만졌다.

"굉장한 스위트룸입니다." 존경스럽다는 듯이 조던이 낮은 소리로 하는 말에 모두들 웃었다.

"다른 창문도 열어 봐." 데이지는 돌아보지도 않은 채 지시했다.

"다른 창이 없습니다요."

"그래, 그러면 도끼 하나 갖다 달라고 전화하지ㅡ"

"더위를 잊는 게 상책이야." 탐이 성마르게 말했다. "당신이 계속 덥다고 불평을 하니까 열배는 더 더운 것 같잖아."

그는 위스키 병을 말았던 타올을 벗겨내고 병을 탁자 위에 놓았다.

"데이지를 그냥 놔두시지요, 친구?" 개츠비가 한마디 말했다. "시내로 오고 싶어 한 사람은 당신이었잖아요."

잠시 침묵이 흘렀다. 전화번호부가 미끄러져서 못에서 빠져나가 바닥에 털썩하고 떨어졌다. 그러자 조던이 '실례'라고 속삭였지만 이번에는 아무도 웃지 않았다.

"내가 올려놓을게요." 내가 말했다.

"내가 집었어요." 개츠비는 끈이 풀어진 부분을 살펴보고 흥미롭다는 듯이 '흠!' 소리를 내고는 의자 위로 올려놓았다.

"당신이 대단하게 사용하는 말이죠, 그게?" 탐이 날카롭게 말했다.

"뭐가 말이요?"

"그 '친구'인지 하는 거 말이요. 그런 말은 어디서 주워들었소?"

"이것 봐요, 탐." 데이지가 거울에서 몸을 돌리며 말했다. "당신이 인신공격할 거면 난 이곳에 한시도 있지 않을 거예요. 전화해서 민트 줄렙에 넣을 얼음이나 시켜요."

탐이 수화기를 집어 들자 꾹꾹 눌려있던 열기가 소리로 터져 나왔다. 우리는 아래층 무도회장에서 올라오는 멘델스존의 장중한 〈결혼 행진곡〉을 듣고 있었다.

"이 더위에 결혼을 한다고 생각해봐!" 조던이 음울하게 말했다.

"그래도―나도 6월 중순에 결혼했는걸." 데이지가 회상에 잠겨 말했다. "6월의 루이빌이라! 어떤 사람이 기절했었는데. 기절한 사람이 누구였지요, 탐?"

"빌록시." 그가 짧게 대답했다.

"빌록시라는 사람이었어. '블록스' 빌록시였고, 상자를 만드는 사람이었는데. 사실이야. 테네시 주의 빌록시 출신이었어."

"그 사람을 우리 집으로 옮겼었잖아." 조던이 덧붙였다. "우리 집이 교회 옆이었기 때문에. 아빠가 이제 나가줘야겠다고 말할 때까지 그 사람 3주간이나 우리 집에 있었어요. 그런데 그 사람이 떠난 다음날 아빠가 돌아가셨어." 잠시 후에 그녀가 덧붙였다. "아무런 관련은 없었어요."

"멤피스 출신 빌 빌록시라는 사람을 알았었는데." 내가 한마디 했다.

"그 사람 사촌이에요. 그 사람이 떠나기 전에 그 집 내력을 모두 알게 되었어요. 지금 쓰고 있는 그 알루미늄 골프채도 그 사람이 줬어요."

식이 시작되면서 음악은 잦아들었고, 지금은 긴 환호성이 창문으로 흘러 들어왔다. 뒤이어 간간히 "와 —아—아!" 하는 함성이 들렸고 마침내 춤이 시작되면서 재즈곡이 터져 나왔다.

"우리가 나이가 드나 봐." 데이지가 말했다. "젊었다면 일어나서 춤을 췄을 텐데."

"빌록시를 기억하세요!" 조던이 데이지에게 경고를 했다. "그 사람을 어디서 알았어요, 탐?"

"빌록시?" 탐은 애써 집중했다. "나는 모르는 사람인데. 데이지 친구였어."

"아니야." 그녀가 부정했다. "그 이전에는 본 적도 없는 사람이었어. 자가용을 타고 왔었어."

"그래, 당신을 안다고 하던데. 루이빌에서 자랐다고 말했어. 에이서 버드가 마지막에 그를 데리고 와서는 그가 묵을 방이 있느냐고 물었었지."

조던이 미소를 지었다.

"아마 이리저리 놀고먹으면서 고향까지 갈 요량이었나 봐요. 예일에서 당신들과 같은 학년이었고 회장이었다고 그가 나에게 말하던데."

탐과 나는 서로를 멍하니 쳐다보았다.

"빌록시?"

"우선, 회장 같은 건 없었고—"

개츠비가 짧고 불안하게 발을 굴러서 탐이 불현듯 그를 쳐다보았다.

"그런데, 개츠비 씨, 옥스퍼드 대학을 나온 걸로 알고 있는데."

"딱히 그런 것은 아닙니다."

"아, 그래요, 난 옥스퍼드를 나온 걸로 알고 있었네."

"네—다니긴 했습니다."

잠시 말이 끊겼다. 믿지 못하겠다는 모욕적인 탐의 목소리가 들렸다.

"빌록시가 뉴헤이븐에 다녔을 때쯤 해서 옥스퍼드에 다니셨군."

다시 한 번 말이 끊겼다. 웨이터가 문을 두드린 후 민트와 잘게 부순 얼음을 갖고 들어 왔지만 침묵은 웨이터의 '감사합니다'라는 소리와 문이 살짝 닫히는 소리에도 깨지지 않았다. 그 엄청난 세부 사항이 마침내 설명될 참이었다.

"그곳에 다녔다고 말씀드렸습니다." 개츠비가 말했다.

"들었소, 언제 다녔는가를 알고 싶은 거요."

"1919년이었고 5개월간만 그곳에 있었습니다. 그래서 옥스퍼드 졸업생이라고는 말할 수 없다는 것이고요."

탐은 우리도 자기처럼 그 말을 믿지 못하는지 확인하려고 우리를 둘러 봤다. 그러나 우리는 모두 개츠비를 보고 있었다.

"휴전 후 몇몇 장교들에게 주어진 기회였죠." 그가 계속 말을 했다. "영국이나 프랑스에 있는 대학 중 어느 대학이든 갈 수가 있었소."

나는 자리에서 일어나서 그의 등을 두드려주고 싶었다. 예전에 가졌던 그에 대한 완벽한 신뢰가 되살아났다.

데이지도 희미하게 웃으며 일어나 탁자 쪽으로 걸어갔다.

"위스키 병을 따요, 탐." 그녀가 시켰다. "민트 줄렙을 만들어 줄 테니까. 그러면 당신 자신에게 그렇게 멍청해 보이지는 않을 거야…… 민트를 봐요!"

"잠깐," 탐이 말을 끊었다. "개츠비 씨 한테 물어보고 싶은 게 한 가지 더 있어."

"계속 하시죠." 개츠비가 정중히 말했다.

"도대체 내 집안에 어떤 분란을 일으키려는 거요?"

마침내 그들은 모든 것을 다 들어냈고 개츠비는 만족스러웠다.

"그는 분란을 일으키려는 게 아니에요." 데이지는 두 사람을 절망적으로 번갈아 쳐다봤다. "당신이 분란을 일으키고 있는 거지. 제발 자제심 좀 가져요."

"자제심이라고!" 탐은 믿기지 않는다는 듯이 그 말을 반복했다. "자리에 앉아서 어디서 온 누구인지도 모르는 작자가 마누라와 사랑을 나누도록 내버려 둘 수는 없지. 글쎄, 그런 식으로 나를 무시할 수 있다고 생각하신다면…… 요즘엔 사람들이 가정과 가족 제도를 비웃는데 그 다음엔 모든 걸 다 던져버리고 흑인과 백인이 잡혼을 하겠지."

흥분해서 횡설수설하느라 얼굴이 벌게 가지고서 탐은 자기 혼자만 문명의 마지막 보루라는 사실을 깨달았다.

"여기 있는 우리는 모두 백인인데," 조던이 낮게 중얼거렸다.

"그래, 내가 그렇게 유명하지 않다는 거 알아. 큰 파티도 열지 않고. 어쨌든 친구를 만들려면, 요즘 세상에선, 집을 돼지우리로 만들어야 하니까."

다른 사람들과 마찬가지로 나는 화가 나서 그가 입을 열 때마다 비웃어주고 싶은 충동을 느꼈다. 난봉꾼에서 도덕군자로의 변화는 완벽했다.

"당신한테 할 말이 있소, 친구―" 개츠비가 말을 꺼냈다. 데이지가 그의 의도를 알아차렸다.

"하지 마세요!" 그녀는 무력하게 끼어들었다. "제발 모두 집으로 돌아갑시다. 집에 가는 게 어때?"

"좋은 생각이야." 나는 자리에서 일어났다. "자, 탐. 술을 마실 사람이 아무도 없는데."

"개츠비 씨가 내게 할 말이 무엇인지 알고 싶군."

"당신의 아내는 당신을 사랑하지 않아요. 당신을 사랑한 적도 없습니다. 그 사람은 나를 사랑합니다."

"돌았군!" 탐은 자신도 모르게 소리를 질렀다.

개츠비는 흥분으로 발끈해서 벌떡 일어났다.

"그녀는 당신을 사랑한 적이 없다고요, 알겠어요?" 그가 소리쳤다. "단지 내가 가난했고, 나를 기다리는 데 지쳐서 당신과 결혼한 것뿐입니다. 끔찍한 실수였지만 그녀의 마음은 나 말고는 누구도 사랑한 적이 없다고요."

이 부분에서 조던과 나는 방을 나가려고 했었는데 탐과 개츠비가 경쟁적으로 단호하게 우리가 남아 있어야 한다고 주장했다. 마치 그들 중 누구도 아무것도 숨길 것이 없으며 그들의 감정에 간접적으로 참여하는 것이 무슨 특권이라도 되는 것 마냥.

"앉지, 데이지." 탐의 목소리는 가부장적인 어조를 내려고 애썼으나 성공하지 못했다. "무슨 일이야? 무슨 일인지 들어야겠어."

"무슨 일인지 말하지 않았소?" 개츠비가 말했다. "5년 동안 지속되어 온 거요. 당신은 몰랐었지만."

탐이 갑작스럽게 데이지에게 고개를 돌렸다.

"이 작자를 5년 동안 만나 온 거요?"

"만난 건 아니오." 개츠비가 말했다. "아니, 우린 만날 수 없었소. 그러나 우리 둘 다 그 시간 내내 서로를 사랑했소, 친구. 그런데 당신이 몰랐던 거요. 당신이 모르고 있다는 것을 생각하면서 나는 혼자 웃곤 했었소." 그러나 그의 눈에 웃음기는 없었다.

"아 —그게 다야." 탐은 성직자처럼 그의 두툼한 손가락을 가볍게 마주치고는 의자에 뒤로 몸을 기댔다.

"당신 미쳤군!" 그가 폭발했다. "5년 전에 무슨 일이 있었는지는 내 알 바 아니고, 그땐 내가 데이지를 몰랐던 때니까—당신이 음식 배달을 하러 우리 집 뒷문으로 출입하지 않았을 진데 데이지 근처에 어떻게 1마일 이내로 올 수 있었는지는 내 모르겠소만. 그 나머진 얼어 죽을 거짓말들이고. 나하고 결혼했을 때 데이지는 나를 사랑했고 지금도 날 사랑하고 있어."

"아니오." 개츠비가 머리를 저으며 말했다.

"그래도 데이지는 날 사랑한다고. 문제는 가끔씩 그녀가 바보 같은 생각을 하고 자기가 무슨 일을 하고 있는지도 모른다는 거야." 그는 다 안다는 듯이 고개를 끄덕였다. "게다가 나도 데이지를 사랑한다는 거요. 가끔씩 술잔치를 벌려 바보 같은 짓을 하지만 다시 제자리로 되돌아오지. 그리고 이 가슴속에선 항상 그녀를 사랑하고 있소."

"역겹군요, 당신." 데이지가 말했다. 그녀는 나를 돌아보았고 한 옥타브 떨어진 그녀의 목소리는 싸늘한 조소로 온 방을 가득 메웠다. "우리가 왜 시카고를 떠났는지 알아요? 사람들이 왜 오빠한테 그 작은 술잔치가 어땠는지 말을 안 해줬는지 몰라."

개츠비가 그녀 옆으로 가 섰다.

"데이지, 모든 것이 끝났소." 그가 진정으로 말했다. "이제 더 이상 문제될 거 없어요. 진실을 말해요, 사랑한 적 없다고. 그러면 상처도 영원히 깨끗해질 거요."

그녀는 멍하니 그를 바라보았다. "도대체, 어떻게 내가 그를 사랑할 수 있겠어요?"

"당신은 그를 사랑한 적이 없어요."

그녀는 망설였다. 그녀의 호소하는 듯한 시선이 조던과 내게로 머물렀다. 마치 이제야 자기가 무슨 일을 하고 있는지를 깨달은 것처럼. 그리고 마치 오후 내내 어떤 일이든 하려고 의도한 적이 없는 듯. 그러나 물은 이미 엎질러졌고, 너무 늦었다.

"그를 사랑한 적이 없어요." 마지못해 하는 말이라는 게 분명했다.

"카피올라니에서도 사랑 안했어?" 탐이 불쑥 물었다.

"네."

아래층 연회장에선 숨 막힐 것 같은 답답한 화음이 뜨거운 바람을 타고 올라왔다.

"당신 신발 젖을까 봐 펀치볼에서 안고 내려 왔을 때도?" 그의 목소리는 거칠지만 부드러웠다…… "데이지?"

"제발 그만해요." 그녀의 목소리는 차가웠다. 그러나 원한의 감정은 이미 사라졌다. 그녀는 개츠비를 바라봤다. "있잖아요, 제이," 그녀가 말했다. 그녀의 손은 담뱃불을 붙이려고 하는데 떨렸다. 담배와 타들어 가는 성냥을 갑자기 카펫 위로 던졌다.

"아, 당신은 너무 많은 것을 원해요!" 그녀가 개츠비에게 크게 말했다. "지금 당신을 사랑해요. 그것으로 충분하지 않나요? 과거는 나도 어쩔 수가 없다고요." 그녀는 무기력하게 흐느꼈다. "한때는 저 사람을 사랑했어요. 당신도 사랑했고요."

개츠비의 눈이 둥그레 졌다가 감겼다.

"나도 사랑했다고요?" 그가 반복했다.

"그것마저도 거짓말이야," 탐이 야비하게 말했다. "당신이 살아 있는지 조차도 그녀는 몰랐거든. 우리 둘 사이엔 당신이 절대 알 수 없는 일들이 있지. 우리 둘 누구도 잊지 못 할 일들이."

그 말이 개츠비를 물어뜯는 것처럼 보였다.

"데이지하고만 얘기하고 싶군요." 그가 말했다. "그녀가 지금 너무 흥분이 돼서—"

"당신과 단둘이 있다고 해도 내가 탐을 사랑한 적이 없다고는 말

못해요." 그녀는 비참한 목소리로 그 사실을 인정했다. "그건 진실이 될 수 없어요."

"당연히 사실이 아니지." 탐이 수긍했다.

그녀는 남편에게로 얼굴을 돌렸다.

"당신한테 그게 중요하기라도 한 것 같군요."

"당연히 중요하지. 지금부터는 당신에게 더 잘해 줄 거니까."

"당신, 이해를 못 하는 것 같은데," 개츠비가 갑작스러운 두려움을 느끼는 것 같았다. "이제 당신이 데이지한테 잘해 줄 일 같은 건 없을 거요."

"내가 못 할 거라고?" 탐은 눈을 크게 뜨고 웃었다. 이제는 자신을 자제 할 수 있었다. "어째서 그렇지?"

"데이지가 당신을 떠날 테니까."

"말도 안 되는 소리."

"그래도 떠날 거예요." 데이지는 눈에 띄게 힘겨워하며 말했다.

"데이지는 날 떠나지 않아!" 탐은 갑자기 개츠비를 향해 말했다. "그녀의 손에 끼워 줄 반지마저 훔쳐야 하는 한갓 협잡꾼 때문에 그녀가 떠나는 일은 절대 없을 거라고."

"참을 수가 없어요!" 데이지가 소리쳤다. "제발 나가요."

"대체 당신 누구야?" 탐이 폭발했다. "마이어 울프심하고 몰려다니는 무리 중 하나지. 그 정도는 나도 알고 있어. 당신에 관한 것들을 조사 좀 했거든. 내일 좀 더 알아봐야겠어."

"좋으실 대로 하시오, 친구." 개츠비가 흔들리지 않고 말했다.

"당신이 갖고 있다는 그 '약국' 이라는 게 어떤 건지 알아냈지."
우리 쪽을 보면서 빠르게 말했다. "이자와 울프심이라는 작자가 이곳
과 시카고에서 뒷골목 약국을 사서 전국으로 곡주를 팔고 있어. 그
게 이 자가 부리는 재주야. 처음 봤을 때부터 내가 밀주업자라고 했
잖아. 거의 맞춘 셈이지."

"이건 어떻소?" 개츠비가 정중히 말했다. "당신 친구인 월터 체이
스는 그 사업에 끼지 못할 만큼 자존심이 세지는 않던데."

"그래서 그를 궁지에 몰리도록 내버려 두었군, 그렇지? 뉴저지에
서 한 달 넘게 감방에 있도록 버려둔 거였어. 세상에! 월터가 당신에
대해 어떻게 얘기 하는지 들어야 할 텐데."

"완전 파산지경이 돼서 우리를 찾아 왔소. 돈을 좀 벌게 되니까
꽤 좋아 하더군, 친구."

"날 '친구'라고 부르지 마시오!" 탐이 소리를 질렀다. 개츠비는 아
무 말도 하지 않았다. "월터가 당신을 도박 법으로 걸고 들어갈 수도
있었어, 그런데 울프심이 겁을 줘서 입을 막은 거지."

익숙하진 않지만 쉽게 알아 볼 수 있는 그 표정이 다시 개츠비의
얼굴에 나타났다.

"그 약국 사업은 그저 기분전환으로 하는 작은 사업일 뿐이지." 탐
이 천천히 계속 말했다. "그런데 월터가 두려워서 내게 말을 못하는
걸 보니 당신이 뭔가 꾸미고 있는 거야."

나는 데이지를 바라봤다. 그녀는 겁에 질려 개츠비와 자기 남편
사이를 응시하고 있었다. 조던을 봤더니 그녀는 벌써 눈에 보이지 않

는 재미있는 물체를 턱 끝에 올려놓고 균형을 잡고 있었다. 나는 다시 개츠비에게로 시선을 옮겼는데 그의 표정에 깜짝 놀랐다. 이건 그의 정원에서 있었던 말 많은 중상모략과는 아무 상관없는 말이지만, 그는 마치 '살인이라도 한' 사람의 표정을 하고 있었다. 잠시 그의 얼굴 표정들은 그런 황당한 표현으로 묘사될 수 있었다.

그 표정이 사라졌다. 개츠비는 흥분이 돼서 모든 걸 부인하고, 아직 나오지도 않은 비난거리에 대해서도 자기 이름을 옹호하면서, 데이지에게 말하기 시작했다. 그러나 그가 말을 할수록 데이지는 점점 더 자신 속으로 빨려 들어가고 있었다. 결국 그는 자신을 변호할 생각을 포기했다. 오후가 미끄러지듯이 빠져 나가는 동안, 이미 죽어버린 그의 꿈만이 더 이상 만질 수 없는 것을 만지려 애쓰며, 방 건너편으로 사라진 목소리를 향해 불행하지만 절망하지 않은 채 몸부림을 치면서 싸움을 계속해 나갔다.

그 목소리가 다시 나가자고 애원을 했다.

"제발, 탐! 더 이상은 못 참겠어요."

그녀의 겁에 질린 눈은 모든 의도와 모든 용기가 완전히 사라졌다는 것을 보여주었다.

"데이지, 당신 둘이서 집으로 출발해," 탐이 말했다. "개츠비 씨 차로."

그녀는 놀라서 탐을 바라보았다. 그러나 그는 아량이라도 베푸는 듯 비웃으며 고집을 피웠다.

"가라고. 그자가 당신을 괴롭히지 않을 테니. 그 주제넘은 짧은 불

장난이 이제 끝났다는 걸 깨달았을 거야."

그들이 갔다. 말 한마디 없이 탕하고 문을 닫고 나갔다. 그래서 우발적인 것이 되었고, 마치 유령처럼 우리의 동정으로부터도 멀어져 버렸다.

잠시 후 탐이 일어서더니 아직 따지 않은 위스키 병을 수건으로 싸기 시작했다.

"이거 마실래? 조던? ……닉?"

나는 대답을 하지 않았다.

"뭐요?"

"마실려냐고?"

"아니……금방 생각났는데 오늘이 내 생일이야."

나는 서른 살이었다. 내 앞에는 불길하고도 위협적인 새로운 10년이 펼쳐져 있었다.

탐과 함께 쿠페에 올라 롱 아일랜드로 향했을 때가 7시였다. 탐은 신이 나서 쉬지 않고 웃으며 말을 했지만 조던과 나에게 그의 목소리는 머리 위로 나 있는 고가도로에서 나는 소음이나 보도 위의 시끄러운 외국말처럼 멀리서만 들렸다. 인간의 동정심이란 한계가 있다. 우리는 그들의 비극적 논쟁이 도시의 불빛과 함께 우리 뒤로 사라지도록 내버려 두는 것에 만족했다. 30세. 외로움이 보장되고, 알고 지내는 독신 남자들 명단이 점점 줄어들고, 열정이라는 가방이 가벼워지고, 머리숱이 줄어드는 그 10년의 세월이 보장된 나이. 그러나 내 곁엔 데이지와는 달리, 까마득히 잊힌 꿈을 몇 년씩 끌고 다니지는 못하는 너무 똑똑한 조던이 있었다. 어두운 다리 위를 지나올 때 내 코트 어깨에 그녀의 창백한 얼굴이 나른하게 기댔고 30세의 무서운 충격도 그녀가 잡아 줘 위로가 되는 그 손의 압력과 함께 사라졌다.

서늘해지는 황혼녘을 뚫고 그렇게 우리는 죽음을 향해 차를 몰았다.

*

그리스 청년인 마이클리스는 잿더미 옆에서 작은 커피점을 운영하는데 그가 사건 심리의 주요 증인이었다. 더위 속에서 오후 5시까지 내내 잠을 자다가 차 정비소로 어슬렁거리며 건너 왔을 때, 그는 조지 윌슨이 사무실에서 앓고 있는 것을 보았다. 숱이 없어 파리한 머리만큼 얼굴도 창백했고 온몸을 덜덜 떨고 있었다. 들어가서 좀 자라고 했는데도 쉬면 일을 많이 놓친다고 하면서 말을 듣지 않았다. 이 이웃 청년이 윌슨을 설득하려고 애쓰는 동안 위쪽에서 매우 시끄러운 소리가 터져 나왔다.

"아내를 위층에 가둬놨어." 윌슨이 조용히 설명했다. "모레까지는 저기에 있어야 해. 그러고 나면 우린 떠날 거야."

마이클리스는 놀랐다. 4년간 이웃으로 지냈지만 윌슨은 절대로 이런 말을 할 수 있는 위인이 아니었다. 그는 늘 지쳐있는 남자였다. 일을 하지 않을 땐 문간 의자에 앉아서 거리를 오가는 사람들과 차들을 바라보았다. 누가 말이라도 걸면 그는 한결같이 호감은 가지만 개성 없는 웃음을 지었다. 그는 아내에게 쥐어 사는 사람이었지 자기

뜻대로 사는 사람이 아니었다.

그러니 자연히 마이클리스는 무슨 일이 있었는지 알아내려고 했다. 그러나 윌슨은 한마디도 하려들지 않았다. 대신 그는 묘한 의심의 눈길을 이 방문객에게 던지면서 특정한 어느 날 어느 시간에 무엇을 했는지를 물었다. 마이클리스가 불편해 지려고 할 때, 일꾼 몇 명이 그 집 앞을 지나 자기 식당으로 갔다. 그 기회를 잡아 그는 나중에 다시 와 볼 마음으로 그곳에서 나왔다. 그러나 다시 가지 않았다. 잊어버렸던 것 같다고 했다. 그게 다였다. 7시 조금 지나서 다시 밖으로 나왔을 때 정비소 아래층에서 시끄럽게 야단을 치는 윌슨 부인의 목소리가 들렸기 때문에 아까 나눴던 대화가 다시 생각났다.

"때려봐!" 그녀가 소리 지르는 것이 들렸다. "날 집어 던지고 때려보라고, 더럽고 비겁한 겁쟁이 자식아!"

잠시 후 그녀는 어둑한 황혼 속으로 손을 흔들고 소리를 지르며 달려 나갔고 그가 문간에서 몸을 움직이기도 전에 일은 끝나 버렸다.

일간지에 쓰인 대로 '죽음의 차'는 멈추지 않았다. 몰려드는 어둠 속에서 나와 잠시 비극적으로 비틀거리더니 이내 다음 모퉁이를 돌아 사라졌다. 마이클리스는 그 차가 무슨 색이었는지조차 알지 못했다. 첫 번째 경찰관에겐 연록색이었다고 말했다. 뉴욕을 향해 가던 다른 차가 현장에서 100야드 떨어진 곳에 차를 세웠고, 그 운전자는 머틀 윌슨이 도로에 무릎을 꿇은 채 맹렬하게 생명이 끊어지고 진하고 검은 피가 흙과 뒤범벅이 된 지점으로 급히 달려왔다.

마이클리스와 그 사람이 먼저 머틀에게로 갔고 그들이 아직도 땀에 젖어 축축한 그녀의 셔츠드레스를 찢어 열어 젖혔을 때 왼쪽 가슴이 문의 경첩처럼 붙어서 흔들거리는 것이 보였다. 그 가슴 아래에 있는 심장 소리는 들어 볼 필요조차 없었다. 그토록 오랫동안 그녀 안에 쌓아 놓았던 엄청난 생기를 뿜어내느라 숨이 막혔던 것처럼 입은 크게 벌려져 있었고 귀퉁이가 조금 찢겨 있었다.

*

아직 거리가 떨어져 있을 때 우리는 서너 대의 차와 사람들이 모여 있는 것을 보았다.

"사고군! 잘됐군. 드디어 윌슨이 할 일이 생겼네."

탐은 속력을 줄였다. 그러나 멈춰 설 의향은 없었다. 우리가 더 가까이 다가갔을 때 정비소 문에 모인 사람들이 입을 다문 채 집중하는 얼굴을 보고 탐은 자기도 모르게 브레이크를 밟았다.

"한 번 보지." 의구심에 차서 그가 말했다. "그냥 한 번 보자고."

정비소에서 끊임없이 공허하게 울부짖는 소리가 흘러 나왔고 그 소리가 들리기 시작했다. 우리가 쿠페에서 내려 정비소 문 쪽으로 걸어갈 때 울부짖는 소리는 숨 가쁜 신음과 함께 나오는 '세상에!'와 섞여 들어갔다.

"뭔가가 단단히 잘 못 됐군." 탐이 흥분해서 말했다.

그는 뒤꿈치를 세우고 다가가서 둥그렇게 서 있는 사람들 머리 위로 정비소를 빼꼼이 드려다 보았다. 머리 위쪽에 달린 채 흔들거리는 금속 바구니 속에 있는 노란색 전구만이 정비소 내부를 밝히고 있었다. 그러자 탐의 목구멍에서 거친 소리가 나왔다. 그는 강한 팔로 거칠게 밀어 제치며 사람들을 뚫고 안으로 들어갔다.

뭐라고 나무라는 소리를 내면서 사람들이 다시 둥그런 원을 그리며 모여 들었다. 나는 곧 모든 것을 보게 되었다. 새로 구경꾼들이 오자 줄은 다시 흩어졌고 조던과 나는 갑작스럽게 안으로 밀려 들어 갔다.

머틀 윌슨의 시체가 더운 밤에 추위에 떨고 있는 것 마냥 담요로 덮히고 또 싸여서 벽 옆에 있는 작업대 위에 놓여 있었다. 탐은 우리 쪽으로 등을 돌리고 머틀 위로 몸을 구부린 채 꼼짝 않고 있었다. 탐 옆에는 순찰 기병대인 경찰이 땀을 뻘뻘 흘리며 작은 공책에 이름들을 연신 고치면서 적고 있었다. 높은 목청으로 신음하는 듯이 시끄럽게 울려대는 그 소리가 아무것도 없는 퀭한 정비소 어디에서 나는지 처음엔 알 수가 없었다. 그러다가 윌슨이 사무실의 문턱 위에 서서 문설주를 두 손으로 잡고 앞뒤로 몸을 흔들고 있는 것을 보았다. 어떤 남자가 낮은 소리로 그에게 뭐라 말하면서 가끔 그의 어깨에 손을 얹으려고 했지만 윌슨은 듣지도 보지도 않았다. 그의 눈은 흔들리는 불빛으로부터 서서히 벽 가의 테이블 쪽으로 내려 왔다가는 다시 급하게 불빛 쪽으로 옮겨갔다. 그리고 목청 높은 끔찍한 소리를 끊임없이 질러댔다.

"아, 맙소사! 아, 맙―소사! 아, 맙―소사! 아, 맙―소사!"

이내 탐은 고개를 홱 젖혀 들고서 멍한 눈으로 정비소를 둘러 본 후에 경찰관에게 앞뒤가 맞지 않는 알아들을 수도 없는 말을 건넸다.

"마―브―" 경찰관이 말하고 있었다. "오우―"

"아니오―" 탐이 경찰관에게 교정을 해줬다. "마―브―로―"

"내 말 좀 들어 보슈!" 탐이 낮은 목소리로 거칠게 말했다.

"로―" 경찰관이 읊었다.

"그―"

"그―" 탐이 넓적한 손으로 경찰관의 어깨를 거칠게 잡자 경찰관이 올려 보았다. "원하는 게 뭡니까?"

"무슨 일이 일어난 거요? ―난 그게 알고 싶소."

"차가 저 여자를 치었소. 즉사했고."

"즉사." 탐이 빤히 쳐다보면서 다시 말했다.

"저 여자가 도로로 뛰어 들었는데 망할 자식이 차도 멈추지 않았다는 군요."

"차가 두 대 있었어요. 하나는 이쪽으로 오고, 또 하나는 저쪽으로 가고, 아시겠어요?" 마이클리스가 말해 줬다.

"어디로 가?" 경찰관이 날카롭게 물었다.

"양방으로 한 대씩 갔다고요. 그게, 저 여자가―" 그의 손이 담요 쪽으로 들어 올려졌다가 중간쯤에서 멈추고 다시 옆으로 내려 왔다. "저 여자가 달려 나갔고, 뉴욕에서 오던 차가 정면으로 쳤어요. 시속 30―40 마일로 달리면서."

"이곳 이름이 뭐요?" 경찰이 물었다.

"이름은 없어요."

잘 차려입은 창백한 흑인이 가까이 나왔다.

"노란 차였어요, 커다란 노란 차요. 새 것이던데."

"사고를 봤소?" 경찰관이 물었다.

"아니요, 그런네 그 차가 저기서 내 옆으로 지나갔는데 40마일 이상으로 달리던데요. 50—60 마일 정도."

"이리 좀 오시오. 이름이 뭐요? 조심하시고, 저 사람 이름을 알고 싶소."

이 대화의 일부가 사무실 문설주에서 앞뒤로 몸을 흔들고 있던 월슨 귀에 들린 게 틀림없었다. 그는 숨 가쁜 절규를 하면서 갑작스럽게 새로운 말을 하기 시작했다.

"어떤 차인지 말 할 필요 없어요. 그 차가 어느 차인지 알고 있으니까."

탐을 바라보다가 나는 그의 어깨 뒤의 근육뭉치가 겉옷 밑에서 조여지는 것을 보았다. 그는 재빠르게 월슨에게 걸어가서 그의 앞에 서더니 그의 팔 위쪽을 세게 잡았다.

"정신 차려야 돼." 탐이 무뚝뚝하게 위로를 했다.

월슨의 눈이 탐에게 머물렀다. 그는 발끝으로 벌떡 일어섰는데 탐이 그를 똑바로 잡아주지 않았더라면 무릎을 꿇고 넘어질 뻔했다.

"잘 들어," 탐이 그를 살짝 흔들면서 말했다. "뉴욕에서 방금 왔어. 우리가 얘기했던 그 쿠페를 자네에게 갖다 주려고 오는 길이었다고. 오늘 오후에 내가 몰았던 그 노란 차는 내 차가 아니야, 듣고 있나? 오후 내내 보지도 못했어."

그 흑인과 나만이 탐이 하는 말이 들릴 만큼 가까이 있었다. 경찰은 그 말투에서 무언가를 눈치 채고 사나운 눈초리로 건너다보았다.

"무슨 일이오?"

"이 사람 친구요." 탐은 고개는 돌렸지만 손은 여전히 윌슨의 몸을 꽉 잡고 있었다. "사고를 낸 차가 어떤 차인지 안다고 하네요. 노란 차였답니다."

뭔가 희미한 충동을 느낀 경찰관은 탐을 의심스럽게 바라보았다.

"당신 차는 무슨 색이오?"

"파란색이요, 쿠페입니다."

"우리는 뉴욕에서 곧 바로 오는 길입니다." 내가 말했다.

우리 바로 뒤에서 따라오던 운전사가 그 사실을 확인해 줬더니 경찰관은 돌아섰다.

"자, 이름을 다시 한 번 정확하게 알려주면—"

탐은 윌슨을 헝겊인형처럼 들어서 사무실로 데리고 들어가 의자에 앉힌 다음 돌아왔다.

"누구 여기 좀 와서 이 사람하고 같이 있어 주시오." 그가 권위 있게 짧게 끊어 말했다. 가장 가까이 있는 두 사람이 서로 얼굴을 쳐다보더니 마지못해 방 안으로 들어가는 모습을 탐은 지켜보고 있었다. 그 사람들 뒤로 문을 닫고 테이블을 보지 않으려고 피하면서 한 단짜리 계단을 내려왔다. 내 곁을 가까이서 지나가며 속삭였다. "나가자고."

남의 이목을 의식하면서, 탐의 권위적인 팔을 휘둘러 길을 헤쳐 가며 우리는 아직도 몰려드는 군중 사이를 밀고 나왔다. 혹시나 살릴 수 있을까 해서 30분 전에 부르러 보낸 의사가 진료 가방을 손에 들고 급히 서둘러 들어가는 옆을 지나쳐 왔다.

모퉁이를 지나올 때까지 천천히 운전을 하더니만 탐이 발을 세게 눌렀다. 쿠페는 밤을 헤치며 질주했다. 잠시 후 낮게 흐느끼는 거친 소리가 들렸고, 눈물이 탐의 얼굴을 타고 내렸다.

"망할 놈의 겁쟁이 자식!" 그가 훌쩍거렸다. "차를 세우지도 않다니!"

*

짙게 바스락 거리는 나무 틈으로 뷰캐넌의 집이 갑자기 우리 쪽으로 흘러 왔다. 탐은 현관 옆에 멈춰 서서 이층을 올려다보았다. 이층의 창 두 개가 가지들 사이에서 빛으로 환하게 피어났다.

"데이지는 집에 있군." 우리가 차에서 내릴 때 그는 나를 힐끔 보더니 얼굴을 약간 찌푸렸다.

"웨스트에그에 자네를 데려다 주었어야 하는데, 닉, 오늘 밤은 그럴 수가 없네."

그에게 뭔가 변화가 일어났다. 그는 단호하고 진지하게 말했다. 달빛을 받은 자갈길을 가로질러 정문으로 가면서 그는 몇 개의 짧은 문구로 상황을 정리해 버렸다.

"자넬 데려다 줄 택시를 불러주지. 기다리는 동안 자네랑 조던은 부엌에 가서 저녁을 좀 챙겨 달라고 하게나, 먹을 생각이 있으면." 그가 문을 열고서 "들어오게"라고 말했다.

"아니, 괜찮아. 그래도 택시를 불러 준다면 좋겠어. 밖에서 기다
릴게."

조던이 내 팔을 손으로 잡았다.

"닉, 들어오지 않을래요?"

"아니, 됐어요."

속이 좀 좋지 않아서 혼자 있고 싶었다. 그래도 조던은 조금 더
있어 주었다.

"이제 겨우 9시 반인데." 그녀가 말했다.

그 집에 들어가는 게 죽을 만큼 싫었다. 하루 동안 그들에게 질
려 버렸다. 그리고 갑자기 그들 속엔 조던도 포함되었다. 이런 생각을
내 표정에서 읽었는지 조던은 홱 돌아서서 현관 계단을 뛰어 올라
집 안으로 들어갔다. 나는 손으로 머리를 감싸 안은 채 집사가 전화
로 택시를 부르는 소리가 들릴 때까지 몇 분간 그렇게 앉아 있었다.
그러고 나서 대문에서 기다릴 의향으로 천천히 차도를 따라 그 집에
서 걸어 나왔다.

20야드도 채 못 갔을 때 누군가 내 이름을 부르는 소리를 들었다.
나무들 틈에서 개츠비가 도로 위로 걸어 나왔다. 그때 나는 섬뜩했었
나 보다. 달 빛 아래서 그의 분홍색 정장이 번쩍거리는 것 말고는 아
무것도 생각할 수가 없었으니.

"뭐 하세요?"

"그냥 서 있다네, 친구."

어쨌든 그것은 비열한 일인 것 같았다. 그가 이 집을 순식간에 강

탈하려고 한다는 것을 알았더라도, 그의 뒤 어두운 나무숲에서 '울프심 졸개들'의 얼굴 같은 달갑지 않은 얼굴들을 보았다고 한들 놀라지 않았을 거다.

"길에서 문제가 일어난 것 보았나요?" 잠시 있다가 그가 물었다..

"네."

그가 잠시 머뭇거렸다.

"죽었소?"

"네."

"그럴 줄 알았소. 데이지에게 그럴 거라고 했소. 충격이 한꺼번에 오는 게 낫지. 그녀가 잘 버티더라고요."

그는 데이지의 반응만이 중요하다는 듯이 말했다.

"옆길로 해서 웨스트에그로 왔소. 차는 내 차고에 넣어 두었지. 우릴 본 사람은 아무도 없는 것 같은데, 물론 확신할 수는 없지만."

그땐 이미 그가 너무 싫어서 그가 잘 못 생각하고 있다는 말을 해 줄 필요조차 느끼지 못했다.

"그 여자는 누구요?"

"이름은 윌슨입니다. 그 여자 남편이 정비소 주인입니다. 도대체 어쩌다가 그런 일이 일어난 건가요?"

"그게, 운전대를 돌리려고 했는데—" 그가 갑자기 말을 멈췄고, 난 단번에 진실을 알아 버렸다.

"데이지가 운전 했나요?"

"그렇소." 잠시 후에 그가 답했다. "물론 내가 운전했다고 말할 거요. 알다시피 뉴욕을 떠날 때 데이지 신경이 너무 날카로워져 있어서 운전을 하면 좀 차분해질 거라고 생각했소. 그런데 맞은편에서 오던 차와 교행하는 순간, 그 여자가 우릴 향해 돌진해 온 거요. 순식간에 일어난 일이었소. 그 여자는 뭔가를 말하려는 것 같았는데. 우리를 자기가 아는 사람이라고 생각하는 것 같았소. 그래, 처음엔 데이지가 그 여자를 피해서 마주 오는 차 쪽으로 차를 꺾었다가 겁을 먹고 다시 되돌렸던 거요. 내가 운전대에 손을 대는 순간 그 충격이 느껴졌어요. 즉사했을 거요.”

“몸이 만신창이로 찢어졌어요.”

“말하지 마시오, 친구.” 그는 얼굴을 찡그렸다. “어쨌든, 데이지가 차를 밟았소. 멈추게 하려고 했는데 그녀는 멈추질 못했소. 핸드 브레이크를 올릴 수밖에 없었지. 그러자 데이지가 내 무릎 위로 쓰러졌어요. 그래서 차를 내가 몰고 왔어요.”

그가 곧 바로 “내일이면 데이지는 괜찮아질 거요.”라고 말했다. “난 여기서 그냥 기다렸다가 탐이 오늘 오후에 있었던 불쾌했던 일로 데이지를 괴롭히지는 않는지 감시하려는 거요. 자기 방에 들어가 문을 잠갔는데, 탐이 거친 짓을 하려들면 불을 켰다 껐다 하기로 했소.”

“탐이 데이지를 건드리지는 않을 겁니다. 데이지는 안중에도 없어요.”

“그 사람을 믿을 수가 없소이다. 친구.”

“얼마나 기다릴 셈인가요?”

“필요하다면 밤새, 어쨌든 두 사람 모두 잠자리에 들 때까지.”

새로운 생각이 떠올랐다. 데이지가 운전했다는 사실을 탐이 알게 된다면 아마도 거기에 뭔가 연관성이 있다고 생각할 거고 뭐라도 생각해 낼 거다. 나는 그 집을 쳐다봤다. 아래층엔 불이 켜진 창이 두세 개 되었고 일층에 있는 데이지 방에서 분홍빛이 흘러 나왔다.

"여기서 기다리세요. 소란이 날 기미라도 있는지 보고 오겠어요."

잔디밭 경계선을 따라 걸어가서 자갈길을 조심스럽게 건너 뒤꿈치를 들고 베란다 계단까지 갔다. 거실의 커튼은 열려져 있고 방은 비어 있었다. 3개월 전 6월의 어느 날 함께 저녁을 먹었던 현관을 지나서 식품저장실 창일 거라고 생각되는 작은 직사각형 창문에 불이 켜진 곳으로 갔다. 차양이 내려져 있었으나 창틀에 갈라진 틈이 있었다.

데이지와 탐은 차갑게 식은 닭요리와 흑맥주 두 병을 사이에 두고 부엌 식탁에 마주 앉아 있었다. 탐은 맞은편에 앉은 데이지에게 뭔가를 골똘히 말하고 있었고, 진지하게 그의 손이 데이지의 손을 감쌌다. 데이지는 가끔씩 탐을 올려다보면서 알아들었다는 듯이 고개를 끄덕였다.

그들은 행복하지 않았고 닭요리나 흑맥주를 건드리지도 않았지만 불행한 것도 아니었다. 그 그림에는 분명한 자연스러운 친밀감이 있었다. 누구든 그 그림을 보았더라면 그들이 함께 모의를 하고 있다고 말했을 거다.

현관에서 깨끼발로 걸어 나오면서 날 태울 택시가 어두운 길을 더듬으며 그 집으로 들어오는 소리를 들었다. 개츠비는 내가 그를 남겨 두고 갔던 차도 위에 그대로 서 있었다.

"다 조용한가요?" 걱정스럽게 그가 물었다.

"네, 다 조용합니다." 나는 머뭇거렸다. "집으로 돌아 가 좀 주무시는 게 낫겠어요."

그는 고개를 저었다.

"데이지가 잠 들 때까지 여기서 기다리고 싶소. 잘 가요, 친구."

그는 손을 겉옷 주머니에 넣고 마치 내가 그곳에 있는 것이 그 철야의 신성함을 해치는 것 마냥 다시 열정적인 태도로 돌아가 그 집을 정찰했다. 나는 그를 그곳 달빛 속에 남겨 둔 채 걸어 나왔다. 감시할 것이 아무것도 없는 그곳을 감시하도록.

제 8 장

밤새 한잠도 자지 못했다. 해협에서는 농무 경적이 끊임없이 울어댔고 나는 몸이 좋지 않아 괴기 망측한 현실과 무자비하고 무서운 잠 사이를 뒤척였다. 새벽녘에 택시 한 대가 개츠비 집의 차도로 올라가는 소리를 듣고서야 침대에서 뛰쳐나와 옷을 입기 시작했다. 나는 그에게 할 말이, 그에게 경고해 줄 말이 있다고 생각했고 아침이 되면 너무 늦을 터였다.

그의 잔디밭을 가로 질러 갔다. 그 집 정문 현관이 열려져 있었고 그가 절망해서인지 아니면 잠을 못 자서인지 현관 탁자에 기대어 축 쳐져 있는 것을 보았다.

"아무 일도 없었소." 그가 힘없이 말했다. "계속 기다렸는데 새벽 4시쯤 데이지가 창가로 오더니 잠시 서 있다가 불을 껐소."

우리가 담배를 찾아 그 큰 방들을 헤매고 다니던 그날 밤만큼이나 그의 집이 그렇게 황망하게 커 보인 적은 일찍이 없었다. 우리는 전기 스위치를 찾아서 큰 장막 같은 커튼을 들추고 어두운 벽의 밑받침을 셀 수도 없이 더듬어 헤매었다. 한 번은 유령 같은 피아노 건반 위로 털퍼덕하고 넘어진 적도 있다. 사방 군데에 말도 못할 정도로 먼지가 많았고, 방들은 며칠씩 환기가 되지 않은 것처럼 곰팡이가 슬어 있었다. 낯선 탁자 위에서 케케묵은 마른 담배 2대가 들어 있는 담배 상자를 찾아냈다. 거실의 프랑스식 창을 열어젖히고 어둠 속에 앉아서 우리는 담배 연기를 밖으로 뿜어댔다.

"도망치셔야 해요. 분명히 당신 차를 추적해 낼 거예요."

"지금 달아나라고, 친구?"

"아틀란트 시로 가서 한 일주일쯤 계세요, 아니면 몬트리올로 가시던지."

그는 그 말을 생각해 보려 들지도 않았다. 데이지가 어떻게 할 건가를 알아낼 때까지는 암만해도 그녀를 떠날 수 없었다. 마지막 희망 같은 것을 붙잡고 있었는데 나는 그런 그를 흔들어 떼어낼 수가 없었다.

댄 코디와 함께 보냈던 그의 젊은 시절의 이상한 이야기를 해 준 것이 바로 그날 밤이었다. '제이 개츠비'가 탐의 견고한 악의에 부딪혀 유리처럼 산산 조각나고 그의 길고 은밀했던 호화찬란한 쇼가 끝이 났기에 내게 그 이야기를 해 준 것이다. 이젠 그가 숨김없이 무엇이든 다 인정했을 수도 있었다고 보는데, 그러나 그는 데이지에 관한 이야기를 하고 싶어 했다.

데이지는 그가 처음으로 만난 '괜찮은' 아가씨였다. 드러나지 않은 여러 가지 역량이 있었기에 개츠비는 괜찮은 사람들과 접촉해 왔었다. 그렇지만 항상 알 수 없는 가시철조망 같은 것이 그와 사람들 사이에 존재했다. 데이지는 흥분될 만큼 매력 있는 아가씨였다. 처음엔 테일러 부대의 다른 장교들과 함께 그녀의 집에 놀러 갔는데, 나중엔 혼자서 갔다. 그녀의 집은 그의 눈을 휘둥그렇게 만들었다. 그 이전엔 그렇게 근사한 집에 가 본 적이 없었다. 그러나 그 집이 숨 막힐 정도로 매력적이었던 이유는 바로 데이지가 그곳에 살고 있었기 때문이었다. 부대의 텐트가 개츠비에게 일상적인 것처럼 그 집이 데이지에게는 일상적인 것이었다. 그곳에서는 위층 침실들이 다른 침실들보다 더 아름답고 시원할 것 같았고, 그 복도에는 즐겁고 신나는 행위들이 일어나고 있을 것 같았고, 라벤더 안에 이미 잘 간직되어 곰팡이 냄새가 나는 로맨스가 아니라 그해에 출시되어 번쩍이는 차 냄새가 나는 신선하고 생기가 있는 로맨스가 있을 것 같았고, 열기가 가시지 않는 춤을 추고 있을 것만 같았다. 이미 많은 남자들이 데이지를 사랑했었다는 사실도 그를 흥분케 했다. 그 집 구석구석에 아직도 떨리는 감정의 그림자와 메아리가 만연해 있어 그 남자들의 존재를 느낄 수 있었다.

그러나 그는 자신이 데이지의 집에 들어 와 있는 것이 엄청난 우연이라는 것을 알았다. 제이 개츠비로서의 그의 미래가 아무리 영광스럽다고 해도 지금 현재로선 과거도 없고 동전 한 푼 없는 젊은이이고, 언제라도 그의 제복인 투명망토가 그의 어깨에서 흘러내릴 수도 있는 노릇이었다. 그래서 그 순간을 최대로 즐겼다. 주저하지 않고 게걸스럽게 자신이 얻을 수 있는 것들을 취했다. 마침내 어느 조용한 10월의 밤 그는 데이지도 가졌다. 그녀의 손을 만질 권리조차 없었기 때문에 그녀를 취했다.

거짓 평계를 대고 데이지를 가졌기 때문에 자신을 경멸할 수도 있었다. 있지도 않은 엄청난 재산을 걸고 거래를 했다는 얘기가 아니다. 그러나 그는 의도적으로 데이지에게 안정감을 주었고 자신이 그녀와 같은 계층에 속하는 것처럼 믿게 했다. 그래서 그녀를 온전히 책임질 수 있는 사람이라고 믿게 했다. 실은 그럴 수단이 그에게는 없었다. 뒤에서 든든히 버텨 주는 편안한 가족 같은 것도 없었다. 비인간적인 정부의 변덕에 따라 세계의 어느 곳으로든 날려갈 수도 있는 사람이었다.

그러나 그는 자신을 경멸하지 않았다. 그가 상상했던 대로 일이 풀려가지도 않았다. 아마도 자기가 얻을 수 있는 것을 얻어가지고 가려는 의도였을 지도 모른다. 그러나 이제 자신이 전념을 다해 성배를 찾고 있다는 사실을 알게 되었다. 데이지가 특별하다는 건 알았지만 '괜찮은' 아가씨가 어디까지 특별해질 수 있는지에 대해선 깨닫지 못하고 있었다. 그녀는 개츠비에겐 아무것도 남겨 두지 않고, 부유한 집안으로, 풍요롭고 충만한 삶 속으로 사라졌다. 그는 그녀와 결혼한 기분이었다. 그것이 다였다.

이틀 후 다시 만났을 때 안절부절 못하고 배신을 당한 건 개츠비 쪽이었다. 그녀 집의 현관에는 돈 주고 산 사치품들이 별처럼 빛을 내고 있었다. 고리버들로 만든 등받이 긴 의자는 그녀가 개츠비 쪽으로 몸을 돌리고, 그녀의 호기심에 젖은 아름다운 입술에 그가 입을 맞추는 동안 멋지게 삐걱거렸다. 그녀는 감기에 걸려서 목소리가 더 허스키해져 있었고 그 어느 때보다 더 매력적이었다. 개츠비는 부유함이 사로잡아서 보존하는 젊음과 신비에 대해, 그 많은 옷이 주는 신선함 느낌에 대해, 가난한 자들의 치열한 투쟁과 상관없이 뚝 떨어져서 은처럼 반짝이며 안전하고 자부심이 있는 데이지에 대해 너무나 확실하게 알고 있었다.

*

"내가 그녀를 사랑하고 있다는 사실을 깨닫고 얼마나 놀랐는지 이루 다 설명할 수가 없네, 친구. 순간 그녀가 날 버렸으면 하고 바라기까지 했지. 그러나 그녀는 날 버리지 않았어. 그녀도 나를 사랑했기 때문이었지. 자기가 아는 것들과는 다른 것들을 내가 알고 있었기 때문에 그녀는 내가 아는 게 많다고 생각했었지…… 아, 나의 야망과는 뚝 떨어진 채로 그곳에서 나는 매순간 더 깊은 사랑에 빠져들었고, 갑자기 난 모든 것들을 개의치 않게 되었어. 앞으로 내가 할 일들을 그녀에게 이야기해 주면서 더 행복한 시간을 가질 수 있다면 위대한 일들을 해야 할 필요가 뭐가 있다는 말인가?"

외국으로 떠나기 전날 오후 그는 데이지를 팔에 안고 오랫동안 조용히 앉아 있었다. 추운 가을날이었고 방에는 벽난로가 지펴 있어서 그녀의 볼은 발그스레했다. 이따금 그녀는 몸을 움직였고 그는 팔의 위치를 조금씩 바꿔 주었다. 그리고 그녀의 검게 빛나는 머리에 한 번 입을 맞췄다. 그날 오후 그들은 한동안 조용했다. 마치 그 다음 날이면 어김없이 올 긴 이별을 위해 자신들에게 깊은 추억거리를 주기라도 하려는 것 마냥. 사랑을 시작한 후 한 달 동안, 그날 데이지의 입술이 조용히 그의 옷 어깨를 스칠 때나, 혹은 그가 그녀의 손가락 끝을 마치 그녀가 잠든 것처럼 부드럽게 만져 주었을 때보다 더 가까웠던 적도 서로 그토록 깊이 통했던 적도 없었다.

그는 전쟁에서 혁혁한 공을 세웠다. 전방에 가기도 전에 대위가 되었고 아르곤 전투 뒤에는 소령으로 진급하면서 사단 기관총 부대의 지휘관이 되었으니 말이다. 휴전 이후 미친 듯이 고향으로 돌아오려고 했는데 몇 가지가 얽히고 오해가 생기면서 그는 엉뚱하게 옥스퍼드로 가게 되었다. 그때쯤 그는 걱정이 되었다. 데이지가 보내오는 편지에 불안한 실망의 기색이 실려 있었다. 그가 왜 돌아오지 못하는지를 그녀는 이해할 수가 없었다. 그녀는 외부의 압력을 느끼고 있었다. 그녀는 그를 보고 그의 존재를 옆에서 느끼면서 그녀가 옳은 일을 하고 있다는 안심을 얻고 싶었다.

데이지는 어렸고 그녀를 둘러싼 인위적인 세계에는 난초와 기분 좋고 유쾌한 속물근성과, 인생의 슬픔과 암시를 새로운 곡조에 담아 그해의 리듬을 결정하는 오케스트라의 냄새가 향기롭게 풍겼다. 밤새도록 색소폰이 〈비일 스트릿 블루스〉의 희망 없는 넋두리를 절묘하게 불어대는 동안, 백 쌍의 황금빛, 은빛 구두들이 반짝이는 먼지를 이리저리 끌면서 다녔다. 차를 마시는 어둑한 시간엔 늘 이런 낮고 달콤한 열기로 끝없이 고동치는 방들이 있었고, 반면에 슬픈 나팔 소리에 흩어진 장미 꽃잎처럼 바닥을 이리저리 떠다니는 새로운 얼굴들이 있었다.

이런 어스름한 세계를 통과하며 데이지는 계절 따라 움직이기 시작했다. 갑자기 다시금 하루에 대여섯 남자와 대여섯 번 데이트를 하기 시작했고, 어젯밤에 입었던 이브닝드레스에 달린 구슬과 쉬폰이 침대 옆 바닥에서 죽어가고 있는 난초 잎에 걸린 채 새벽에 잠이 들곤 했다. 그러는 내내 그녀의 내면에서는 무언가가 결정을 요구했다. 그녀는 자신의 삶이 사랑이나 돈이나 의심할 수 없는 실용적인 어떤 힘에 의해서 이제는 즉시 어떤 형태를 갖추길 원했다. 그런데 그 힘이 그녀 가까이에 있었다.

그 힘은 봄이 한창일 때 탐 뷰캐넌이 나타나면서 모양을 잡아갔다. 이 사람의 풍채와 그의 지위가 주는 온전한 무게감이 있어서, 데이지는 우쭐했었다. 의심할 바 없이 갈등도 있었고 안도감도 있었다. 옥스퍼드에 있는 동안에 개츠비는 그 편지를 받았다.

*

롱 아일랜드에 새벽이 왔고, 우리는 돌아다니며 아래층의 나머지 창들을 열었고, 집 안은 잿빛과 황금빛으로 변하는 빛으로 가득했다. 이슬을 가로질러 갑자기 어느 나무 그림자가 드리웠고 보이지 않는 새들이 푸른 잎들 사이에서 지저귀기 시작했다. 바람이라고 하기는 어려운 공기가 느리고 유쾌하게 움직여 시원하고 아름다운 날씨를 알려줬다.

"나는 그녀가 그를 사랑한 적이 없다고 생각해요." 개츠비는 창문에서 몸을 돌려 나를 도전적으로 바라보면서 말했다. "꼭 기억해야 해요, 친구. 어제 오후에 그녀는 흥분해 있었소. 그가 그녀에게 겁을 주는 식으로 이야기 했잖소. 나를 싸구려 사기꾼처럼 만들었소. 그래서 그녀는 자기가 무슨 이야기를 하고 있는지도 거의 모를 지경이었으니까."

그는 우울하게 앉았다.

"물론 결혼하고 처음 한순간 정도는 사랑했겠지. 그때조차도 나를 더 많이 사랑했단 말이오. 알겠소?"

갑자기 그는 이상스런 말을 내뱉었다.

"어쨌든, 그건 사적인 문제였어."

이걸 어떻게 받아들일 수 있는가? 판단이 불가능한 그 사건에 대해 그가 지나치게 연연하고 있다고 의심하는 수밖에는.

탐과 데이지가 여전히 신혼 여행길에 있을 때 그는 프랑스에서 돌아왔고 비참하지만 어쩔 수 없이 군에서 받은 마지막 봉급을 가지고서 루이빌로 찾아갔다. 그곳에서 한 일주일간 머물면서 11월 밤에 데이지와 그의 발이 딸가닥 소리를 내며 함께 걸었던 거리를 배회하고 그녀의 흰 차를 몰고 갔던 호젓한 장소들을 다시 찾아보았다. 데이지의 집이 다른 집들보다 항상 더 신비스럽고 즐거운 곳으로 보였듯이 그 도시에 대한 그의 생각 역시 그녀가 그곳에 없음에도 불구하고 우울한 아름다움으로 만연해 있었다.

그는 더 열심히 찾아다니면 그녀를 찾을 수도 있을 거라는 생각을 하면서, 그리고 그가 그녀를 그곳에 남겨두고 떠난 것 같은 생각을 하면서 그곳을 떠났다. 돈이 한 푼도 없어서 어쩔 수 없이 올라 탄 일반객차는 뜨거웠다. 문이 없는 연결통로로 나가서 접는 의자에 앉았다. 역들이 뒤로 미끄러지듯이 사라지고 낯선 건물들의 뒷모습도 지나갔다. 그러고 나서 봄 들판으로 들어섰는데 그곳에서는 커다란 노란 수레가 사람들을 태운 채 그가 타고 있는 일반객차와 경주하듯이 잠시 동안 나란히 달렸다. 그 사람들은 길을 다니다가 창백한 마법 같은 데이지의 얼굴을 한 번쯤은 본 적이 있었을 거다.

철로가 꺾이면서 기차는 이제 태양으로부터 멀어져 갔다. 태양은 낮게 내려앉으면서 그녀가 숨을 쉬었던, 지금은 사라져가는 그 도시 위에 마치 축도를 하듯이 번져가는 것처럼 보였다. 공기 한 조각이라도 잡으려는 듯, 그녀 때문에 아름다웠던 그곳의 향기를 간직하려는 양 그는 결사적으로 손을 뻗었다. 그러나 눈물이 번진 그의 눈에 잡히기엔 너무도 빠르게 그곳은 지나갔다. 이제 그 도시의 가장 신선했고 가장 아름다웠던 부분을 영원히 놓쳐 버렸다는 사실을 그는 알았다.

우리가 아침을 마치고 현관으로 나왔을 때가 9시였다. 밤새 날씨가 급격히 변했고 대기 중엔 가을 향취가 묻어 있었다. 이전에 있던 하인 중 마지막으로 남은 정원사가 계단 아래로 왔다.

"수영장 물을 오늘 빼려고 합니다, 개츠비 씨. 나뭇잎들이 이제 곧 떨어질 겁니다. 그러면 늘 배수관에 문제가 생겨서요."

"오늘은 하지 마시지요." 개츠비가 대답했다. 그는 사과를 하는 듯이 나를 향해서 "친구, 알고 있나? 올 여름 내내 수영장을 한 번도 이용해보지 못했다네."라고 말했다.

나는 손목시계를 들여다보고서 일어섰다.

"기차 시간이 12분밖에 남지를 않아서요."

난 시내로 들어가기가 싫었다. 나는 점잖은 일을 할 가치가 없는 것 같았다. 그러나 그게 다가 아니었다. 난 개츠비의 곁을 떠나기가 싫었다. 그 기차를 놓치고, 다음 기차도 놓치고 나서야 일어설 수가 있었다.

"전화 하겠습니다." 마침내 내가 말했다.

"그러시게, 친구."

"정오쯤 걸지요."

우리는 천천히 계단을 걸어 내려왔다.

"데이지도 전화할 거라 생각되는데." 그는 내가 그 말에 동조해주길 기대하는 듯이 불안하게 나를 보았다.

"그럴 겁니다."

"자, 잘 가게."

악수를 한 후 나는 그곳을 떠났다. 담장에 이르기 전에 나는 무언가를 기억하고 몸을 돌렸다.

"더러운 인간들이에요, 저들은." 나는 잔디를 가로질러 소리를 쳤다. "그 사람들 다 합쳐도 당신만 못합니다."

내가 그 말을 했다는 것이 나는 늘 기뻤다. 처음부터 끝까지 그를 인정하지 않았기 때문에 그것이 그에게 해 준 유일한 칭찬이었다. 처음엔 공손히 고개를 끄덕이더니 우리가 내내 그 사실을 신나게 공모해 온 것처럼 이내 말뜻을 알아들었다는 미소가 환하게 그의 얼굴에 퍼졌다. 그가 입은 우아한 분홍색 양복이 흰 계단을 배경으로 환한 빛깔의 점 같았다. 그러자 3개월 전 그의 고풍스러운 집에 처음 왔던 그날 밤 기억이 났다. 잔디와 차도는 그가 부정한 방법으로 돈을 벌었을 거라고 생각하는 사람들의 얼굴로 북적댔다. 그리고 그는 그의 부패할 수 없는 꿈을 숨긴 채 저 계단 위에 서 있었다. 사람들에게 작별인사로 손을 흔들면서.

나는 그의 호의에 감사했다. 우리는 항상 그 점에 대해 그에게 감사했다. 나와 다른 사람들 모두.

"안녕히 계세요. 아침 잘 먹었습니다, 개츠비." 내가 소리쳤다.

*

뉴욕에 가서는, 나는 엄청난 양의 주식 시세 목록을 적으려고 애쓰다가 회전의자에 앉은 채 잠이 들었다. 정오 직전에 걸려온 전화에 잠이 깼는데 땀이 이마에 갑자기 솟구치면서 깜짝 놀라 눈을 떴다. 조던 베이커였다. 그녀는 종종 이 시간대에 내게 전화를 걸었다. 호텔과 클럽, 집 사이에서 어디에 있을지 알 수 없어서 전화가 아닌 다른 방법으로 그녀에게 연락을 취하기는 어려웠다. 전화선을 타고 오는 그녀의 목소리는 마치 푸른 골프장의 잔디 조각이 내 사무실 창문으로 떠내려 들어오듯이 상쾌하고 시원했다. 그러나 오늘 아침 그녀의 목소리는 거칠고 건조했다.

"데이지의 집에서 나왔어요." 그녀가 말했다. "지금은 헴스테드에 있고요, 오후엔 사우샘프턴으로 내려 갈 거예요."

아마 데이지의 집에서 나온 건 눈치 있는 행동이었겠지만 내 신경에는 거슬렸다. 그리고 그녀가 한 다음 말은 나를 경직되게 만들었다.

"당신, 어젯밤 차 안에서 나에게 친절하지 못했어요."

"그 상황에서 그게 무슨 문제가 된단 말이요?"

잠시간 침묵이 흘렀다. 그러고 나서

"어쨌든, 만나고 싶어요."

"나도 보고 싶소."

"내가 사우샘프턴으로 가지 않고 오후에 시내로 가면?"

"아니—, 오늘 오후는 안 될 것 같아요."

"잘 알았어요."

"오늘 오후는 만날 수가 없어요. 여러 가지—"

우리는 이런 식의 대화를 잠시 주고받다가 갑자기 아무 이야기도 하지 않았다. 우리 중 누가 날카로운 찰칵 소리와 함께 전화를 끊었는지는 모르겠다. 그러나 별로 상관하지 않았다. 다시 그녀와 말을 못하게 된다 한들 그날 찻상을 마주하고 그녀와 노닥거릴 수는 없었다.

잠시 후에 개츠비의 집에 전화를 했는데 통화중이었다. 네 번을 시도한 후 이내 성질이 난 교환수는 디트로이트와 장거리 전화가 연결된 상태라고 말해 주었다. 시간표를 집어 들고서 3시 50분 기차에 작은 동그라미를 쳤다. 그러고는 의자에 몸을 기댄 채 생각을 하려고 했다. 그때가 정오였다.

　　　　　　　　　　　　*

　　그날 아침 기차를 타고 잿더미를 지날 때 나는 일부러 반대편 객석으로 건너갔다. 아이들은 흙속의 검은 자국들을 찾아다니고, 하루 종일 그곳 주변에는 호기심에 찬 군중들이 진을 쳤을 것이다. 그리고 수다스런 사람들은 그 일에 대해 반복해서 말하는 바람에 마침내 그 사건이 자신에게조차 현실이 아닌 것처럼 되어버려서 더 이상 그 사건에 관해서 말하지 않게 될 것이고, 그러면 머틀 윌슨의 비극도 잊히게 될 것이다. 이제 조금 뒤로 돌아가서 전날 밤 우리가 그곳을 떠난 후 그 정비소에서 무슨 일이 일어났는지 말하고 싶다.

　　여동생인 캐서린을 찾느라고 애를 먹었단다. 그녀는 술을 마시지 않는다는 규정을 그날 밤 깬 것이 틀림없었다. 그녀가 그곳에 도착했을 땐 술에 취해 정신이 없었고 구급차가 이미 플러싱으로 가 버렸다는 말을 알아듣지도 못했다. 사람들이 이 사실을 알아듣도록 말했을 때 그녀는 곧 실신했다. 마치 구급차가 떠났다는 사실이 이 사건의 견딜 수 없는 부분이었던 것처럼. 친절해서인지 아니면 호기심에서인지 어떤 사람이 그녀를 자기 차에 태워서 그녀 언니의 시신 뒤를 따라가 주었다.

　　자정이 한참 지날 때까지 조지 윌슨은 안에 있는 소파에서 몸을 앞뒤로 흔들며 있었고, 새로운 구경꾼들이 정비소 앞으로 몰려와 여러 줄로 겹쳐 서 있었다. 한동안 사무실 문이 열려 있었기 때문에 정비소에 들어오는 사람마다 어쩔 수 없이 그곳을 쭉 훑어보았다. 마침내 누군가가 그것은 창피한 일이라고 말하고서는 문을 닫았다. 마이클리스와 여러 남자가 그와 함께 있었다. 처음엔 네댓 명이 나중엔 두셋이. 훨씬 더 늦은 시각엔, 마이클리스가 마지막으로 남은 낯선 이에게 자기 집에 가서 커피 한 주전자를 끓여오는 동안 15분만 더 있어 달라고 부탁해야 했다. 그러고 나서 새벽까지 마이클리스는 윌슨과 함께 단 둘이 그곳에 있었다.

새벽 3시쯤 윌슨의 두서없는 읊조림이 변했다. 점점 조용해졌고 노란색 차에 대해 말하기 시작했다. 그 노란색 차가 누구 소유인지 알아낼 방도가 있다고 말했다. 그러더니 불쑥 한두 달 전쯤 그의 아내가 얼굴에 멍이 들고 코가 부은 상태로 시내에서 돌아온 적이 있다고 말했다.

이 말을 하는 자기 소리를 들었을 때 움찔하더니 '아 세상에!'를 다시 신음하듯이 부르짖기 시작했다. 마이클리스는 서투르나마 그의 주의를 돌려보려고 애를 썼다.

"결혼한 지는 얼마나 되셨어요, 조지? 자 저리로 가서 잠시만 가만히 앉아 대답 좀 해 보세요. 결혼한 지 얼마나 되셨어요?"

"12년."

"애들은 있었나요? 자, 윌슨 가만히 앉아요.—제가 물어 봤잖아요. 애들은 있었나요?"

단단한 갈색 딱정벌레들이 계속해서 전등에 딱 딱 하고 부딪혔다. 자동차가 공기를 가르며 거리를 달리는 소리가 날 때마다 그 소리가 마이클리스에게는 몇 시간 전에 멈추지 않고 내달린 그 차 소리처럼 들렸다. 그는 정비소에 들어가고 싶지 않았다. 작업대 위에 시신이 누웠던 자리가 얼룩져 있었다. 그래서 그는 불편하게 사무실 주변만 왔다 갔다 했다. 아침이 새기 전 그곳에 어떤 물건들이 있는지 훤히 알게 되었다. 그리고 때때로 윌슨 곁에 앉아서 그를 진정시키려 애를 썼다.

"가끔 나가는 교회라도 있나요, 조지? 오랫동안 나가지 않았더라도. 그러면 교회에 전화해서 신부님더러 오셔서 당신과 말씀이라도 나눠달라고 부탁할 수 있을 텐데요."

"교회 같은 데 안다녀."

"이럴 때를 생각해서라도 교회는 다녀야 해요, 조지. 한 번쯤이라도 교회에 나갔을 텐데. 교회에서 결혼하지 않았어요? 잘 들어봐요. 조지, 교회에서 결혼하지 않았나요?"

"오래 전 일인데."

애써 대답을 하느라 앞뒤로 몸을 흔드는 리듬이 깨졌다. 그리고 잠시 동안은 조용했다. 그러자 여전히 반은 아는 것 같고 반쯤은 당황한 그 표정이 그의 흐릿한 눈에 서렸다.

"저기 서랍 안 좀 봐봐." 책상을 손가락으로 가리키며 그가 말했다.

"어떤 서랍이요?"

"저 서랍, 저거."

마이클리스는 손에서 가장 가까운 서랍을 열었다. 그곳엔 비싸 보이는 가죽에다 은으로 가장자리를 두른 작은 개 목 끈밖에 아무것도 없었다. 겉보기엔 새것이었다.

"이거요?" 그것을 들어 보이며 그가 물었다.

윌슨은 쳐다보며 고개를 끄덕였다.

"어제 오후에 그걸 발견했어. 마누라가 그것에 대해 말하려고 했지. 뭔가 수상쩍다는 건 알았는데."

"당신 부인이 이걸 사셨다고요?"

"티슈에 싸서 마누라 화장대에 놨더라고."

마이클리스에겐 이상할 게 없는 것 같았다. 그래서 윌슨 부인이 개 목 끈을 샀을 법한 이유를 열 개도 넘게 말해 주었다. 그러나 그가 다시 '아 세상에!'를 읊조리기 시작한 것을 보면 윌슨은 머틀로부터 이미 같은 설명을 들었었나 보다. 마이클리스가 이리저리 위로한다고 한 말이 소용이 없었다.

"그렇다면 그자가 마누라를 죽였어." 윌슨이 말했다. 그의 입이 갑자기 떡 벌어졌다.

"누가요?"

"찾아낼 길이 있어."

"당신 제 정신이 아니에요, 조지. 긴장이 됐을 거예요. 무슨 말을 하는지도 알지 못하니. 아침까지 진정하고 가만히 앉아 있어 봐요."

"그 자가 마누라를 죽인거야."

"그건 사고였어요, 조지."

윌슨은 고개를 저었다. 눈을 게슴츠레 뜨고 입은 약간 벌어져서 뭔가 희미하게 알고 있는 듯이 "흠!" 소리를 냈다.

"난 알고 있어." 그는 단호히 말했다. "난 사람을 잘 믿는 사람이야,

누구에게든 해를 끼칠 생각도 없어. 하지만 알아야 될 일이 있을 땐 난 그걸 안다고. 차 안에 있던 자야. 마누라가 그자한테 뭔가를 말하려고 달려갔는데 그 자는 차를 세우지 않았어."

마이클리스도 그 장면을 봤다. 그러나 거기에 뭔가 특별한 의미가 있을 거라는 생각은 하지 못했다. 그는 윌슨 부인이 어떤 특정 차량을 세우려고 했다기보다는 남편으로부터 도망가고 있었다고 생각했다.

"어떻게 아주머니가 그럴 수가 있겠어요?"

"마누란 속을 모를 사람이야." 마치 이것이 답이라는 듯이 그가 말했다. "아—"

그는 다시 몸을 앞뒤로 흔들기 시작했고 마이클리스는 개 목 끈을 손으로 꼬면서 서 있었다.

"그래도 내가 전화를 걸어 줄 친구는 있는 거죠, 조지?"

그건 부질없는 바람이었다. 윌슨에게 친구가 하나도 없다는 사실을 마이클리스는 거의 확신하고 있었다. 그는 그의 부인 하나도 감당하기 힘들어 했다. 잠시 후 푸른빛이 창가에서 빠르게 퍼져가면서 방에 변화가 생긴 것을 보고 새벽이 멀지 않다는 것을 알았을 때 그는 기뻤다. 새벽 5시 무렵엔 밖은 불을 꺼도 될 정도로 푸른빛이 돌았다.

윌슨의 불타는 눈이 잿더미를 향했고, 그곳에 작은 회색 구름은 환상적인 모양을 띠고 약한 새벽바람에 이리저리 종종 걸음을 쳤다.

"내가 마누라에게 말했어." 한참을 침묵하더니 윌슨이 말했다. "나를 속일 수는 있어도 하나님을 속일 수는 없다고. 창가로 마누라를 끌고 가서—” 그는 힘들게 일어나서 뒤쪽 창으로 가더니 창에 얼굴을 대고 기대섰다. “당신이 무슨 짓을 했는지 하나님은 다 아신다고도 했지. 당신이 지금까지 해 온 모든 짓들을. 날 속일 수는 있어도 하나님을 속일 수는 없어!”

그의 뒤에 서서, 아침이 밝아 오면서 창백하고 거대한 모습을 막 드러낸 T. J. 에클버그 박사의 눈을 윌슨이 바라보고 있는 것을 보고 마이클리스는 충격을 받았다.

“하나님은 모든 걸 보고 계셔.” 윌슨이 거듭해서 말했다.

“저건 광고판이에요.” 마이클리스가 그를 안심시켰다.

무엇 때문에 마이클리스는 창에서 몸을 돌려 방 안을 돌아보았다. 그러나 윌슨은 얼굴을 창틀에 가까이 댄 채 여명을 향해 고개를 끄덕이며 그곳에 오랫동안 서 있었다.

*

마이클리스는 이미 지쳐 있었기 때문에 새벽 6시쯤 밖에서 들려오는 차 세우는 소리가 고마웠다. 전날 밤 구경꾼들 중에서 다시 오마고 약속했던 사람이다. 그래서 세 사람분 아침을 준비했고, 그것을 다시 와 준 그 사람과 둘이서 먹었다. 윌슨이 지금은 좀 조용해져서 마이클리스는 잠을 자러 집으로 갔다. 4시간 후에 일어나서 정비소로 다시 서둘러 가 봤더니 윌슨은 사라지고 없었다.

내내 걸어 다녔던 그의 동선은 나중에 루즈벨트 항구로 갔던 것으로 추적됐고 그 다음엔 개즈 힐로 나 있었다. 그곳에서 샌드위치와 커피를 샀으나 샌드위치는 먹지 않았다. 정오나 되어서 개즈 힐에 닿은 것을 보면 피곤해서 천천히 걸었던 것 같다. 여기까지는 그가 시간을 어떻게 보냈는지 설명하는 데 별 어려움이 없었다. '조금 돈 것처럼 행동하는 남자'를 봤다는 아이들도 있고, 길옆에서 그가 이상하게 쳐다봤다는 운전자들도 있었다. 그러고 나서 3시간 동안 그는 감쪽같이 사라졌다. 경찰은 마이클리스에게 '찾아낼 방도가 있다'고 한 그의 말에 근거해서 노란색 차에 대해 물어 보면서 정비소마다 누비고 다녔을 거라고 추정했다. 그런데 그를 봤다는 정비공은 나타나지 않았다. 아마도 자기가 알고 싶어 하는 것을 찾을 수 있는 좀 더 쉽고 확실한 방법이 있었나 보다. 2시 반쯤 그는 웨스트에그에 있었고 그곳에서 개츠비의 집으로 가는 길을 누군가에게 물었다. 그러니 그때엔 이미 개츠비의 이름을 알고 있었던 것이다.

*

2시에 개츠비는 수영복으로 갈아입고, 수영장에 있을 테니 전화가 오면 알려달라는 말을 남겼다. 차고에 들려 공기 매트리스를 들고 나왔다. 그 공기 매트리스는 여름 내내 그의 손님들을 즐겁게 해 주었던 것이다. 운전사가 공기를 주입하는 것을 도와주었다. 그리고 무슨 일이 있어도 오픈카를 밖으로 끌고 나가지 말라는 지시를 내렸다. 이상했던 게 앞 오른쪽 펜더는 수리를 해야 할 상황이었다.

개츠비는 매트리스를 어깨에 메고 수영장으로 갔다. 한번 멈추더니 매트리스를 조금 움직였다. 운전수가 도와 드리느냐고 물었으나 그는 고개를 저었고 이내 곧 노랗게 물들어가는 나무들 사이로 사라졌다.

전화 메시지는 오지 않았다. 집사는 잠도 자지 않고 4시까지 전화가 오길 기다렸다. 전화 메시지가 오더라도 그것을 전달 받을 사람이 없어진 지 한참 후까지. 개츠비 자신도 전화 같은 것이 올 거라고는 믿지 않았다고 생각한다. 아마도 더 이상 관심을 두지 않았을 거다. 그리고 그것이 사실이라면 그는 옛날의 그 따뜻했던 세상을 잃어버렸고, 하나의 꿈을 갖고 너무 오래 살아 온 대가를 톡톡히 치렀다고 생각했을 거다. 간담을 서늘케 하는 나뭇잎 사이로 낯선 하늘을 바라보고 장미가 얼마나 기괴한 것인지, 그리고 아직 채 자라지도 않은 잔디 위에 내리쬐는 햇빛이 얼마나 생경한 것인지를 깨닫고는 몸을 떨었을 것이다. 실체는 없으면서 물질적인 새로운 세계, 가난한 영혼들이 꿈을 공기처럼 숨 쉬는 그 세계가 우연히 그에게로 떠내려 왔다…… 형체를 알 수 없는 나무 사이를 뚫고 그에게 미끄러지듯 다가오는 재로 된 환영의 인물처럼.

운전수가 총 소리를 들었다. 그는 울프심의 부하 중 하나였다. 그 이후 그는 총소리에 대해 별다른 생각을 하지 않았노라고만 말을 했다. 나는 역에서 곧장 개츠비의 집으로 달려갔고 걱정스럽게 앞 계단을 서둘러 올라가는 나의 모습에 사람들은 처음으로 놀랐다. 그러나 그때 그들은 이미 다 알고 있었다고 나는 확신한다. 운전사, 집사, 정원사 그리고 나 이렇게 우리 네 명은 거의 말 한마디도 하지 않은 채 수영장으로 서둘러 갔다.

한쪽 끝에서 맑은 물이 나와서 반대 편 배수구 쪽으로 빨려가면서 생기는 물의 움직임이 있었는데 거의 알아차릴 수 없이 희미했다. 물결이라고도 할 수 없는 자잘한 작은 물결 때문에 개츠비를 받치고 있는 매트리스는 불규칙하게 수영장 아래로 움직이고 있었다. 물결조차 일으킬 수 없는 작은 바람인데도 예상치 못한 짐을 실은 매트리스가 이리저리 움직여가는 것을 방해하기엔 충분했다. 덩어리진 나뭇잎이 와 닿자 매트리스는 천천히 뺑뺑이를 돌았다. 마치 컴퍼스의 다리처럼 가느다랗고 붉은 원을 물에 그리면서.

개츠비의 시신을 들고 집으로 향한 후에야 정원사가 조금 떨어진 잔디 위에서 윌슨의 시신을 발견했다. 대학살은 끝이 났다.

제 9 장

2년이 지난 지금도 나는 그날 나머지 시간들, 그날 밤, 그 다음 날을 사진기자들과 신문기자와 경찰이 끊임없이 개츠비의 집 앞문을 들락거렸던 것으로만 기억한다. 정문을 가로질러 줄이 쳐 졌고, 그 옆에서 경찰관이 궁금해하는 사람들을 들어오지 못하게 막았다. 그러나 아이들은 이내 우리 집 마당을 통해 들어갈 수 있다는 것을 알아냈다. 그래서 수영장 주변에는 입을 다물지 못한 채 무리 지어 있는 아이들이 있었다. 태도가 당당한 탐정 같은 어떤 사람이 그날 오후 몸을 굽혀 윌슨의 시신을 내려다보면서 '미친 사람'이라는 표현을 썼는데 그의 목소리가 우연히도 권위 있게 들리는 바람에 그 표현이 다음날 아침 신문기사의 실마리가 되었다.

대부분의 기사는 악몽 같은 것들이었다. 기괴하고, 추정적이고, 열정적이었고 그리고 진실이 아니었다. 마이클리스의 증언으로 윌슨이 자기 아내를 의심하고 있었다는 사실이 드러났을 때 사건 전체가 이내 외설스런 풍자거리가 되겠구나 하는 생각이 들었다. 그러나 무슨 말이든 했었을 성 싶은 캐서린은 한마디도 입 밖에 내지 않았다. 그 사건에 있어선 꽤 놀랄만한 성품을 보여줬다. 다시 고쳐 그린 눈썹 아래의 단호한 눈으로 검시관을 쳐다보고선 자기 언니가 개츠비라는 사람을 본 적이 없다고, 자기 남편과 더 할 나위 없이 행복했고 불행했던 적은 없었다고 진술을 했다. 자기 스스로가 설득당해서, 마치 그랬을 거라는 추측조차도 견딜 수 없다는 듯이 손수건을 대고 울었다. 그래서 이 사건을 가장 단순하게 만들기 위해 윌슨은 '슬픔으로 정신이 이상해진 사람'으로 축소되었다. 그리고 거기서 이 사건은 마무리 되었다.

그러나 그 사건의 이 부분은 모두 낯설고 비본질적인 것처럼 보였다. 내가 개츠비 편을 들고 있다는 것을 알게 되었다. 그것도 혼자서만. 이 엄청난 재난을 웨스트에그에 전화로 알린 순간부터 개츠비에 대한 온갖 추측과 모든 실질적인 질문이 내게로 쏟아졌다. 처음엔 놀랍고 혼란스러웠다. 그러나 자기 집에서 움직이지도 않고 숨을 쉬거나 말을 하지도 않은 채 몇 시간이고 누워있는 개츠비를 보면서 내가 감당해야 할 일이라는 생각이 들었다. 왜냐면 아무도 관심이 없었으니까—모든 사람들이 결국에는 모호한 권리를 주장하게 되는 그 강렬한 개인적 관심도 없었다.

개츠비를 발견하고 30분 후에 나는 데이지에게 전화를 했다. 본능적으로 그리고 망설이지 않고 전화를 했다. 그러나 데이지와 탐은 그날 오후 일찍 짐을 싸 가지고 어디론가 가버렸단다.

"주소 남긴 것은요?"

"없어요."

"언제 돌아온다는 말은?"

"없었어요."

"어디에 있는지 혹시 아시나요? 어떻게 연락할 수 있지요?"

"모릅니다. 말씀 드릴 수가 없어요."

난 개츠비를 위해 누군가를 불러오고 싶었다. 그가 누워있는 방으로 가서 안심을 시키고 싶었다. "사람을 불러 올게요, 개츠비. 걱정하지 마세요. 날 믿어요. 당신을 위해 슬퍼할 사람을 불러 올테니—"

마이어 울프심의 이름은 전화번호부에 없었다. 브로드웨이에 있는 그의 사무실 주소를 집사가 알려줬다. 안내센터에 전화를 했지만 전화번호를 알아냈을 때는 이미 5시가 훌쩍 넘은 시간이어서 받는 사람이 없었다.

"다시 전화해 보실래요?"

"벌써 세 번이나 했어요."

"매우 중요한 일이랍니다."

"죄송하지만, 아무도 안 계시는 것 같아요."

거실로 돌아가서 나는 이곳을 순식간에 채웠던 공적인 사람들, 그들이 모두 뜨내기들이었다는 생각을 잠시 했다. 그러나 그들이 천을 들춰내고 놀란 눈으로 개츠비를 본 다 할지라도, 개츠비의 항변은 여전히 내 머리 속에서 울렸다.

"이보게, 친구. 사람들 좀 불러 줘. 애를 좀 써 보게나. 나 혼자서는 견딜 수가 없어."

누군가가 내게 질문을 하기 시작했다. 그러나 나는 그것을 뿌리치고 이층으로 올라가서 개츠비의 책상 중 잠겨있지 않은 곳을 급하게 훑어 봤다. 자기 부모가 돌아가셨다는 이야기를 한 적이 없었다. 그러나 아무것도 없었다. 잊혀진 폭력의 상징인 댄 코디의 사진이 벽에서 내려다보는 것 말고는.

다음날 아침, 울프심에게 보내는 편지를 집사에게 들려서 뉴욕으로 보냈다. 다음 기차로 내려오라는 재촉 편지였다. 편지를 쓰면서 그런 요구를 하는 것이 괜한 짓으로 보였다. 오전 중으로 데이지에게 전보가 오리라고 확신했던 것처럼 그도 신문을 보자마자 출발했을 거라고 확신했다. 그러나 전보도 울프심도 오지 않았다. 경찰, 사진기자, 신문기자들만 더 왔을 뿐 아무도 오지 않았다. 집사가 울프심의 답을 전해 왔을 때 내 안에 그들 모두에게 맞서는 나와 개츠비만의 유대감 그리고 반항심이 일어났다.

친애하는 캐러웨이 씨. 내 생애 가장 끔찍한 일이라 이게 사실이라고 믿기가 어렵소. 그 작자가 저지른 그 미친 짓이 우리로 하여금 생각을 하게 만드는군요. 지금은 매우 급한 일에 매여 있어서 내려 갈 수가 없어요. 그리고 지금 이 시점에 그런 복잡한 일에 얽힐 수가 없는 형편이랍니다. 시간이 조금 흐르고 나서 내가 도울 일이 있으면 에드거 편으로 알려주시오. 그 사건에 대해 들은 지금 나도 어디가 어딘지 갈피를 못 잡고 정신이 완전히 나가 있다오.

마이어 울프심

그리곤 급하게 쓴 글이 밑에 추가되어 있었다.

장례식에 대해 알려주시오. 그리고 개츠비 가족에 대해서는 아는 바가 없소이다.

그날 오후 전화벨이 울리고 장거리 전화가 시카고에서 왔다고 했을 때 나는 마침내 데이지로군 하고 생각했었다. 그러나 전화를 건 사람은 남자였고, 가느다란 목소리가 멀리서 들려왔다.

"전 슬레이글이라는 사람입니다……"

"그런데요?" 이름이 낯설었다.

"끔찍한 소식이오, 그렇잖습니까? 제 전보는 받으셨는지요?"

"전보 온 거 없었습니다."

"파크 녀석에게 문제가 생겼어요." 그가 재빨리 말했다. "거래소에서 채권을 건넬 때 잡혔어요. 바로 5분 전에 채권 번호를 알려주는 회람장을 그들이 뉴욕에서 받은 거였어요. 뭐 아시는 것 없어요? 이런 촌구석에선 알 길이 없어서—"

"여보세요!" 내가 숨이 차서 그의 말을 끊었다. "이보시오—난 개츠비 씨가 아닙니다. 개츠비 씨는 죽었어요."

전화선 저쪽으로부터 긴 침묵이 흘렀고 이내 놀란 탄식 소리가 났다…… 그러자 전화연결이 끊어지는 짧은 기계음이 들렸다.

*

미네소타 주에서 헨리 C. 개츠라는 이름이 적힌 전보가 온 것은 개츠비가 죽은 지 3일째 되던 날이었던 걸로 기억한다. 발신인이 지금 곧 떠나니까 장례를 그가 도착할 때까지 미뤄달라는 말만 적혀 있었다.

개츠비의 아버지였다. 따뜻한 9월에 값싼 긴 얼스터 외투를 두르고 있는 무력하고 당황스러워하는 근엄한 노인이었다. 흥분으로 인해 그분의 눈에서 자꾸 눈물이 흘렀다. 손에서 가방과 우산을 받아 들었을 때 쉬지 않고 성긴 턱 수염을 쓸어내리는 바람에 겉옷을 벗기는 데 혼이 났었다. 쓰러질 정도로 피곤해 보여서 음악실로 모시고 가서 먹을 것을 내오는 동안 앉아 있도록 해드렸다. 아무것도 드시려 하지 않았고 손이 떨리는 바람에 그만 우유를 쏟고 말았다.

"시카고 신문에서 봤어요." 그분이 말했다. "일간지마다 났더군. 곧장 출발했지."

"어떻게 연락을 드려야 할지를 몰랐습니다."

그의 눈은 아무것도 보지 않으면서도 끊임없이 방안을 두리번거렸다.

"미친놈이었어." 그분이 말했다. "미친놈이 아니고서야, 어디."

"커피 좀 드릴까요?" 내가 권했다.

"아니, 아무것도 마시고 싶지 않아요. 난 괜찮아요, 누구―"

"캐러웨이입니다."

"그래, 난 괜찮소. 지미는 어디에 두었나?"

그분을 거실로 모시고 갔다. 아들이 누워있는 그 방에 그분을 남겨두고 나왔다. 아이들이 계단으로 올라와서 현관을 들여다보고 있었다. 누가 왔는지 말해주자 아이들은 마지못해 갔다.

조금 있다가 개츠 씨가 문을 열고 나왔는데 입은 벌린 채 얼굴은 약간 상기되어서 눈에선 띄엄띄엄 성긴 눈물들이 흐르고 있었다. 죽음이 뭐 그다지 크게 놀랍지만은 않은 연세였다. 그리고 이곳에 들어 온 후 처음으로 주변을 둘러보고 높고 휘황한 현관과 현관에서부터 다른 방으로 연결되면서 문이 또 열리는 커다란 방들을 보았을 때 그의 슬픔은 놀라운 자부심과 섞이기 시작했다. 위층 침실로 모셨다. 겉옷과 조끼를 벗는 동안 모든 절차를 도착하실 때까지 미뤄 놨다고 말씀드렸다.

"무엇을 원하실지 몰라서요, 개츠비 씨."

"내 이름은 개츠요."

"─개츠 씨. 아드님 시신을 고향으로 데려가기를 원하실 수도 있을 거라 생각했습니다."

그는 고개를 저었다.

"지미는 늘 이곳 동부를 더 좋아했소. 이만한 자리에 오른 것도 이곳에서니까. 내 아들 친구셨소?"

"절친한 사이였습니다."

"장래가 아주 큰 녀석이었는데 말이오. 젊기는 했지만 여기 머리가 여간 좋은 게 아니었거든."

그분이 당당히 자기 머리를 만졌고, 나는 고개를 끄덕였다.

"그 녀석이 살았다면 큰 인물이 됐을 텐데. 제임스 J. 힐과 같은 인물 말이오. 이 나라를 세워가는 데 한몫했을 거요."

"맞습니다."고 말했지만 좀 불편했다.

수가 놓인 침대 덮개를 벗겨 내려고 만지작거리다가 편치 않게 몸을 누이더니 이내 잠이 드셨다.

그날 밤 놀란 기색이 분명한 어떤 사람이 전화를 걸어 왔다. 그는 자기 이름을 대기 전에 내가 누구인지를 물었다.

"전 캐러웨이입니다."

"아!" 그의 목소리는 안심한 듯이 들렸다. "난 클립스프링어요."

나도 안심이 되었다. 개츠비의 장례식에 참석할 사람이 한 명 더 확보된 것 같아서. 그의 부고가 신문에 나서 어중이떠중이 구경하러 모여드는 게 싫어서 올만한 사람들 몇 명에게 직접 전화로 알리고 있는 중이었다. 그 사람들을 찾아내는 것이 쉽지 않았다.

"장례가 내일입니다. 3시에 이곳 자택에서 있습니다. 올 만한 분들에게 연락을 좀 해주시면 좋겠는데요."

"아, 그러죠." 그가 서둘러 말을 끊었다. "뭐 찾아볼 수 있을 것 같지는 않지만, 찾는다면 연락하죠."

그의 말투가 석연치 않았다.

"선생께서는 물론 참석하시겠죠."

"글쎄, 그러도록 할 텐데. 전화를 건 용건은—"

"잠깐," 내가 끼어들었다. "오신다고 하시는 거죠?"

"글쎄, 그게 실은—여기 그린위치에서 내가 지금 몇 사람과 함께 지내고 있는데 그 사람들이 내일 내가 같이 있어주길 바래서요. 야유회가 뭔가가 있어서. 물론 빠져 나오도록 애를 써보긴 할 건데."

나는 참지 못하고 '허!' 하고 탄성을 질렀다. 내 목소리를 들은 게 틀림없었다. 그의 목소리가 조금 떨리기 시작했다.

"그곳에 놓고 온 신발 때문에 전화했소. 집사를 통해 좀 가져다 달라면 너무 폐를 끼치는 게 될까? 테니스 운동화인데 그게 없으면 내가 꼼짝을 할 수가 없어서. 주소가 B. F.—"

나는 나머지 주소를 마저 듣지 못했다. 전화를 끊어 버렸으니까.

그 일이 있고 난 후에 난 개츠비가 부끄러웠다. 내가 전화를 넣었던 어떤 남자가 당연히 올 게 왔다는 식으로 말을 했다. 어쨌든 그건 내 실수였던 것이 그 남자는 개츠비의 술을 마시고 그 술의 힘을 빌어서 개츠비를 가장 심하게 비아냥거렸던 사람이었다. 그런 사람에게 전화를 거는 게 아니었다.

장례식 날 오전에 나는 마이어 울프심을 만나러 뉴욕으로 올라갔다. 그에게 연락을 취할 다른 방도가 없었다. 승강기 사환 아이의 말대로 내가 열고 들어간 문에는 '스와스티카 지주 회사'라는 글씨가 새겨져 있었다. 처음엔 안에 아무도 없는 것 같아 보였다. '여보세요'를 몇 번 부르고 나서야 칸막이 너머에서 말다툼을 하는 것 같은 소리가 새어 나왔고 이내 아름답게 생긴 유대인 여자가 안쪽 문에서 나와 적대적인 검은 눈으로 나를 찬찬히 뜯어보았다.

"아무도 없어요. 울프심 씨는 시카고에 가셨어요."

아무도 없다는 말은 거짓말이 틀림없는 것이 안쪽에서 누군가가 휘파람으로 〈로자리오〉를 단조롭게 불기 시작했다.

"캐러웨이가 좀 뵙자고 전해 주세요."

"시카고에서 데리고 올 수는 없는 노릇 아니에요?"

이때 틀림없는 울프심의 목소리가 문 저쪽에서 '스텔라!'를 부르는 소리가 들렸다.

"책상에다 이름 남겨 놓으세요. 돌아오면 전할 테니까."

"이곳에 계시잖아요."

그녀는 내 쪽으로 한 걸음 다가오더니 화가 난다는 듯 손으로 자기 엉덩이를 위아래로 쓸어내리기 시작했다.

"당신 같은 젊은 것들은 언제든지 이곳으로 밀고 들어올 수 있다고 생각하지." 그녀가 호통을 쳤다. "진절머리가 난다고. 내가 시카고에 있다면 시카고에 있는 거야."

나는 개츠비의 이름을 말했다.

"아—!" 그녀는 나를 다시 한 번 훑어보더니 "그러면— 이름이 뭐라고 했죠?"

그녀가 들어갔다. 잠시 후에 마이어 울프심이 두 손을 내밀고서 문간에 근엄하게 서 있었다. 나를 사무실 안으로 끌고 들어가서는 경건한 목소리로 우리 모두에게 슬픈 시간이라고 말했다. 그리곤 내게 여송연 한 대를 권했다.

"우리가 처음 만났던 때가 생각나는군. 전쟁에서 받은 훈장으로 주렁주렁 치장을 한, 갓 제대한 소령이었지. 돈이 없어서 사복을 살 수가 없었어. 그래서 제복만 입고 다녔어. 43번가에 있는 와인브레너 당구장에 들어와서 일자리 좀 없냐고 물어 볼 때 처음 봤네. 이틀 동안 아무것도 먹질 못했다고 했어. "이리 와서 같이 좀 먹지"라고 했더니 30분 만에 4불어치나 먹어 치우더군."

"사업에 발을 들이게 한 사람이 당신이었나요?"

"발을 들여놓게 했냐고! 내가 그를 만들었다네."

"아."

"아무것도 아닌 그를, 그야말로 시궁창에서 건져낸 거였어. 잘 생기고 신사다운 풍모가 있는 젊은이라는 걸 단번에 알아 봤어. 옥스퍼드에 다녔다고 말했을 때 이용 가치가 충분하다는 것을 알았어. 미국 재향군인회에 가입시켰고 그는 그곳에서 늘 잘했었어. 얼마 지나지 않아 올버니에서 내 고객을 위해 일을 해 줬고. 우린 모든 일에 찰떡궁합이었네." 그는 손가락 두 개를 꼬아 보였다. "항상 같이 있었어."

둘이 동업을 하면서 1919년 월드 시리즈 뒷거래도 같이 했었나 궁금했었다.

"그가 죽었어요." 잠시 후에 내가 말했다. "당신의 가장 절친한 친구니 오후에 있는 장례식에 오셔야죠."

"나도 가고야 싶지."

"그럼 오시면 되잖아요."

그의 코털이 조금 흔들리더니 고개를 흔드는데 눈에 눈물이 그득했다.

"그럴 수가 없네. 휘말릴 수가 없어."

"휘말리고 말고 할 것도 없어요. 다 끝났으니까요."

"누군가 피살당했을 땐 난 절대로 얽혀들고 싶지 않네. 멀찌감치 떨어져 있지. 젊었을 땐 달랐어. 친구가 죽으면, 어쨌거나 끝까지 들러붙어 있었소. 감상적이라 생각할지 몰라도 난 진심이라네―쓸쓸

한 최후까지."

그 나름의 논리에 따라 오지 않으리라는 결심이 섰다는 것을 알았다. 난 자리에서 일어섰다.

"대학에 다녔나?" 그가 갑자기 물었다.

잠시 동안 나는 그가 '연줄'을 대 주려나보다고 생각했지만 그는 그저 고개를 끄덕이더니 악수를 했다.

"친구가 살아 있을 때 우정을 표하는 방법을 배우자고, 죽은 뒤가 아니라," 그가 넌지시 말했다. "죽은 후에는 그냥 내버려 두자는 게 내 원칙일세."

그의 사무실에서 나왔을 때 하늘이 어두워졌다. 나는 부슬비를 맞으며 웨스트에그로 돌아왔다. 옷을 갈아입고 옆집으로 갔더니 개츠 씨가 흥분해서 현관을 왔다 갔다 하고 있었다. 그의 아들과 아들이 이뤄 놓은 재산에 대한 자부심이 점점 더 커져만 갔다. 지금은 내게 무언가를 보여주려고 했다.

"지미가 이 사진을 보내 왔었소." 떨리는 손으로 지갑에서 사진 한 장을 뺐다. "이걸 보시오."

이 집의 사진이었다. 모퉁이마다 금이 가 있고 손을 타 더러운 모습이었다. 시시콜콜히 여기저기를 손으로 가리켰다. "여길 봐요!" 그리곤 내 눈에서도 감탄의 기미를 보고 싶어 했다. 그 사진을 너무 자주 보여 주는 바람에 개츠 씨에겐 이 집보다는 그 사진이 더 현실이 아닌가 싶을 정도였다.

"지미가 내게 보냈소. 정말 잘 찍은 사진이야. 잘 나왔어."

"그러네요. 최근에 아드님을 보신 적이 있으신가요?"

"2년 전에 날 보러 내려와서는 지금 살고 있는 집을 사줬어. 그 아이가 집에서 도망칠 때 우린 한 푼 없는 빈털터리였지. 집을 나간 데에는 나름 이유가 있었다는 것을 이제는 알아. 그 아인 자기 장래가 밝다는 것을 알고 있었던 거야. 성공한 후로는 우리에게 넉넉하게 굴었다네."

사진을 집어넣기가 싫은 모양이었다. 망설이듯이 내 눈 앞에서 그 사진을 조금 더 들고 계셨다. 지갑을 제 자리에 놓더니 주머니에서 《호펄롱 캐시디》라는 오래 된 낡은 책 한 권을 꺼냈다.

"이걸 봐요. 그 애가 어렸을 때 갖고 있던 책인데 이걸 보면 알 수 있을 거야."

뒤표지를 펴더니 내가 볼 수 있도록 책을 돌려 들었다. 마지막 쪽에 일정표라고 적힌 것이 있었고 1906. 9. 12. 라는 날짜도 적혀 있었다. 그리고 그 아래에는

기상	·············· 오전 6. 00
아령 들기와 벽 타기	·············· 오전 6. 15 — 6. 30
전기 공부와 기타	·············· 오전 7. 15 — 8. 15
일	·············· 오전 8. 30 — 오후 4. 30
야구와 스포츠	·············· 오후 4. 30 — 5. 00
웅변 연습과 자세 연습	·············· 오후 5. 00 — 6. 00
발명 공부	·············· 오후 7. 00 — 9. 00

결단

세프터스나 [읽을 수 없는 이름]에서 시간 낭비하지 말 것.

담배나 씹는담배를 삼갈 것.

이틀에 한 번씩 목욕하기

매주 유익한 책이나 잡지 한 권씩 읽기

매주 5달러씩 [X 표가 쳐져 있다] 3달러씩 저금하기

부모님께 더 잘해드리기

"우연히 이 책을 보게 됐소. 이것만 봐도 알겠지요?"

"네, 그러네요."

"지미는 성공할 수밖에 없었던 아이요. 항상 이렇게 뭔가를 결심하곤 했지. 소양을 키우기 위해 뭘 했는지 아시겠죠? 늘 대단했소. 한 번은 나더러 돼지같이 먹는다기에 때려 준 적이 있소."

그분은 책을 덮지 못하고 있었다. 항목 하나하나를 소리 내어 읽고선 나를 간절한 눈빛으로 바라보았다. 그 목록을 적어서 나도 그대로 따라 하기를 바라는 것 같았다.

오후 3시가 조금 못 되서 루터파 교회의 목사 한 분이 플러싱에서 오셨고, 나는 다른 차들이 오지 않았나 보려고 마지못해 창밖을 내다봤다. 개츠비의 아버지도 창밖을 내다봤다. 시간이 지나고 하인들이 들어와 현관에 서서 기다리자 개츠 씨의 눈이 불안하게 깜박거렸다. 그러고는 걱정스럽게 비 얘기를 했는데 알아들을 수가 없었다.

목사가 여러 차례 손목시계를 들여다보기에, 나는 목사를 옆으로 데리고 가서 30분만 더 기다려 달라고 부탁했다. 그러나 소용이 없었다. 아무도 오지 않았다.

*

오후 5시쯤 3대의 차 행렬이 비가 부슬부슬 내리는 가운데 묘지에 도착해서 정문 옆에 멈춰 섰다. 맨 앞은 끔찍할 정도로 비에 젖은 검은색 영구차고, 그 다음엔 개츠 씨와 목사와 내가 탄 리무진이었고, 개츠비의 스테이션 왜건에 하인 네댓 명과 웨스트에그에서 오는 배달부가 타고 조금 뒤에서 따라왔다. 모두들 흠뻑 젖었다. 정문을 지나서 묘지 안으로 들어갈 때 나는 차 한 대가 와 서고 누군가가 물에 흠뻑 젖은 바닥을 철벅거리며 오는 소리를 들었다. 돌아보았더니 석 달 전에 개츠비 집의 서재에서 놀란 모습을 보인 부엉이 눈 같은 안경을 쓴 그 사람이었다.

그 이후로는 그를 보지 못했다. 나는 그 사람이 장례에 대해서 어떻게 알았는지 알 수 없었고, 그의 이름조차도 알지 못했다. 비가 그의 두꺼운 안경으로 쏟아 내렸다. 개츠비 묘에 비를 가려주던 캔버스 천이 벗겨지는 것을 보기 위해서 그는 안경을 벗어 닦았다.

나는 개츠비에 대해 잠시 생각하려고 했지만 그는 이미 너무 멀리 있었고, 나는 그를 생각할 때마다 데이지가 메시지도 조화도 하나 보내지 않았다는 것에 분한 마음이 들었다. 누군가가 "비를 맞는 망자는 복이 있나니"라고 중얼거리는 소리가 희미하게 들렸다. 그러자 그 소리에 올빼미 안경을 쓴 남자가 "그 말에 아멘이오"라고 씩씩한 소리로 말했다.

우리는 서둘러 비를 뚫고 그곳을 벗어나 차로 내려왔다. 올빼미 눈을 한 남자가 정문 옆에서 내게 말했다.

"나는 집으로는 갈 수가 없었소."

"집으로 올 수 있는 사람이 아무도 없었어요."

"그래요! 아니, 세상에! 그곳에 들락거린 사람만도 수백 명이었는데."

그는 안경을 벗어서 안쪽과 바깥쪽을 다 닦아 내렸다.

"가엾은 놈 같으니라고."

*

내게 가장 생생한 기억은 크리스마스 때 고등학교나 대학교에서 다시 서부로 돌아오는 기억이었다. 시카고보다 더 먼 곳으로 가는 아이들은 12월의 어느 날 저녁 6시에 낡고 어두침침한 유니온 역에서 벌써부터 휴일의 즐거움에 사로잡힌 시카고에 사는 몇몇 친구들과 어울려서 그들에게 급한 작별을 고했다. 이런 저런 여학교에서 돌아오는 여학생들의 털 코트와 재잘거릴 때마다 나오는 하얀 입김과 아는 사람을 만날 때마다 머리 위로 흔들어대는 손, 그리고 서로 초대하고 초대받은 것을 확인하던 모습들이 기억난다. "오드웨이네로 갈 거니? 허시네로? 슐츠네야?" 그리고 장갑 낀 손에 꼭 쥐인 긴 녹색 티켓이 기억난다. 그리고 마지막으로 시카고와 밀워키, 그리고 세인트

폴 철도의 우중충한 노란색 열차들이 역 정문 옆 철로 위에서 크리스마스처럼 유쾌해 보이던 모습이 기억난다.

우리가 역을 벗어나 겨울밤 안으로 끌려들어갈 때, 그리고 진짜 눈이 우리 옆으로 지나가며 유리창에 비쳐 반짝이기 시작할 때, 작은 위스콘신 역의 침침한 불빛들이 지나쳐 갈 때, 날카롭고 거친 기운이 공기 속으로 갑자기 밀려왔다. 저녁을 먹고서 차가운 기차 연결 통로를 지나 다시 돌아왔을 때, 숨을 깊게 들이쉬면서 우리가 눈 속으로 하나로 녹아들기 전 묘하게 한 시간 동안 우리의 정체성이 이 지방과 하나가 되는 것을 말할 수 없이 느꼈다.

그곳이 나의 중서부다. 대초원이나 밀밭이나 지금은 사라져버린 스웨덴 사람들의 마을이 아니라, 흥분이 넘치는 내 젊은 시절의 귀향 기차와 거리의 등과 서리가 내리는 어둠 속에서 울리는 썰매의 벨소리와 창의 불빛이 눈밭 위로 비쳐주는 호랑가시나무 화환의 그림자가 바로 나의 중서부인 것이다. 나는 그곳의 일부였다. 그 긴 겨울에 대한 감상으로 조금은 장엄해지고, 주민들이 수십 년 동안 여전히 가문의 이름으로 불리는 한 도시에서 캐러웨이 가문에서 자라났다는 만족감 같은 것을 느꼈다. 이제는 그것이 결국은 서부의 이야기였다는 것을 알게 됐다. 탐과 개츠비, 데이지와 조던과 나는 모두 서부 출신들이었고 아마도 우리는 똑같이 뭔가가 결핍되어 있고 그래서 우리는 뭔지 모르게 동부의 삶에 적응을 못하고 있는 것이었다.

어린아이와 노인만 제외하고 누구에게든 끊이지 않는 호기심으로 질문을 해대고, 오하이오 주 너머로 지루하게 사방으로 뻗쳐서 통통 부풀어 있는 그 도시들보다 동부가 더 우월하다는 것을 뼈에 사무치게 알고 있을 때조차도, 동부가 나를 가장 흥분시켰을 때조차도, 그럴 때조차도 동부는 항상 내겐 어딘가 뒤틀려있는 것 같았다. 특히 웨스트에그는 내가 이상한 꿈을 꿀 때면 아직도 그 꿈속에 등장한다. 웨스트에그는 엘 그레코가 그린 밤 풍경처럼 보인다. 상투적이면서 기괴한 수많은 집들이 빛을 잃은 달과 칙칙하게 걸려있는 하늘 아래에 웅크리고 있는 모습으로. 앞쪽으론, 야회복을 입은 4명의 엄숙한 남자들이 흰 이브닝드레스를 입고 있는 여자가 술에 취해 들것에 축 늘어져 누워있는 것을 들고서 보도를 따라 걷고 있다. 보석 낀 그녀의 손은 들것 옆으로 빠져나와 덜렁거리며 차갑게 빛이 난다. 남자들은 엄숙하게 어느 집 안으로 들어갔는데, 집을 잘못 찾았다. 그러나 여자의 이름을 아는 사람이 하나도 없었고, 아무도 그것을 개의치 않았다.

개츠비가 죽은 후에 동부는 내 눈으로는 그 잘못된 것을 바로 잡을 수 없을 정도로 뒤틀린 그 꿈처럼 나를 괴롭혔고, 그래서 바싹 마른 잎들의 푸른 연기가 바람에 나부끼고 줄에 널린 빨래가 차가운 바람에 뽀드득해질 때 나는 고향으로 돌아가기로 마음먹었다.

떠나기 전에 내가 해결해 놓아야 할 일이 하나 있었다. 좀 이상하고 불쾌한 일이라 아마도 그대로 놔두는 것이 더 나을 수도 있었다. 그러나 나는 일을 제대로 정리해 놓고 싶었다. 한결같고 무심한 바다가 내 쓰레기를 쓸어 갈 것이라고 막연하게 믿고 싶지는 않았다. 나는 조던 베이커를 만나서 우리에게 일어난 일들 그리고 그 후에 내게 일어난 일들에 대해 이러저러한 이야기를 했다. 그녀는 큰 의자에 기대어 조금도 움직이지 않고 가만히 앉아서 듣고만 있었다.

그녀는 골프복 차림이었다. 유쾌하게 조금 올라간 턱과 가을 단풍색 머리카락이 그녀의 무릎 위에 놓인 손가락 없는 장갑 색깔처럼 갈색으로 그슬린 그녀의 얼굴과 잘 어우러진 모습이 보기 좋은 삽화 같다고 생각했던 것이 기억난다. 내가 말을 마쳤을 때 그녀는 아무런 의견도 말하지 않은 채 다른 남자와 약혼을 했노라고만 했다. 물론 고개만 까닥하면 결혼할 수도 있는 남자가 여럿 있었지만 나는 그 말이 의심스러웠다. 그래도 놀란 척했다. 잠시 동안 내가 실수라도 한 것은 아닌지 생각했고, 내가 한 말들을 빠르게 다시 훑어보고는 일어나서 작별 인사를 했다.

"그래도 당신이 날 차버린 거예요." 갑자기 조던이 이렇게 말했다. "전화로 날 찼잖아요. 지금은 당신에게 아무런 감정도 없지만, 그래도 처음 겪어본 일이라서 얼마동안은 좀 어지러웠어요."

우리는 악수를 했다.

"아, 당신 기억 하나요?" 그녀가 덧 붙였다. "언젠가 운전에 대해 우리가 나누었던 대화 말이에요"

"글쎄, 정확히는 모르겠는데."

"운전이 서툰 운전사는 또 다른 서툰 운전사를 만나기 전까지만 안전하다고 했었죠? 음, 내가 서툰 운전사를 만난 거죠, 안 그래요? 제 말은 그런 어처구니없는 추측을 한 건 내가 부주의했다는 말이에요. 당신이 정직하고 단도직입적인 사람이라고 생각했거든요. 그게 당신의 은밀한 자부심이라고 생각했어요."

"난 나이가 서른이요." 내가 말했다. "나 자신에게 거짓말을 하고 그것을 명예라고 하기에는 한 5년은 더 나이를 먹은 거지."

그녀는 대답을 하지 않았다. 화가 나서, 그리고 반쯤은 그녀와 사랑에 빠진 채로, 그리고 몹시 유감스러워 하면서, 나는 돌아섰다.

*

어느 늦은 10월의 오후, 나는 탐 뷰캐넌을 보았다. 그는 경계하며 공격적인 걸음으로 5번가를 나보다 앞서서 걸어가고 있었다. 그의 손은 마치 누가 참견이라도 하면 싸워 쫓아내겠다는 것처럼 몸에서 조금 떨어져 있었고, 머리는 쉬지 않고 움직이는 눈을 따라 급하게 이리저리로 움직이고 있었다. 그를 따라잡기 싫어서 발걸음을 늦추고 있었는데 그가 멈춰 서서 미간을 찌푸리며 보석상의 진열장 안을 들여다보기 시작했다. 그러다 불현듯 나를 봤고 내 쪽으로 걸어와서 손을 내밀었다.

"어쩐 일인가, 닉? 나하고 악수하는 게 싫은 거야?"

"그래. 내가 자네를 어떻게 생각하는지 알지 않나."

"자네, 정신이 어떻게 됐군, 닉." 그는 재빨리 말했다. "완전히 돌았군. 뭐가 문젠지 모르겠는데."

"탐," 내가 물었다. "그날 오후 윌슨에게 자네, 뭐라고 말했나?"

그는 한마디도 하지 않은 채 나를 응시했다. 나는 윌슨의 행적 중 놓친 그 몇 시간을 제대로 맞췄다는 것을 알았다. 내가 돌아서려 하는데 탐이 내 뒤로 따라 와서는 내 팔을 움켜잡았다.

"그에게 진실을 말해줬네." 그가 말했다. "우리가 떠날 준비를 하고 있는데 그가 우리 집 문에 와 있었어. 우리가 집에 없다고 말하라고 시켰는데 억지로 밀고 위층으로 올라오려고 했지. 그 차 주인이 누구인지를 말해주지 않으면 우리를 죽일 것처럼 그는 제 정신이 아니었어. 집 안으로 들어와서는 줄곧 호주머니 속에 든 총에 손이 가 있었네—" 그는 반항적으로 말을 끊었다. "내가 말해서 뭐 어쨌다는 거야? 그자가 초래한 일이라고. 데이지의 눈을 가리더니만 자네 눈도 가렸구먼. 그자는 거친 작자야. 개를 치듯이 머틀을 치고는 차를 세우지도 않았다고."

그게 진실이 아니라는, 말할 수 없는 그 사실을 제외하고는 할 말이 없었다.

"내가 내 몫의 고통을 겪지 않았다고 자네가 생각한다면—이보게, 그 아파트를 넘겨주러 가서 찬장 위에 개 비스킷 상자가 놓여 있는 것을 봤을 때, 난 바닥에 주저앉아서 어린애처럼 울었다고. 세상에 끔찍했어—"

나는 그를 용서할 수도 좋아할 수도 없었다. 그러나 그가 개츠비에게 한 짓이 자기에게는 완벽하게 정당화되었다는 것을 알았다. 매우 경솔하고 혼란스런 짓이었다. 그들, 탐과 데이지는 경솔한 사람이었다. 그들은 사물이고 사람이고 간에 박살을 내 놓고는 그들이 갖고 있는 엄청난 돈 속으로, 자신들의 기막힌 경솔함 속으로, 아니면 그게 뭐든지 간에 자기 둘을 함께 있도록 해 주는 것 속으로 물러나

있고 다른 사람들에게는 자신들이 어질러 놓은 쓰레기를 치우게 하
는 인간들이다……

나는 탐과 악수를 했다. 갑자기 내가 어린아이와 말을 하고 있는
것처럼 느껴져 악수를 하지 않는 것도 우스워 보였다. 그러고 나서 그
는 나 같은 촌스러운 까다로움은 까맣게 잊어버린 채, 진주 목걸이 아
니면 와이셔츠 소매 단추를 사러 보석상 안으로 들어갔다.

*

내가 그곳을 떠날 때 개츠비의 집은 여전히 비어 있었다. 그 집의
잔디도 우리 집 잔디만큼이나 자라 있었다. 그 마을의 어느 택시 운
전사는 그 집 대문을 지나 잠깐 멈춰 서서는 그 집 안을 손가락으로
가리키고 나서야 요금을 받았다. 아마도 그 사람이 그날 밤 개츠비
와 데이지를 이스트에그로 태워다 준 운전수였는지도 모르겠다. 그
리고 그가 그 사건에 대한 말을 자기 맘대로 만들어 냈을 수도 있겠
다. 나는 그의 말을 듣고 싶지 않아서 기차에서 내릴 때면 일부러 그
운전수를 피했다.

토요일 밤이면 나는 뉴욕에서 보냈다. 빛나고 번쩍거리던 개츠비
의 파티가 내게 너무도 생생해서, 그의 정원에서 들려오는 희미하고
끊임없는 음악소리와 웃음소리, 그리고 그 집 차도를 오가는 자동차
소리가 여전히 내 귀에 들렸기 때문이다. 어느 날 밤 실제로 자동차
소리가 들렸고 그 차의 불빛이 개츠비 집 현관 계단 앞에서 멈추는
것을 보았다. 그러나 그 사람이 누구인지 알려고 하지 않았다. 아마

도 지구 끝까지 여행을 갔다 오느라고 파티가 끝난 것을 몰랐던 마지막 손님이었을 거다.

마지막 날 밤, 타던 차는 곡물상에게 팔아넘기고 옷 가방을 챙겨서 나는 개츠비의 집으로 건너가 다시 한 번 그 엄청나게 지리멸렬한 실패를 들여다봤다. 흰색 계단에는 어느 아이가 벽돌 조각으로 갈겨 쓴 외설스런 글이 달빛에 두드러져 보였다. 나는 구두 발로 돌계단을 성마르게 문질러서 그 낙서를 지워버렸다. 그리곤 해변으로 어슬렁거리며 내려와서 모래사장에 대★자로 누웠다.

대부분의 큰 해변들은 지금은 폐쇄되었다. 해협을 가로질러 가는 나룻배 한 척에서 흘러나오는 뿌옇게 흔들리는 빛을 제외하고 다른 빛은 거의 찾아볼 수 없었다. 달이 더 높이 떠오르면서 처음에 없었던, 나중에 지어진 집들이 그 빛에 녹아 사라지자, 옛적 네덜란드 선원들의 눈에 꽃처럼 피어났을 이 섬이, 신세계의 신선하고 푸른 젖가슴이 점차적으로 눈에 들어왔다. 개츠비의 집으로 통하는 길을 내기 위해 사라진 이 섬의 나무들이 한때는 인간이 꾸었던 마지막이자 가장 컸던 꿈을 속삭이며 부추겼을 거다. 마법에 걸린 것 같은 찰나적인 한순간, 인류는 이 대륙의 존재에 숨이 막혔을 것이다. 경이로움을 느낄 수 있는 인류의 최대 수용능력에 상응하는 그 무엇을 역사상 마지막으로 마주한 채 이해하지도 감히 욕망하지도 못하는 심미적인 관조로 내어 몰리면서 말이다.

그곳에 앉아 과거의 미지의 세계에 대해 골몰히 생각에 잠겨 있던 나는 데이지가 살고 있는 건너편 부두 끝에서 녹색 불빛을 발견했을 때 개츠비가 느꼈을 경이로움에 대해 생각했다. 그는 먼 길을 돌아 이 푸른 잔디 같은 바다 앞에 왔다. 그의 꿈은 놓칠 리가 없을 것 처럼 그렇게 너무도 가까와 보였다 그 꿈이 이미 그의 뒤로 물러갔다는 것을 그는 알지 못했다. 밤으로 덮인 공화국의 어두운 들판이 출렁거리는 그 도시 너머 어딘가 거대한 어둠 속으로 그 꿈이 사라져 버렸다는 것을 깨닫지 못했다.

개츠비는 녹색 불빛의 힘을, 매년 우리 앞에서 뒤로 물러가고 있는 격렬한 쾌감을 지닌 미래의 가능성을 믿었다. 그 빛은 우리를 피해갔으나 문제가 되지 않았다. 내일 우리는 더 빨리 달릴 것이기에, 우리의 팔을 더 멀리 뻗칠 것이기에…… 그리고 어느 맑은 아침—

물결을 거스르는 배들은 끝없이 과거로 떠밀려가도, 그렇게 우리는 계속 저어간다.

F. Scott Fitzgerald 연보

1896

미네소타 주 세인트폴에서 출생

1898

부친의 사업실패로 뉴욕 주로 이주했다가 1908년에 다시 세인트폴로 돌아옴

1909-1911

세인트폴 아카데미와 뉴먼 스쿨 재학 중 단편 4편을 학교 잡지에 발표

1913

프린스턴 대학교에 입학

문학과 연극 활동에 적극 참여

1915

학업 부진으로 프린스턴 대학교 중퇴

1917

육군 보병 소위로 임관

〈낭만적 에고이스트〉 집필 시작

1918

앨라배마 주 캠프 새리던으로 전속

앨라배마 주 대법원 판사의 딸 젤더 세이어 만남

스크리브너스 출판사가 〈낭만적 에고이스트〉 출간 거절

1919

육군 제대

젤더와의 약혼과 파혼

〈낭만적 에고이스트〉가 〈에덴의 이쪽(This Side of Paradise)〉이라는 제목으로 스크리브

너스 출판사에서 출판 허락받음

1920

젤더와 다시 약혼

희곡과 단편 소설 발표 시작

첫 장편 《에덴의 이쪽》 출간

첫 단편집 《말괄량이 아가씨들과 철학자들(Flappers and Philosophers)》 출간

1921

딸 프랜시스 스콧 출생

1922

두 번째 장편 《저주받은 아름다운 사람들 (The Beautiful and Damned)》 출간

두 번째 단편집 《재즈 시대의 이야기들(Tales of the Jazz Age)》 출간

롱아일랜드의 그레이트넥으로 이주

1923

장편 희곡 《채소(The Vegetable)》 출간

《채소》가 시험 공연되었으나 실패

1924

프랑스에 거주

젤다의 외도

《위대한 개츠비(The Great Gatsby)》 집필 시작

1925

세 번째 장편 《위대한 개츠비》 출간

프랑스에서 어니스트 헤밍웨이 만남

1926

세 번째 단편집 《모든 슬픈 젊은이들(All the Sad Young Men)》 출간

미국으로 돌아옴

1927

헐리우드 영화사에서 일하기 시작

1930

젤더가 신경쇠약 증세를 보이기 시작

1932

젤더가 병원에 입원

젤더의 소설 《나를 위해 왈츠를 남겨주세요(Save Me the Waltz)》 출간

1934

네 번째 장편 《밤은 부드러워(Tender Is the Night)》 출간

1935

네 번째 단편집 《기상나팔 소리(Taps at Reveille)》 출간

유작 에세이집에 실리게 될 글을 쓰기 시작

1937

가십 칼럼니스트인 세일러 그레이엄과 사귀기 시작

1939

할리우드에서 프리랜서로 일함
할리우드 소재의 소설 집필시작

1940

그레이엄의 아파트에서 심장마비로 사망
메릴랜드 주 록빌 세인트메리스 묘지에 묻힘

1941

미완성 유작인 마지막 장편《마지막 거물(The Last Tycoon)》출간

1945

유작 에세이집《크랙업(The Crack-Up)》출간

1948

젤더가 정신병원에서 치료중 화재로 사망

위대한 개츠비

초판 1쇄 발행 2011년 7월 29일
초판 2쇄 발행 2013년 8월 9일

지은이 F. 스콧 피츠제럴드
옮긴이 유정화
발행인 신현부
발행처 부북스

주소 100-835 서울시 중구 신당2동 432-1628
전화 02-2235-6041
팩스 02-2253-6042
이메일 boobooks@naver.com

ISBN 978-89-93785-23-4 04080
ISBN 978-89-93785-07-4 (세트)